U0625938

名家小说

自选集

经典回声
代表作

字里时光·行间生辉

▸精选本|

霜叶红似二月花

茅盾 著

民主与建设出版社

图书在版编目（CIP）数据

霜叶红似二月花 / 茅盾著 . —北京：民主与建设
出版社，2017.2

ISBN 978-7-5139-1395-9

Ⅰ.①霜… Ⅱ.①茅… Ⅲ.①长篇小说—中国—现代
Ⅳ.① I246.5

中国版本图书馆 CIP 数据核字（2017）第 029181 号

霜叶红似二月花
SHUANGYE HONGSI ERYUEHUA

出 版 人	许久文
总 策 划	李继勇
责任编辑	刘树民
封面设计	宋双成
出版发行	民主与建设出版社有限责任公司
电　　话	（010）59417747　59419778
社　　址	北京市海淀区西三环中路 10 号望海楼 E 座 7 层
邮　　编	100142
印　　刷	三河市腾飞印务有限公司
版　　次	2017 年 10 月第 1 版　2017 年 12 月第 3 次印刷
开　　本	950mm×1300mm　1/16
印　　张	18 印张
字　　数	170 千字
书　　号	ISBN 978-7-5139-1395-9
定　　价	29.80 元

注：如有印、装质量问题，请与出版社联系。

目 录 /

一

　　瑞姑太太的到来，使得张府上那种枯燥沉闷的生活起了个波动。从老太太以至恂少奶奶，都像心头平空多出了一件什么东西，洗一个脸，开一顿饭，也像比往常兴头些了；可是兴奋之中，不免又带几分不安，似乎又怕他们自己向来不敢碰触的生活上的疮疤会被心直口快的姑太太一把抓破。

　　姑太太这次的来，在张府颇感突兀。旧历新年，那位钱少爷来拜年，曾说姑太太打算来过灯节，老太太因此曾叫陈妈把东院楼下靠左边那间房趁早收拾妥当。但是清明也过去多时，姑太太只派长工李发送了端午节的礼物来，还说是因为少爷出门去了，姑太太的行期大概要展缓到秋凉以后。却不料正当这末伏天气，姑太太忽然来了，事先也没有个讯。这可就忙坏了张府的上上下下，偏偏地祝姑娘又被她丈夫逼回家去了。顾二只能张罗外场，内场要陈妈一人招呼，这婆子即使退回十年的年纪也怕吃不消；所以今天一早老太太就差小荷香到黄姑爷家去借他们的老妈子来帮忙，带便就请婉姑奶奶也来玩几天。

只有恂如一人游离在全家的兴奋圈子以外。

九点钟了，他还躺在床上，这时三间大厅楼上一点声响也没有，人们倘不在东院陪着姑太太，就一定在厨房里忙着安排酒菜，这样的清静，正合恂如的脾气，可不知为什么，他又感得一点寂寞的威胁。早上的凉气，像一泓清水，泡的他全身没一点劲儿，可是七上八落一些杂乱的念头，又搅的他翻来覆去，想睡又睡不着。隔夜多喝了几杯酒，此时他头脑还有些发胀，心口也觉着腻烦。他侧着身，手指无聊地刮着那张还是祖太爷手里传下来的台湾草席，两眼似睁非睁瞧着蚊帐上一个闪烁不定的小小的花圈；看了一会儿，惘然想道："为什么卧房里要放着那么多的会返光的东西？为什么那一个装了大镜门的衣橱一定要摆在窗口，为什么这衣橱的对面又一定要摆着那个又是装满了大小镜子的梳妆台？为什么卧床一定要靠着房后的板壁，不能摆在房中央？——全是一点理由也没有的！"他无可奈何地皱了眉头，翻身向外，随手抓起身边的一把鹅毛扇，有意无意地扇了几下，继续惘然想道："并不好看，也不舒服，可是你要是打算换一个式样布置一下，那他们就要异口同声来反对你了。"他冷笑一声，没精打采地举起那鹅毛扇来，又随手扔下。"为什么？也是一点理由都没有的。不过他们却有一句话来顶住你的口：从没见过这样的摆法！"他觉得浑身暴躁起来了，又翻一个身，嘴里喃喃念道："从没见过！好一个从没见过呵！可是他们却又不说我这人也是从没见过的，可不是我也是不应该有的么？"他粗暴地揭开帐门，似乎想找一人出来告诉他这句话。首先使他感得不大舒服的，乃是房里所有的衣箱衣柜上的白铜锁门之类都闪闪发光，像一些恶意的眼睛在嘲笑他；随即他的眼光落在那张孤独地站在房中心的黄梿方桌上——这也是他所不解的，为什么其他的箱柜橱桌都挨墙靠壁，而独有这方桌离群孤立，像一座孤岛？他呼那些依壁而耸峙的箱山为"两岸峭壁"，称这孤零零的方桌为"中流砥柱"。这"中流砥柱"上一向是空荡荡的，今儿却端端正正摆着四个高脚的玻璃碟子：两碟水果，一碟糕点，又一碟是瓜子。这显然是准备待客的了。恂如这才记起瑞姑太太是昨天午后到来的，自己还没见过。他抱歉地叹一口气，抓起一件绸短衫披在身上，就下床去；正待拔鞋，猛可地房门外来了细碎的脚步声，凭经验，他知道这一定是谁，刚才那一点兴致便又突然冷却，他两脚一伸，头一歪，便又靠在枕上。

恂少奶奶一进房来，也没向恂如看一眼，只朝窗前走去，一边把那白地小红花的洋纱窗帘尽量拉开，一边就叽叽咕咕数说道："昨夜三更才回来，醉得皂白不分；姑太太今早起又问过你呢，我倒不好意思不替你扯个谎，只好回说你一早有事又出去了；谁知道——人家一早晨的事都做完了，你还躺在床上。"

恂如只当作不曾听见，索性把刚披上身的短衫又脱掉了，他冷冷地看着帐顶，静待少奶奶再唠叨；但也忍不住忿然想道：“越把人家看成没出息，非要你来朝晚唠叨不可，人家也就越不理你；多么笨呵，难道连这一点也看不出！”可是恂少奶奶恰就不能领悟到这一点。遇事规劝而且又不厌琐屑，已经是她的习性，同时又自信是她的天职。当下她见恂如毫无动静，就认为自己的话还不够分量；她走到那方桌边坐下，拿起水烟袋来，打算抽，却又放下，脸朝着床，又用那不高不低，没有快慢，像背书一般的平板调子继续说道：“昨天下午三点多，姑妈到了，偏偏你不在家。家里人少，又要收拾房间，买点心叫菜，接待姑太太，又要满城去找你，店里宋先生也派了赵福林帮着找。城里的亲戚和世交家里，都去问了，都不见，都说大热天你到哪里去了，真怪。挨到上灯时光，还不见你回来，真急死人，还怕你遇到什么意外。倒是宋先生说，意外是不会有的，光景是和什么三朋四友上哪一家的私门子打牌去了，那可不用再找；这些不三不四的地方，宋先生说连他也摸不着门路。等到七点钟才开夜饭，妈妈背着老太太和姑太太抱怨我太不管事，说早该劝劝你，别让你出去胡闹，糟蹋身子；你瞧，我的话你何尝听进了半句！可是我还得替你在姑太太跟前扯谎呢，要是让姑妈知道了，你也许不在意，我倒觉着怪不好意思，人家钱少爷规矩得多哩，姑妈还总说他没有出息呢。"

"嘿哼！"恂如听到末后实在耐不住了，"承情承情，你替我圆什么谎？已经打锣打鼓，闹的满城风雨了，还说给我扯谎！昨天是王伯申邀我去商量地方上一件公事，倒要你代我扯起谎来了，真是笑话！"

"什么地方上的事情，大热天气，巴巴的要你去管？"少奶奶的口气也越来越硬，"你又不是绅缙，平时闲在家里，不曾见你去管过什么地方上的事，昨儿姑妈来了，偏偏的就着忙了，一个下午还不够，骗谁呢，什么屁正经要商量到三更半夜才回来？"

这几句话，却大大损伤了恂如的自尊心。他气得脸色都变了。他"不是绅缙"，从没干过一件在太太们眼里看来是正经的事：这是他在家里人心目中的"价值"，可是像今儿少奶奶那样露骨地一口喝破，倒也是从来没有的。他睁大了眼睛，看定了少奶奶，觉得"不理"的策略再也维持不下去了——虽然昨天黄昏以后他的确被所谓"三朋四友"拉去胡闹了半夜，但白天之有正经，却是事实，而且晚上所去的地方也不是店里宋先生瞎编的什么私门子，恂如是有理由"奉璧"少奶奶那一顿数说的；可是又一转念，觉得这样的"女人"无可与言，还是不理她省事些，他只冷笑一声，便翻身向内，随手抓取那把鹅毛扇覆在脸上。

　　好一会儿房中寂静无声。少奶奶叹一口气，站起身来，望着床中的恂如，打算再说几句，但终于又叹口气，向房外去了；同时却又说道："快起来罢，回头姑妈也许要来房里坐坐，你这样不衫不履，成什么话！"

　　从脚步声中判明少奶奶确已下楼去了，恂如猛然跳起身来，急急忙忙穿衣服，还不时瞧着房外；好像他在做一件秘密事，生怕被人撞破。他满肚子的愤恨，跟着他的动作而增高。他怕见家里人，怕见那激起全家兴头的瑞姑太太。"反正他们当我是一个什么也不懂也不会的傻瓜，我就做一件傻事情给他们瞧瞧，"他穿好长衫，闪出房门，蹑着脚走下楼梯，打算偷偷上街去。"再让他们找一天罢，"他一边想，一边恶意地微笑。但是刚走到厅房前的走廊上，真不巧，奶妈抱着他的两岁的女儿引弟迎面来了。那"小引"儿，手捧个金黄的甜瓜，一见了恂如，就张臂扑上来，要他抱。"我没有工夫！"恂如慌忙说，洒脱身便走。不料小引儿又把那金黄瓜失手掉在地下，跌得稀烂，小引儿便哭起来了。恂如抱歉地回过身来，那自以为识趣的奶妈便将小引儿塞在恂如怀里，说："少爷抱一抱罢。"

　　恂如抱着引弟，惘然走下石阶；受了委屈而又无可奈何的心情，使他的动作粗暴。引弟感得不大舒服，睁圆了一双带泪的小眼睛，畏怯地瞧着她的爸爸，恂如也没理会得，惘然走到院子里东首的花坛前站住，慢慢放下了引弟，让她站在那花坛的砖砌的边儿上。坛内那枝缘壁直上的蔷薇蒙满了大大小小的蛛网，坛座里的虎耳草却苍翠而肥大。恂如松了口闷气，重复想到刚才自己的计划，但同时又自认这计划已经被小引儿破坏。他本想悄悄溜出门去，不给任何人看见，让少奶奶她们摸不着头脑，然而此时不但有小引儿缠住他，并且数步之外还有那不识趣的奶妈。他惘然看了小引儿一眼，这孩子却正摘了一张肥大的虎耳蕚地伸手向她父亲脸上掩来，随即哈哈地笑了。恂如也反应地笑了笑，定睛看着这孩子的极像她母亲的小脸。梦一样的旧事慢慢浮上他的记忆：三年前他第一次向命运低头而接受了家里人给他安排好的生活模子的时候，也曾以现在这样冷漠的心情去接待同样天真的笑。而今这笑只能在小引脸上看到了，但这是谁的过失呢？当然不是自己，亦未必是她。……恂如苦笑着抱起小引儿来，在她那红喷喷的嫩脸上轻轻吻了几下，然后告罪似的低声说道："小引，好孩子，和奶妈去玩罢。爸爸有事。"

　　看着奶妈抱着引弟又出街去了，恂如低头踱着方步，似乎正想找出一件什么事来排遣时光。他仰脸看着楼厅对面那一排三间靠街的楼房，记起幼时曾在堆放源长号货物的一间内，和姊姊捉迷藏；现在这一间，还有左侧那一间，依然作为源长的货栈，而且货物也依然是那些化妆品和日用品，可是他自己却不是从前的他了，他还在"捉迷藏"，但对手不是他的婉姊，而是祖母，母亲，和自己的少奶奶，——甚至也还有那娇憨天真的小引罢？恂如皱着眉，慢慢踱进厅堂，又穿过厅后的走廊，便到了那通往东院的腰门口了。瑞姑太太的朗爽的谈话声从东院送来，恂如蓦地站住，这才意识到自己所到的是什么地方。瑞姑太太似乎正在谈论她的嗣子脾气古怪，"七分书呆气，三分大爷派"。恂如一听，便不想进去，经验告诉他，每逢这种场合，那教训的风头一转便会扑到自己身上。然而已经晚了，小婢荷香早从东院的天井里望见了他，就高声报告给太太们："少爷来了。"

太太们都在东院朝南那座楼房的楼下正中那间客厅里。老太太和姑太太对坐在靠西壁的方桌边，张太太坐了东首靠墙的一张椅子。两面的落地长窗都开的挺直。只不见恂少奶奶。恂如怀着几分不自在的心情，进去拜见了姑太太，胡乱说过几句客套，便拣了挨近窗边的一个位子坐了。屋里的空气似乎因为他的出现而忽然冷峻起来，姑太太和恂如应酬了几句以后，老抽着水烟袋，竟一言不发。

"有点古怪，"恂如一边摇着纸扇，一边在肚子里寻思，"大概她们刚才议论过我来罢？"于是他猛省到少奶奶的不在场一定有缘故。他惶恐地朝四面看了一眼，正想找几句话来敷衍一番就抽身而退，猛可地瞧见少奶奶从后院子旁边的厨房里姗姗地来了。少奶奶眼眶红红的，走到了阶台前时，抬头看见了恂如，便似嗔非嗔地盯了他一眼，径自走到张太太身边坐下。恂如直感到少奶奶一定在太太们面前告过他一状，——一定是照她的想象说了他许多坏话；他暴躁起来，觉得脸上也发热了。他拿手帕在脸上揩了一把，正想把昨晚的事申明几句，不料瑞姑太太却先已笑着说道："恂如，听说你这两天很忙，跟王伯申商量什么地方上的事情；——哦，大热天，你还穿件长衫进来，姑妈面前你还客气给谁看？"恂如笑了笑，瑞姑太太早又接下去说道："王伯申现在是县里数一数二的绅缙了，可是十多年前，他家还上不得台面；论根基，我们比他家好多了，不过王伯申的老子实在能干。"于是转脸向着老太太道："妈还记得那年太公开丧，王老相第一次来我们家里，爸爸就识得他日后定能发迹？"

老太太点头，有点感慨地说："这话也有三十多年了，还有那赵家赵老义，也不过二三十年就发了起来；人家都说赵家那股财气是赵老义的姨太太叫银花的带了来的。"

照例，这种背诵本县各大户发迹史的谈话一开始，只有瑞姑太太还勉强能作老太太的对手，恂如的母亲是外县人，少奶奶年轻，都不能赞一辞。恂如不大爱听这些近乎神话的陈年故事，但也只好耐心坐在那里。姑太太虽然还不满六十，却不及老太太记性好。论容貌呢，姑太太决不像是五十以上的人，她那颇带点男相的方脸还是那么光润，要是你在隔房听到她那高朗爽脆的谈话，一定会猜她至多四十许，只有那半头的白发和她年纪相称，但这恰好增加了她的威仪。

"人家说姑妈有丈夫气，看来是不错的，"恂如惘然自己在想，"她两个儿子都死了，继嗣了良材，性格也不大合得来，可是她总有那么好兴致，谈起什么来都那么果断敏利，跟母亲完全不同，至于她呢，连姑妈脚底的泥也赶不上，倒是婉姊有几分相似。"正这样想，却不防姑太太忽转脸问他道："王家要你去商量什么事呢？"

恂如怔了一下，没有听清姑太太是问王家的什么。少奶奶似乎老是在留意恂如的动静，这时便接口道："姑妈问你昨天忙的是些什么事？"

"唔，"恂如又有点不自在了，"也不是什么大事。王伯申打算办一个贫民习艺所……"

"想来又是什么工厂罢？"老太太关心地问。

"对，这也要弄几部机器招人来做工的，可又不是普通的工厂，"恂如的精神似乎振作些了，"这是打算把县里的无业游民招来教他们一种手艺，也是慈善事业的一种。"

"原来就是这个叫化所，"张太太听着笑了笑说，"上月里也听黄姑爷说起过。可是，恂儿，昨天你们商量这件事怎么又没有你的姊夫？"

"他不大赞成这件事。"恂如迟疑了一下这才回答，但又忽然兴奋起来，"本来也没有我的事，不过王伯申既然诚意相邀，我一想，这也是地方上一件好事，所以我就去了，——也加入做个发起。"

瑞姑太太忙问道："那么，他是不是也要你加点股子？"

"不是。这件事开头是赔钱的，不能招股。"恂如又显得有点意态阑珊了，他懂得太太们对于这件事根本就另有一种看法，"王伯申打算动用善堂里的存款，不过这笔钱又在赵守义手里，不肯放。所以要大伙儿设法。"

"哦，我说王伯申怎么肯花钱做好事！"姑太太沉吟着说，她笑了笑转脸对老太太道，"妈，你说是么？"但又不等老太太回答，她凝眸看定了恂如又说道："你们外场的事，我一时也摸不清楚；不过，刚才我还跟妈谈起，王家三代到如今的伯申都是精明透了顶的，只有他家讨别人的便宜，不曾见过别人沾他家的光；我们家跟他们算是三代的世交了，可是，和他们打交道的时候，哪一次不是我们吃点儿亏呢，"她转脸向张太太笑了笑，"嫂嫂总还记得，那次为了一块坟地，二哥那样精细，到底还上了当。"

张太太点了点头应道"记得"，慢慢地摇着她那把象牙柄细叶葵扇，又说道："何况这件事里又夹着个赵家，我们和赵家也是两辈子的世交，又没仇没冤，何苦出头做难人；瑞弟，你说是么？"

瑞姑太太忙笑道："嫂嫂想的周到！"又看着恂如，带笑地，委婉而又郑重地告诫他道："恂儿，记着你妈的话！王伯申自己不肯做难人，怂恿着你这直肠子的哥儿，回头有好处，是他的，招怨结仇，是你的！"

恂如早就感到十二分的不自在，此时听得妈妈和姑妈又这么说，就更加烦闷，但也懒得加以申说，只微微一笑，心里却在盘算着如何抽身逃开。不料一转眼又看见少奶奶在他母亲耳边说了句不知什么话，还朝恂如望了一眼，这一来，恂如的疑心和反感又立即被挑起，他心头那股被遏制着的忿火又一点一点旺起来。可是他还极力忍耐着，那股火就化为热汗布满了额角。

直到此时都在用心听的老太太忽然把脸一沉，慢慢说道："恂儿，你要出场去当绅缙，还嫌早一点；如今县里几个场面上的人，都是比你长一辈的，你跟他们学学，倒还有点长进，可是，出头露面的事情，你万万做不得，轮到要你们这一辈出头管事的时候，自然有你的，如今却不必性急。我也许看不到你这一天了，目前我只要你留心店里的事务，守住了这祖业，少分心去管闲事，莫弄到我们这几十年的源长老店被人家搬空了你还蒙在鼓里。"

老太太说这一番话的时候，姑太太和太太都肃然正容，并且不时瞧着恂如，似乎说，"你听见了没有哪，你要识得好歹"。倚着北首的落地长窗的少奶奶却半蹙着眉尖，两眼怔怔地瞅着老太太。恂如满头大汗，不住手的用手帕去揩。他绝对不同意老太太的这些意见，他不能接受这样的教训，而况他又受了冤屈；他心头的忿火已经到了爆发的高温点，但由于习惯的力量，他这爆发的方式也不能怎样露骨。他懒懒地"哦"了一声，没精打采答道："不过王伯申发起的这件事，老一辈的绅缙中，未必有谁懂得是一桩社会事业罢？"

但是恂如这话，太太们也不大懂得。老太太更其没有听清，她侧着头似乎想起了什么，说道："王家，王伯申，哦——刚才瑞儿不是说为了一块坟地，福昌也上了当么？王家那时另有一块地，却跟我们的祖坟离得很近，我们也有一块地，倒又坐落在王家祖坟的旁边。哪知王伯申的老子早已偷偷地请风水先生看过我们那块地，知道这是正当龙头，他家的祖坟不过是个龙尾巴。他知道了有这样好处，就千方百计来打主意了。先说要和我们买，你们想，我们只不等钱来用，为什么要卖？后来伯申的老子就托了你们二舅文卿来商量，把他家那块地跟我们那块对换，说是两边都方便些，我们倒不防他有诡计，又碍着文卿的面子，就答应了。谁知道我们竟上了个大当！"

"可不是，"张太太听得带到她的兄弟就不能不作表示，"文卿也糊涂，不打听明白就掮人家的水浸木梢！"

"这也不能怪他，"姑太太忙笑着给解开去，"只能怨我们自己；自家有块地在那里，为什么不早点请个风水先生看一看呢！"

老太太也点头，朝她的媳妇笑了笑说："后来文卿晓得了内中的底细，还是他来告诉恂儿的爸爸，他说，这件事是他经手的，他要去和王老相理论，讨回那块地。不过我们的福昌存心忠厚，又不大相信风水，他倒拦住了文卿，不让去讨。福昌说的也对：王家做事刻薄，得了好地也未必就能发，我们家要是祖德已经薄了，儿孙又不争气，那就把地争回来，也未必有好处，倒惹人笑话。"

"爸爸说的对！"恂如忍不住从旁插一句。

"话是不错的，"老太太叹口气说，"不过王家的发迹，到底也靠了这块地的风水，要不是，哪有这么快？"

恂如沉吟着又说道："王家两辈子，人都精明，这是真的；可见他家的发迹还是靠人，不靠地。"

"你明白他们精明就好了。"姑太太接口说，对恂如使了个眼色，似乎叫他不要再持异议。

恂如又觉得不自在起来了，正好这当儿，店里的赵福林带着个老司务送来了一大包东西：花露水、毛巾、香皂，还有几瓶果子露。恂少奶奶忙来安排这些东西，分一半都叫小荷香送到姑太太的卧房去。赵福林又去拿进一架汽油灯来，问挂在哪里。

姑太太问恂如道："要这个来干么？"

少奶奶忙笑着答道："后边园子里木香棚下，晚上倒很凉快，回头姑妈要乘凉，有个汽油灯，蚊子也少些；反正这是自家店里有的，不费事。"

姑太太点着头，慨叹似的说："大半年不进城来了，这回一看，新鲜花巧的东西又多了不少，怎怪得钱不经花。"

恂如借这机会，就到后园去指点赵福林挂灯。少奶奶也到厨房去看午饭的酒菜弄好了没有。老太太坐了半天，也有点倦了，姑太太和太太扶着她到她自己的卧房里，这就是客厅西首那一间，打开后窗，望得见那木香棚。

老太太歪在睡椅上，小荷香给她捶腿。姑太太和太太正在眺望后园子里的一些花木，老太太忽然叹口气说："如今他们小辈的心思，都另是一样了！"太太和姑太太听了都一怔，忙走到她面前，老太太叫她们俩坐了，沉吟着又说道："如今的年青人，心都野了，总不肯守在家里，欢喜往外跑。恂儿的心事，难道我不知道？可是等我闭了眼睛，那时上南落北，都由他去罢……"

"妈别说这样的话，"姑太太忙笑慰道，"我看恂儿比我的一个静得多了，良材么，野马似的，一年倒有大半年不在家；我又不是本生娘，也不便多说他，反正现在年青人自有他们那一套，只要大体上过得去，也只好由着他们闹。"

"可是，良材比恂如老练得多了，"老太太眼望着空中，慢声说，似乎空中就有良材和恂如，她在比较着他们俩。"恂如这孩子，本来很老实。粗心，直肠子，搁不上三句好话，就会上人家的当。近来不知他为什么，老是没精打采，少开口，一开口呢又像爆栗子似的，爆过三两句，又是冷冷的了。"她顿了一顿，抬眼看着张太太又说道："福大娘，你看他们小夫妻，没什么合不来罢？"

"倒也看不出来，"张太太迟疑地回答。

"宝珠①也没在你面前提过什么？"瑞姑太太问张太太。

"少奶奶么？"张太太又迟疑了一会儿，"也没说什么。不过，年青人总有点叫人不大能放心的地方，宝珠又有些疑神疑鬼的，可是，她也说不上来……"

"嫂嫂，你该细细地问她——"

"我也问过，"张太太叹息地回答，"只是宝珠这人，脾气

----

① 宝珠：恂少奶奶的闺名。——作者原注

也古怪；一天到晚，总爱在你耳朵边有一句没一句的絮聒，等到你要细细问她的时候，她倒又支支吾吾不愿说了。"

瑞姑太太皱了眉头，正想对于恂少奶奶此种态度有所批评，老太太却先开口说道："少奶奶也不会做人，可是，我看来恂儿别的倒没有什么，就是不耐烦守着这点祖基，老想出外做点事业。孩子们有这点志气，难道我说他不对么？可是，做事也不能太急。话再说回来，刚才不是讲到我们祖坟的风水么？其中还有个道理，一向我都藏在心里，今天不妨告诉你们。自从和王家换了那块地，知道是上了当了，我也请个先生来把我们祖坟的风水复看一次。"老太太说到这里顿一顿，看一下给她捶腿的荷香，斥道："傻丫头，又瞌睡了么？——哦，又复看一下，那先生说，"到这里，老太太把声音放低些，"我们家祖坟的地理，好是好，可惜其形不全，就跟一座房屋似的，大门、前进、正厅，都好，可是缺了后进，便觉着局促了。王家换来那块地，恰好补足了这个欠缺；不过五十年之内，应当守，还不是大发的时候。算来要到恂如三十八岁才满了五十年！"

瑞姑太太和太太都不作声，满脸严肃虔敬的表情。

张太太斟了一杯茶放在老太太面前。

老太太端起茶杯，却又放下，继续说道："风水先生的话，我本来也不怎么认真，可是，虽不可全信，亦不可不信。那位先

生看过之后，不到三年，福昌忽然想到上海去发洋财了，那时他
的大舅子善卿做什么买办，正在风头上，大家都说机会再好没有
了，可是偏偏他折了本，两年后回来又得了一场大病，虽说也医
好了，到底病根没去，他的身子一天一天不行，后来也就没有办
法。从那时起，我就觉得那位风水先生的话，竟有点意思；现在
我不许恂如出去做事，只要他守住这几十年的老店，一半也就为
了这个。"

"妈的主意自然不错，"张太太忙接着说。

老太太笑了笑，却又叹口气道："我们这叫做：尽人事。只
要做小辈的明白我们这番用心也就好了。"

"我看恂儿也不是糊涂人，妈这样操心为谁，他岂有不明
白！"瑞姑太太也安慰着。

老太太点头不语。姑太太笑了笑，又说道："你们抱怨恂如
成天没精打采，什么都不肯留心，可是我那良材精神倒好，一天
到晚忙过这样又忙那样，这就算是好的么？哎，说来也好笑，他
尽忙，尽给老苏添些麻烦。"

"哦！"老太太端起茶来喝了一口，又吹着杯缘的几片茶
叶，像是在思索。"良材这脾气，活像他的老子。看不出那苏世
荣，倒是个有良心的。"

"可不是！要没有这忠心的老管家，钱家那份家产怕早就

完了。去年良材出门七八次，一年中间，只在家里住了个把月。今年好多了，总算在家的日子跟出门的日子差不多；可是他出门是花钱，在家也并不省，——出门是自己花，在家是借给别人去花。老苏自然不敢说他，我呢，"姑太太顿住了，眼圈儿有点红，"想想自己的儿子在世的时候也不见得怎样成器，何苦又摆这承继娘的架子？"

"年青人不喜欢住在家里，总不好，"老太太沉吟着说，"花几个钱还是小事，要是结交了什么坏人，再不然，像他老子那样进什么革命党，都是够麻烦的。"

"姑太太倒不如赶快给他讨个填房，也许就不大出门了。"张太太说。

"啊哟，嫂嫂，我也何尝不这么想呢！可是你一提起这话，他干脆就回答说：还早，等一两年再说。再不然，他就拿出继芳的妈的相片来，说要模样儿，性情，能干，都像她，——这不是难题目么？一时哪能有这样的人品？"

老太太闭着眼摇头道："你们休信他这套话，曹氏少奶的人品固然不差，也不见得找不出第二个；况且听说曹氏活着的时候，良材待她也平常，他还不是跟现在一样喜欢跑码头？他这套话，只是搪塞罢了。"

暂时的沉默，姑太太俯首半晌，忽然又笑道："要是像妈那样想，那我再也不管这件事了。我乐得看穿些，儿孙自有儿孙福。"

"我想起来，有一个人和良少爷倒是一对。"张太太看着老太太这边说。

瑞姑太太忙问是哪一家的姑娘。

张太太笑道："也是至亲，——我们的表侄女儿。"

姑太太一时想不起是谁，老太太却已经猜着，也便笑了笑说："哦，你是说她么？当真，品貌，才情，都配得上。"看见姑太太还是摸不着头脑，就告诉她道："怎么你忘了轩表哥的女儿静英了，去年你还见过她呢。"

姑太太也笑了起来："啊，嫂嫂，你看我真糊涂，把外婆家的姑娘也忘了。哦，倒是好一对儿。不过，恐怕良材配不上。听说静英一心要读书，还想出洋呢，可真么？"

"也不过这样想罢了，"老太太带点不满的口气说，"轩少奶只有她一个，家道也不甚好。一个女孩子读到十八九岁，教书也教了两三年，实在也该早点成家。——我跟这位内侄媳妇说过：你舍不得把她嫁出去，干脆招赘一个，反正许氏族中也没有什么近支，轩儿遗下的这一点家当，几间旧房子，未必就会惹人来争，哪知道轩少奶就听女儿的话，女儿又听信了教堂里什么石师母的话，书也不教了，又要进省去读书，说将来教堂里能保送出洋；这不是如意算盘？把一个女孩儿白耽误了！"

　　正说着，顾二来报，黄姑爷和婉姑奶奶到了，少爷陪着在那边厅上喝茶。老太太就说："我们也到那边去坐坐。"小荷香便拿起鹅毛扇和老太太的自用茶壶，她们刚出房门，却已听得婉小姐的笑声早到了腰门口。接着便见婉小姐一手挽着小引儿，一手摇着泥金面檀香细骨的折扇，袅袅婷婷来了；才到得廊前，婉小姐满脸含笑说道："从灯节边等起，我们等候了半年了，怎么姑妈今天才来看望祖母。"说着就对姑太太要行大礼，姑太太一把搀住了她，也说道："别弄脏了衣服，婉卿，你哪里学来这些规矩的？"

　　"今年第一回见，自然要磕个头呵。"婉小姐抿嘴笑了笑说，又向老太太和太太行礼问安。这时，黄姑爷和恂如也进来了，见过礼，都进了中间那客厅。

　　姑太太拉着婉小姐的手，靠后窗坐了，随便谈着家常。婉小姐穿一件浅桃灰色闪光提花的纱衫，圆角，袖长仅过肘，身长恰齐腰，配着一条垂到脚背上的玄色印度绸套裙，更显得长身细腰，丰姿绰约。头上梳着左右一对的盘龙髻，大襟纽扣上挂一个茶杯口大小的茉莉花球，不戴首饰，单在左腕上戴一只玻璃翠的手镯。当下她见瑞姑太太不住的打量着自己，便回眸笑了笑道："姑妈瞧着我是老得多了罢？"

"当真！"姑太太也笑了，"差一点不认识了。你比做新娘娘的时候，娇嫩得多了！"

"姑妈又跟我开玩笑，"婉小姐抿嘴笑着说，似乎高兴，又似乎不大高兴，脸上却泛起淡淡的红晕。小引儿这时倚在婉小姐膝头，正在拨弄婉小姐的手镯；瑞姑太太伸手将小引揽在怀里，一面又说："这手镯是新兑的么？翠的真可爱！配着你这么雪白细嫩的皮肉，才显出这翡翠的好处来！"婉小姐笑了笑，有意无意地将手镯褪下一些，那原先被手镯压着的手腕上就露出一圈浅红的印痕来。"今年春天兑的，可惜只有一支，"她低声回答，却又招着小引儿道，"小引，你别老这样挨擦，姑太太嫌累呢！"

小引听说，回身又到了婉小姐身边，瑞姑太太笑道："当真，小引儿跟你，比亲生女儿还亲热些，"转脸朝那边老太太和黄姑爷瞥了一眼，像猛然想起了什么似的，她又凑近婉小姐耳边说道："离我们那里不远，有座大仙庙，求个娃娃的，顶灵验。你几时也去许一个愿。老太太提起你们这件事，也焦急。人家三四年的夫妻早有了三两个小的了，怎么你们整整五年了还是纹丝儿不动，一点影子也不见……"

婉小姐勉强笑了笑答道："知道那是怎么的呢！反正我——"她忽然脸上一红，缩住了话头，有意无意的朝她姑爷那边望了一眼，便转了口气。"老古话说得好：没男没女是神仙。再说，黄家这份家产，近来也大不如从前了，要是再加上几个小祖宗，可又怎么办。"

"这又是你过度操心了，"瑞姑太太沉吟着说。她把身子偏过来，作了个手势，又悄悄问道："黄姑爷，这个，每天还抽多少？"

婉小姐脸又一红，低头答道："一两多罢。今年春天我想了多少方法才把它减到六七钱一天，可是他蛀夏，又加上去了。"

"别着急，只要有长心，慢慢的不怕戒不断。"瑞姑太太安慰着说。"姑爷身子单薄，也不能太急。"

这时候，恂少奶奶来请大家到那边厅上吃饭。婉小姐忙站起，要扶着姑太太走。

"我不用扶，"姑太太笑着说，快步到了老太太身边，又笑着对老太太说道，"妈，我说婉卿还是那么精灵鬼似的！"

二

午饭以后，大厅内只剩下了恂如和黄姑爷二人歪在西首后边那炕榻上，有一句没一句谈闲天。黄姑爷喝过几杯酒，脸上带几分酡红，倒把他的烟容盖住，也显得神采颇为俊逸。他刚吞过几个泡，又乘着酒兴，十分健谈。

"恂如，你们东院后边那个园子，倒是块好地方，就可惜布置的太凌乱了些，不成个格局。比方说，那个木香棚的地位就很可以斟酌；大凡两三亩地一个园子，一二处的小小亭台倒也不可不有，然而又切忌靠得太紧或摆的太散。这一二处的亭台，应该拿来镇定全局，不是随便点缀的。比如你们那木香棚，紧靠了那三间楼房，雄踞在东南一隅，而又接连着后首来这么一个小小亭子，看来看去总觉得不是这么一回事。尤其糟的，遥对这木香棚，西南角上却是府上的大厨房，真大为园庭减色！其实园子后边也还有几处空地，何不把大厨房往后挪一挪？"

"何尝不是呢，"恂如懒懒地回答，"我也说过，大厨房搁在那里烟煤重，可是大家都不理我，还说正要放在那里才方便。"

黄姑爷手摩着茶杯，慢慢点了几下头，又笑了笑道："弄惯了，本来难改。"

"不但那个厨房，"恂如的牢骚似乎被勾引了上来，有点兴奋了，"即如这厅堂里的陈设，我从小见的，就是这么一个摆法，没有人想去变换一下，你要变动变动，比修改宪法还困难。前面院子里那株槐树，要不是蛀空了心，被风吹倒，恐怕今天也还是不死不活赖在那里罢？所以，我什么都提不起劲儿来。"

黄姑爷将一口茶噙在嘴里，听恂如说一句，他就点一下头，末后，他将茶咽下，又在炕几上干果盘内拣一枚蜜饯金橘一边嚼着一边说："不过中国式的大厅大概也只能这样陈设起来，就只前面有窗，门又全在后面。"

谈话暂时中断。东院园子里的蝉噪，抑扬有节奏地送来。黄姑爷轻轻打个呵欠，往后靠在炕枕上，慢慢闭上眼睛。酒意已过，他似乎感得有点倦了。忽然院子里那花坛的蔷薇上有只孤蝉怪声叫了起来，黄姑爷睁开眼，却见恂如果呆地好像在想什么，黄姑爷欠身起来问道："老太太她们都在打中觉罢？"恂如点头，不作声。黄姑爷喝了口茶。又说："那么，老太太她们跟前，回头请你代辞，我这就回家去了。"

恂如看了他一眼，知道他大概是烟瘾来了，也不强留，但又说道："再待一会儿，我有事和你商量。"黄姑爷点头，复又坐下。恂如迟疑了些时，这才问道："和光，你身边带了钱没有？"却又不待回答，便口急地又说，"我要个百儿八十。"

"这个——"黄姑爷笑了笑，"我得向我的总账房去要去。明天如何？"

"明天也行。可是，你得叮嘱婉卿，千万别让我家里人知道。就怕的他们知道了，又要噜苏，我所以不向店里去拿。"恂如悄声说，还引目四顾，生怕有人偷听了去。

黄和光一边走，一边笑道："放心，我无有不尽力。不过，令姊能不能遵守你这约束，我可担保不下。……"

"一切请你转达，我恐怕捉不到空儿跟婉姊说，你瞧，太太们老在一处，哪有我捉空儿跟她说话的机会！"恂如又一次叮嘱。

"放心，放心。"黄和光笑应着，作别自去。

此时不过午后一时许，半院子的阳光晒在青石板上，将这四面高墙的天井变成个热腾腾的锅底。满屋静寂，只有天然几上的摆钟在那里一秒一秒的呻吟挣扎。恂如走到檐前，低头沉思。日长如年，他这份身心却没个地方安置。他惘然踅过那天井，走进了那向来只堆放些破烂家具而且兼作过路的三间靠街房屋；一股阴湿的霉气似乎刺激起他的思索。他想道："出去找谁呢？难道再到郭家？"可是他终于走出大门，转过那"学后"的小巷，到了县东的大街口了。

他走到了自家店铺门首。赵福林和另一个学徒正在开一箱新到的货。两三个时装的妇人看过了一大堆的化妆品，还没选定，却和店伙在那里打情骂俏。店里人已经看见了恂如，掌柜宋显庭赶快出来招呼。恂如有意无意地踱近那货箱，望了一眼，那老头子宋显庭一面堆起笑容，一面用脚踢着那木箱，似乎是献殷勤，又似乎是在外行人跟前卖弄，格格地干笑着说："这一批货，现在可俏得很呢！前月我到上海定下来的时候，市面上只打个三分利，嘿嘿，如今，啊，恂如兄，至少八分利，你掼出去，人家拚命抢！"

恂如不置可否，只淡淡一笑，也无心去细看那些货究竟是怎样的活宝，但心里却厌恶地想道："听这家伙的一张嘴呀，明欺我是外行……"他没精打采地又笑了笑，似乎说："好罢，等着有一天我心里闲些，你们这才知道外行的东家也不是好欺的呵！"可是就在这当儿，一个伛身在箱口的伙计，忽然吃惊地叫了一声。恂如转过脸去，那宋显庭早已回身抢到箱边，他那肥胖的身子几乎挡住了全部光线，可是他偏偏看得明白，连声说："一点儿水渍，没有什么，没有什么，"同时又呵斥那伙计道，"这也值得大惊小怪！"看见恂如站在那里皱了眉头不作声，宋显庭又哈哈笑着给解释道："水渍，压伤，碰坏，这是我们做洋货生意的家常便饭。"——把声音放低，笑了笑又加一句："所以啊，人家说我们进本五毛就得卖一块了。"

"哦！"恂如随口应着，"那不是要打个折扣么？今年春天卖廉价的，好像……"

宋显庭不等说完，忙抢着答道："那还不是这些带毛病的货。那是些不大时新的底货，一点毛病也没有的。本店柜台上，从来不卖次等货。这是祖传的老规矩。啊，恂如兄，几时你有工夫，店里还存得你祖老太爷手写的规章，你可以瞧瞧。至于这些带毛病的货呢，从前老规矩，都是作一半价，分给了本店的伙友，现在我来打个折扣批给四乡的小同行，啊，恂如兄，光是这一项的挖算，一年所省，总有这么多！"说时他伸出两个手指对恂如一晃。

恂如茫然听着，始终不曾全部入耳；一种惯常袭来的厌倦与无聊的情绪又淹没了他的身心。他寂寞地一笑便转身向街东去了。"话倒说得头头是道——'他一边走，一边惘然这样想。

一条街快到尽头。商店渐少，一些低矮而不整齐的房屋宣告了商业区的结束，并且斜趋左转，导入了这县城中的另一区。前面有一脉围墙，几株婆娑老树探首在墙外，这里面就是善堂的所在地。蝉声摇曳而来，好像在召唤人们到一个神秘的地方去，似乎到此方始散尽了惘然之感，恂如憬然止步，抬头朝四面看了一下，自言自语失笑道："呵，前面左边那小巷里，不就是郭家的后门么？……"隔晚的半宵之欢又朦胧浮现在眼底。可是，他终于转身折回原路，脚步也加紧些。

谁家短垣内嘹亮的唱片声音又逗起了恂如的飘飘然的念头。

他知道这声音是从何处来的。那也是个勉强可以破闷解颜的所在，本来恂如不大喜欢多去，但在这百无聊赖的当儿，他迟疑了片刻以后，竟然奋步绕过善堂的围墙，到了一条相当幽静的后街。

然而迎面来了个老者，将恂如唤住。

这人是县城里一个最闲散，同时也最不合时宜的绅缙，而他的不合时宜之一端便是喜欢和后生小辈厮混在一道。当下朱老先生一把拉住了恂如，用他那惯常的亲切的口吻小声问道："有没有事？没事上雅集园谈谈天去？几个熟朋友大概已经在那边了。"

恂如本来无可无不可，也就欣然相从。

雅集园在县城的西大街，他们二人又走过了一段商业区，朱老先生瞧见一家杂货铺里陈列着的玩具，猛然想起了什么似的说道："大约是今年新年罢，宝号里到了一种新奇的玩意儿，哦，是一种花炮，其实就是旧时的流星，可是他们给取一个新名儿，怪别致，——哎，记性太坏，想不起来了，恂如，你们年青人记性好，总该记得那玩意儿的名字罢？"

然而恂如连自家店里卖过这样一种玩意都不知道，一时无从回答；幸而朱老先生也自己想到了："呵，有了，他们名之曰：九龙；对了，是九龙，也不知何所取义。总而言之，也还是流星的一种，不过蹿到了半空的时候，拍的一声，又爆出了三个火球，一个比一个高，而且是三种颜色，有红的，绿的，也有黄的和紫的。当时我看人家放了，就触动一个念头——"他眯细了眼睛，天真地笑了笑，把声音提高一些又说："我也买几个回来拆开了看里边搁的是什么药。我想：红的该有些锰，绿的该是钾；紫的大概是镁罢？可是，恂如，我的化学不够，试验器具又不齐全，我竟弄不出什么名堂。"于是怃然有顷，他又兴致很好地笑了笑道："不过，也不是全无所得；我用锌粉和那九龙里的一种药球捣和了一烧，哈，居然——恂如，居然又变出一种颜色来了，那是翠蓝色，就跟孔雀羽的翎眼一样。"

恂如听得怔了，望着朱老先生的笑眯眯的瘦脸儿，心里起了一种异样的感触：为什么这一位身世并不见得如何愉快的老人居然自有一乐？但是他并不让自己的这种感想流露出来，只笑了笑问道："行健老伯，你在化学上头，还是这么有兴味么？"

"哦。"朱行健带点自负的意味微微一笑。但又怃然自谦道："半路出家，暗中摸索，不成气候，只是还不肯服老罢了。却还有一点最为难，近来他们把化学药名全部换了新的，跟我从前在《格致汇编》上看来的，十有九不同；我写信到上海去买药，往往原信退回，说我开去的名儿他们都不懂。恂如，你学的该是新法的了，几时你有空，请到舍下，我正要讨教讨教。我想编一套新旧名对照，也好让世间那些跟我一样老而好弄的人们方便些。"

这可把恂如窘住了。他只好实告道："不行，不行；老伯。我懂得什么！"

"哦，"朱老先生又诚恳地小声说，"你是专修法政的，化学不是你的专长，我也知道。然而，恂如，你们在中学校时总学过化学，总是有过底子的，况且你们年青人悟性好，难道还不及我老头子么？即如我那竞新，他并没好好读过中学，可是有时也能道着一两句，到底年青，心思就灵活些了。"

"嗯，嗯，"恂如除了含糊应着，更无话可说，可是他又忍不住问道："原来竞新世兄也在跟老伯研究……"

"哪里肯专心呢！"朱老先生有点感慨。"人是不太笨，就只心野难收。"

"哦！"恂如纳罕地瞥了朱行健一眼；他也听人说过，朱老先生的这位义儿有本事把老头子哄得团团转，老头子一直被蒙在鼓里。恂如不由的笑了一笑，却也不肯点破，便找些别的话来岔开，不一会，雅集园已在前头。

这个茶馆，就恂如记忆所及，已经三易其主。前两个东家屡次因陋就简，只顾价廉，以广招徕，结果都失败；现在的主人接手不满两年，他改变作风，废碗而用壶，骨牌凳以外又增加了藤躺椅，茶价增加了一倍，像这暑天，还加卖汽水，但营业却蒸蒸日上，隐然成为县城里那些少爷班每日必到之地，近来甚至连朱老先生也时常光顾，好像有了瘾头。这时他们二位刚走到那小小长方形题着"雅集园高等茶社"七个字的玻璃灯匾下边，从后又来了一人，未曾照面，却先听得他嚷道："恂如，怎么你又在这里了？刚才有人看见你走过善堂后身，以为你又到郭家去了。"

恂如听声音就知道那是冯梅生，也不回头招呼，只冷冷地答道："我可没有分身术。你一定去探过了罢，可曾见了我来？"

冯梅生也不回答，抢前一步，对朱行健招呼道："啊，健老，久违了；今天难得你出来走动走动。天气真不错呵。"

"这里我倒常来。"朱行健随口应着，举步便进那茶社。一条长长的甬道，中间铺着不整齐的石板，两边泥地，杂莳些花草，凤仙已经零落，秋葵却正旺开。甬道尽头，便是三间敞厅，提着一把雪亮的白铜大水壶的秃头茶房，居然也穿一件干净的汗背心，非常干练似的在那里伺候顾客。三间敞厅里显然没有空座儿了，朱行健和恂如站住了正在张望，那茶房却已瞥见了梅生，便高声叫道："冯少爷，里边坐。"敞厅后身左侧有一间小厢房，门上挂着白布门帏，他们三位还没到跟前，早有个矮胖的中年人掀开门帏，哈哈笑着迎了出来，恂如认得此人便是王伯申轮船公司里的账房兼庶务梁子安。

"还当你分身不开不来了呢！"梁子安先向冯梅生说，随即又向恂如和朱行健点头招呼。

这里的三四副座头，果然没有外边那么挤了，和梁子安同座的一个尖脸少年见冯梅生三人进来，立即起身让坐，一边又招呼着恂如道："恂叔，你早！"他一转身趱近个靠壁角的座头，又叫道："恂叔，这边来罢。——茶房！起两把手巾，再来一壶。"恂如微笑着，回头让朱行健，又对那尖脸少年笑了笑道："少荣，你自便，不用你张罗。"

"我没有事，"少荣连忙回答，"梁子翁在等人，我随便和他闲谈罢哩。"

恂如一边脱长衫，一边对朱行健道："他是敞店宋经理的令郎。"又回头看着少荣，少荣忙接口说，"我认识朱老先生。"顺手又来接过恂如的长衫挂在墙头的衣钩上，又笑了笑道，"老先生也宽宽衣罢？"

"不必，此地也还荫凉，"朱行健回答，又举目瞥了一下，

"怎么我向来都不知道还有这么一间雅座呵！"

"这是新添的，前天还没卖座。生意真是野气。"少荣的眼光一溜，把声音放低些。"可是，老板还说赚不了钱；光是那鲍德新、贾长庆，这一班太岁爷，每天就要抽他十来壶白茶，按节孝敬的陋规还在外。而且听说房东又要加他的租了。"

"哦——房东是谁？"

"这也是新过户的，怎么恂叔不知道！"少荣拿起茶壶给恂如他们各斟满了一杯，"受主就是——"他将嘴向冯梅生那边一努，声音更放低些，"他的伯父，在上海的冯买办。听说价钱也真辣：这么外边三间，带这小厢房，里边两个披，再有豆腐干大小一方空地就去了——连中六千八！无怪要加租了。照目前的租金，去捐税，去修理费，长年一分的利息还打不到。"

正说着，恂如偶一回头，却看见斜对角近窗的藤躺椅里一个人呵欠而起，原来是他的堂房内兄胡月亭，旁边另有一个圆眼浓眉，近三十的男子，却不大认识。那胡月亭定睛一看，便欠起半个身子，遥遥举手道："哈哈哈，老妹丈，哈哈，今天天气不错。"

恂如微微一笑，也隔座招呼，正随口寒暄了一两句，邻座的梁子安却在唤他道："恂如兄，恂如兄……"恂如应了一声，回过头去，梁子安已经转身过来，很正经地悄声问道："分卡上那个姓周的，你认识他么？"

"不认识。"

"哦！"梁子安的眼睛异样地一溜，又加重一句："一向没有往来罢？"

"也没有。"恂如也觉得子安的言词闪烁，便反问道："有什么事？"

"实在也没有什么，"梁子安笑了笑。"不过，敷衍他一下，总不会有坏处，即如上次宝号里那几件货，如果照公事上讲呢，那当然——可是，一点儿小含糊，谁家没有？大家不过拉个交情，讲个面子，打一个哈哈，也就了事。恂如兄，照我看来，那周卡官也很够朋友，既然你们一向就少往来呢，哦，梅生兄也可以帮忙，就是我兄弟，能够效劳之处也一定不肯躲懒呵。"

这一番话，却弄得恂如毫无头绪，他贸然问道："我们号里几件货怎么？"

梁子安又笑了笑，还没回答，宋少荣却抢口道："没事没事，一点误会，家严早已说开了。大概也跟恂叔说过罢，不过你老人家事忙，一会儿也就记不起来了。"

"哦！"恂如含糊应了一声；有无此事，实在也记不真。而且他的心里照例也呆不住这些怪厌烦的事情。

梁子安又笑了笑，微微点着头，似乎还有话，那边的胡月亭忽然高声叫道："子安，听说轮船公司又要涨价了，有这件事么？"

"还没一定，要看天。"

"怎么说要看天呢？"一向沉默着的朱行健忽然对这问题感得了兴趣。

"哦，当然——"梁子安似乎觉得别人不应该不明白其中的道理。"如果西路再发一次大水，或者呢，再像上月那样，本地连落几场大雨，那就非加价不可！"

"哈，对了对了，"宋少荣又抢着说，"子翁这番话，倒叫我想起了一句俗语：水涨船高。轮船公司的票价自然要跟着水走！"

众人都笑起来了，然而梁子安却正色答道："各位有所不知。正是水涨船高的缘故呵，你们想一想，我们这一路河道有多少桥？这些老古董的小石桥平时也就够麻烦了，稍稍大意一点，不是擦坏了船舷，就会碰歪了艄楼，一遇到涨水，那就——嘿，简直不大过得去。公司里几乎天天要赔贴一些修理费。请教这一注耗费倘不在票价上想法可又怎么办呢？"

"哦，原来是为的河道浅，桥又低。"朱老先生沉吟着说，"不过，治本之道，还在——"他这话还没说完，那边的胡月亭早又冷冷地抛过来一句道："可是，哪一项生意没有些折耗，哪一家是随便加价的？这早该算在开销里头！"

口吻显然有挑战之意，梁子安正待招架，那宋少荣又插嘴道："说起桥低，小曹庄附近一段那几座桥这才低得太可怕呢！那边河身又仄，再加上两个弯曲，真不是开玩笑的。前几天，有人买了烟篷票，差一点碰破了脑袋。"

"可不是！"梁子安赶快接口说，"买烟篷的客人借这由头，都跑到客舱去，客舱里怎么挤得下？客人们自己吵架，又吵到账房里，公司实在弄得头痛了，只好不卖烟篷。各位想一想，走一班，开销还是那许多，如今却平空少卖了几十张票，这一项亏空该怎样弥补？论理，公司里早该加价了，不过，王经理办事向来大方，所以还要看看天时。"

"那么，哼！要是发了大水，便一定得加价了？"胡月亭同座那个圆眼睛浓眉毛的男子忽然欠起半个身子问了这一句。

梁子安似乎也并不认识此人，听他这么问，只淡淡地答道："恐怕总得加一点罢。"

那男子冷笑一声，回顾看着胡月亭说："月翁，要是再发大水，今年准得闹灾荒。哼！可是轮船公司不管你是荒呢还是熟，人家不得了，他却偏偏要涨价。老听说王伯申大老官热心地方公益，哼！原来他是这样一个热心的办法，哈，哈！"

满屋子顿时寂静无声。梁子安看了冯梅生一眼。躺在那里老是半闭着眼睛的冯梅生这时也将眼一睁，脸色似乎有点变了。梁子安忽然觉得额上全是汗珠，也忘了取手帕，只将手背去揩。宋少荣偷偷地拉一下恂如的衣角，又使了个眼色，似乎说"你道此人是谁"。恂如摇头，正待问，那位朱行健老先生却打破了这沉闷的空气道："所以，我说治本之道，还在开浚河道，修筑桥梁。但这一笔钱，自然可观，应当在地方公款中好好来统筹一下。"

"对！"冯梅生立即抓住了这有利的机会，"健老这番高论，真是透彻。开河修桥，实在不容再缓；这自然要在公益款项内想法，然而保管公款最大宗的，莫过于善堂，"他转眼瞥到胡月亭他们二人那边，"想来赵守翁经手的这十多年的账目趁早可以公布，让大家都明白明白。"他顿一下，微微笑了笑，却把声音放低些，"啊，健老，你说善堂十多年的收入该有多少？这十几年的积存究竟总数若干，存放在何处生息？"——他仰脸冷笑一声，故意把声音拖长了道："怕只有赵守翁一个人肚子里明白！"

冯梅生这番话还没说完的时候，那位浓眉毛圆眼睛的男子早已满脸怒容，几次像要跳过来争闹。形势十分严重，一场吵架似乎已不可免。幸而胡月亭却还冷静，他对他的同伴使了个眼色，一面朝四下里望了一眼，故作惊诧的口吻冷冷说道："哦，姓赵的逃到哪里去了？嘿嘿，算账要当面，何苦在人家背后跳得八丈高呢！大热天，省点儿气力罢！"

朱行健也笑了笑道："大家别性急。听说赵守翁正在赶办十多年来第一回的征信录呢！"

梁子安他们都会意地笑了起来，那圆眼浓眉的男子此时也似乎怒气略平，但一听人家笑了，他又虎起眼睛，重复挑战道："赵守翁经手的公款，自然都有清账，不过他可不能随便交出来。哼！他要看看人家拿这些公款去办什么事，养几十个叫花的，哼！算是什么公益？轮船公司每天有多少煤渣倒在河里？河道填塞了，却又要用公款来挖修，请问轮船公司赚了钱到底是归私呢还是归公？哼！"

"算了算了，何必多说，"胡月亭站了起来。"反正是看着公款眼红，总觉得抓过来经手一下便有点儿好处；我们瞧罢！"

他伸手取下长衫，却又不穿，往臂上一搭，忽然想起了一件事，转身对朱老先生说道："健翁，好像善堂的董事也有你呀。前天赵守翁说要开一次董事会呢。"

"哦！也有我么？"朱老先生吃惊地回答，"又开什么会！照老例，赵守翁一手包办，不就完了事么？"

"这，这——"胡月亭一边穿长衫，一边笑了笑，"健翁，你这话，就不像是民国年代的话了。好，再会罢。——哈哈，恂如，老妹丈，改天再谈。"

这时，恂如正在看着宋少荣用手指蘸茶在桌上写了三个字：樊雄飞。蓦地听得胡月亭这一声，忙抬起头来，却见那胡月亭已经摇摇摆摆走了，剩下那浓眉圆眼的男子并不走，反向躺椅上一倒，大声大气唤茶房开汽水来。似乎一举一动都充满了寻衅的意味，又好像是故意要给人家几分不痛快，他这番做作，倒弄得冯梅生、梁子安他们有点为难。不过，也觉得再在旧题目上斗个唇枪舌剑是没有意思了，而且，大概也想到"不理睬"倒是对于像这种人的最大的侮辱，于是由冯梅生再开口，找些不相干的事随便谈着，打算把空气弄得热闹起来。

他们先谈到县城里新开张的一家酒馆，然后又谈到一般的商情市况，末了又落到轮船公司的营业；梁子安兴高采烈翘起个大拇指说道："不是我自拉自唱，本县的市面，到底是靠轮船振兴起来的。现在哪一样新货不是我们的船给运了来？上海市面上一种新巧的东西出来才一个礼拜，我们县里也就有了，要没有我们公司里的船常川开班，怎能有这样快？……"正说到这里，忽然有人闯进房来，伸长颈子先朝四面一看，然后像发现了什么似的叫道："雄飞，哈，你睡着了么？找了你半天了，快走。"却又对梁子安这一伙笑了笑，单独挑着个宋少荣逗一下道："哈哈，去打这么八圈怎样？还是老地方罢——四宝家里？"宋少荣笑着摇头，这时那樊雄飞已经穿好长衫，反催着那来人道："走罢，多嘴多舌干么！"

冯梅生起来伸个懒腰，松一口气道："臭尿桶也到底拿开了。"独自笑了起来。恂如问宋少荣道："这樊雄飞是什么路数？"梁子安抢着答道："谁知道！说是赵守义的小老婆的侄儿呢，可是，哼！"他做了个鬼脸。"不明不白，知道他们是哪一门子的亲戚！"

宋少荣笑了笑："恂叔大概认识后来的一位罢？他叫徐士秀，也是赵家的亲戚，他和樊雄飞是一对，外边称为赵门哼哈二将的！"

"仿佛认得，"恂如沉吟着说，"不是他的妹子前年给了赵守义的儿子么？"

"对啦，"梁子安接口说，"好好一个姑娘，却嫁一个痴子，这徐士秀的良心也就可想而知。"

"其实这样一个废人，不该给他娶亲的。"

"可是恂叔，你不知道赵老头子的打算。"宋少荣格格地笑着说，"前年给儿子娶亲，去年秋天就把儿子送进疯人院，花朵似的一个年青媳妇叫她守活寡，——怎怪得人家说赵老头自有打算呢？"

一语未毕，梁子安早鼓掌笑了起来。冯梅生把一口茶喷在地下，也忍笑说道："少荣，真有你的，真有你的！"

　　只有朱行健庄容不语，他望了宋少荣一眼，转脸却对恂如说道："赵守义之为人，我倒颇知一二，要钱是真的，然而何至于此！他这儿子，也是他自己弄坏的。他不懂科学，不知道那是一种神经病，却误信什么道士的话，以为有妖精在作祟，只要了亲冲一冲喜就可以好的，哪里知道神经病受不得刺激，以至越弄越糟，变成了花痴，这时再送医院可就晚了！"他摸着下巴叹口气又说道："不过赵守义还是不悟，只一个儿子已经成了废人，却在银钱上头依然看得那么真，半文必争，何苦呵！"

　　"有几个人能像老伯那样达观呢！"

　　"呵，我么？"朱行健眯细了眼睛天真地笑了，"我也不是达观。人各有所好，别人好钱，而我之所好，则另有所在罢了。"

　　这时，门帏忽然一动。梁子安眼尖，站起来正想去看一看，一个人已经哈哈笑着揭开了门帏，正是徐士秀。他探头向内望了一望，诧异地自言自语道："怎么，哈，月亭不在这里？这可怪了！"说罢放下门帏，大概是走了。

　　"探子！"梁子安微笑着向冯梅生看了一眼。冯梅生未及答言，朱行健却又问道："哦，我想起来了，梅生兄，你们打算办的贫民习艺所到底怎样了呢？"

　　"还没甚头绪，就为的赵守义不肯交出善堂的账目，经费还没有着落。"

"哦，昨天听说你们在伯申家里开会商量，我才知此事底细，习艺所之类，原也可办，不过，何必定要动用善堂的积存呢？"

冯梅生一听口气不对，连忙解释道："赵守义把善堂当作私产，我们已经查得他亏空甚多，趁此清一下，也是个机会。"

"然而两件事不宜并做一谈，善堂虽说不做什么事，可是县城里孤老病穷，按月领取恤金的，也有百数十人，每年施药施材，也不在少数，要是你们将善堂积存移用去办了什么习艺所，别的不说，那一班孤老病穷的可怜人先就不得了呵！"

冯梅生知道这位老先生的脾气，听这么说，便觉得不好再争，只笑了笑，正想用话岔开，那边恂如却说道："可是，行健老伯，依然可以指定的款维持善堂向来的慈善事业。"

"哦！"朱行健亲切地对恂如笑了笑，"但这不过是一句话罢了。我阅历多些，看准了这些事往往不然。"

恂如还想再说，朱行健又接下去道："究竟所谓贫民习艺所，现在还不过几条草章。请问将来进去习艺的，到底是哪一些人？是否那些孤老病穷？"

"恐怕不是罢，"冯梅生忍不住又开口了，却把语气放得极其游移，"大概要招收无业游民。"

"哦，无业游民！"朱行健几乎一字一字辨味着，他笑了笑，突然把调子转快，"那便是痞子了。莠民不可教！要他们来做工，如何能有成效？善堂那一点积存，不够你们一两年的花费，那时候，岂非赔了夫人又折兵么？"

恂如和梅生对看了一眼，都不做声。

宋少荣偷偷用手指蘸茶在桌上写了两个字给梁子安看，梁子安也没看清，便举手揩掉，又偷眼瞧朱行健。幸而朱行健没有觉察，他拿起茶杯来呷了一口，沉吟着又说道："十五年前，那还是前清，那时候，县里颇有几位热心人，——"他转脸向恂如，"令亲钱俊人便是个新派的班头，他把家财花了大半，办这样，办那样，那时我也常和他在一道，帮衬帮衬，然而，到头来，还是一事无成。五六年前，——哦，那是俊人去世的上一年罢，他来县里探望令祖老太太，他——豪情还不减当年，我们在凤鸣楼小酌，他有一句话现在我还记在心头……"一个似乎兴奋又似乎沉痛的笑痕掠过了朱行健的脸上，他忽然把声音提高些，"哦，那时他说，行健，从戊戌算来，也有二十年了，我们学人家的声光化电，多少还有点样子，惟独学到典章政法，却完全不成个气候，这是什么缘故呢，这是什么缘故呢？"说到这里，朱行健猛然以手击桌，叹口气道："恂如，——这是什么缘故？令表叔这句话，非是身经甘苦的人说不上半个字。可是，什么缘故呢？谁有过回答？可惜俊人无寿，不然，他这样的才气，这样的阅历，一定会打破这个闷葫芦罢！”

恂如听着只是发怔。他这位表叔的风采，而又混合着表哥良材的笑貌，隐隐似在眼前出现了，而且又好像还看见夹在其中的，又有自己的面貌。但是朱行健忽又亢声说道：“现在你们想办的什么习艺所，自然又是学人家的典章法规呀，伯申能办轮船公司，但在这习艺所上头，未必就能得心应手。所以，动用善堂积存，还得从长计较，刚才胡月亭说赵守义打算开一次董事会了，要是当真，我这回倒要出席说两句话：善堂的账目非清查不可，然而善堂的积存却也未便移作别用！”

这一句话却把众人都骇住了。冯梅生明知道这位闲散的老绅缙的什么主张虽则平时被人家用半个耳朵听着，但在赵守义正和王伯申争夺善堂积存的管理权这个时候，那就会被赵守义拿去作为极好的材料的。他觉得不能不和朱行健切实谈一谈了，正在斟酌如何措词，忽然那梁子安跳起来，一个箭步直扑向房门，一伸手就撩开了那白布门帏。

门外那小天井内，两条黄狗正在满地乱嗅，呜呜地似在互相示威，彼此提防。

“你干什么？子安！”梅生轻声呵斥着。

梁子安回过脸来，苦笑着答道：“看一看还有没有赵家的探子在外边呵。”

三

　　西斜的阳光，射在风火墙的马头上；强光返照，倒使得张家正厅楼上那几间房里，似乎更加明亮。而且南风也动了，悠然直入，戏弄着恂少奶奶大床上那顶珠罗纱蚊帐。窗前，衣橱上的镜门像一个聚宝盆似的，正在吐放万道霞光。

　　构成"两岸峭壁"的箱柜，好像正欲沉沉入睡，忽然它们身上那些白铜附属品轻轻地鸣响起来了；接着，门帏也飘然而开，伴着小引儿的唤姑姑的声音，奶妈抱着小引儿走进了房。

　　似乎已经使尽了最后一分力，奶妈拖着沉重的步子，抹过那大床，便将小引儿往"中流砥柱"旁边的一个方凳上一放，伸腰松一口气，转身便踅到靠壁的长方折衣桌前拿起一把茶壶，自己先呷了一口，然后找个小杯子斟了半杯，走到小引儿身边。这时候，婉小姐和恂少奶奶一前一后也进来了。奶妈忙即撇开小引儿，给婉姑奶奶倒茶。

　　"奶妈，你只管招呼小引儿。"婉小姐笑着说，又向窗前望了望，转脸对恂少奶奶道，"嫂嫂，你这里比妈房里凉快。"

"也不见得，"恂少奶奶随口应着，从桌子上那四只高脚玻璃碟子里抓些瓜子和糕点放在婉小姐面前，又拣一个小苹果给了小引儿。

婉小姐望着那边折衣桌上的小钟说："哦，已经有五点了么！"打个呵欠，又笑了笑道："怎么四圈牌就去了一个下午？怪不得他们少爷们常说，和太太们打牌会瞌睡的。"

"可不是！"奶妈凑趣说，拿过一把鹅毛扇来给婉小姐轻轻打扇，"可是，姑奶奶，你的手气真好，一副死牌到了你手里就变活了。"

婉小姐笑而不答，却站起来走到窗前的梳妆台前，对镜子照了照，又瞧着台上的一些化妆品，嘴里说："嫂嫂，你也用这兰花粉么？这不大好。扑在身上腻得得的，一点也不爽滑。今年有一种新牌子，叫做什么康乃馨的，比这个好多了，自家店里也有得卖。"

"我是随他们拿什么来就用什么，"恂少奶奶也蹩到窗前来，"自己又不大出门，少爷呢，店里有些什么货，倒跟我一样不大明白。"

"回头我叫阿巧送一瓶来，你试试，要是中意，就跟赵福林说，托他照样到店里去拿。"婉小姐一边说，一边又在身边摸出一块钱来，转身含笑唤道："奶妈，这是给你的。"

"啊哟，怎么姑奶奶又赏我了！"奶妈满脸堆笑，却不来接。

"你谢谢姑奶奶就是了。"恂少奶奶有点不耐烦地说，又吩咐道，"抱了小引儿到后边园子里去玩玩罢。看看少爷回来了没有，要是回来了，就说老太太要他写一封信呢！"

奶妈一一都应了，抱起小引，却又赔笑道："谢谢姑奶奶，又没有好生伺候。姑奶奶要洗个脸么？我去打水来。"

婉小姐笑了笑，还没回答，恂少奶奶早说道："当真，婉姊洗个脸罢。可是，奶妈，你叫陈妈倒水来，我还要问问她晚上的菜弄得怎样了。"

婉小姐朝窗外望了望，便转身走到大床前，将那印度绸套裙褪下，搭在裙架上，又把颈间的纽扣松了一个，轻摇着泥金面的檀香细骨折扇，去在方桌旁边坐下。

"今夜你不回去了？婉姊！"恂少奶奶走近来说。

婉小姐微笑着摇头。

"又没有小娃娃，我就不信你那样分身不开。东院子楼上西首那一间，最是凉快，床铺也是现成的。我搬去陪你。"

"我想连夜饭都不吃就回去呢，怎么还说过夜？"婉小姐嗑着瓜子，吃吃笑着回答。"我那姑爷比一个小娃娃还难伺候些。况且老陆妈又在这边帮忙，剩下的那两个，平日子就像没头苍蝇似的，我不在，恐怕连一顿饭也不会开呀！要就明天再来。嫂嫂，你叫他们早点开饭，我吃了就走！"

"你瞧，一说倒把你催急了。"恂少奶奶也笑着说，"还早呢。你瞧太阳还那么高！"

婉小姐嗑着瓜子，笑而不答，她翘起左脚，低头看了一眼，便伸手到脚尖上捏了一把，又在右脚尖轻轻抚摩着。忽地款款站了起来，走去坐在床沿，架起左腿，脱下那月白缎子绣红花的半天足的鞋子，将鞋尖里垫的棉花扯了出来，尖着手指将棉花重新叠成个小小的三角。恂少奶奶也过来，拿起婉小姐的鞋子赏玩那上面绣的花朵，一边小声问道："这是店里买的么？"又赞婉小姐的脚："婉姊，你这脚一点也看不出是缠过的，瘦长长，尖裹裹，多么好看！恂如老说小引儿将来连尖头鞋子也别给她穿，可是我想脚尖儿到底要窄窄的，才好看哪！只要不像我的那样小就得啦。"

"嫂嫂，你别打趣我！"婉小姐一面将叠好了的棉花再塞进鞋尖去，一面吃吃地笑着说，"这样不上不下，半新不旧的脚，你还说好！"穿上鞋，又在鞋尖仔细捏着摸着，"这不是街上买的。县里还没有呢！这还是托人从上海带来的，可是，你瞧，这在上海还是顶短的脚寸，不过我穿还嫌长些，这倒也罢了，只是那鞋头，可就宽的不成话，填进了那么多棉花，还老是要瘪下去，显出这双脚的本相来了。"

婉小姐说时，恂少奶奶又在端详她那裤子：淡青色，质料很细，裤管口镶着翠蓝色的丝带。恂少奶奶心里纳闷道："绫罗绸缎，也见过不少，这是什么料子呢？"忍不住用手揣了一把，只觉得又软又滑，却又其薄如纸。婉小姐换过右脚来整理那鞋尖填的棉花，似乎猜到了恂少奶奶的心思，笑道："我也不知道这料子叫什么。这还是去年到上海去玩，二舅母给我的。光景也不是纯丝织的，自然是外国货了。"

"哦，怪道绸不像绸，绢又不像绢……"恂少奶奶漫应着，忽然有些感慨起来了：人家婉小姐多么享福！上无姑嫜，下无妯娌叔伯，姑爷的性子又好，什么都听她，姑爷要钱使，还得向她手里拿……这样惘然想着的当儿，恂少奶奶又打量着婉小姐的全身上下，只觉得她穿的用的，全都很讲究，自己跟她一比，简直是个乡下佬。一下子，平日所郁积的委屈和忧伤，一齐都涌上了心头，她坐在那里只是发怔。

这时候，陈妈提着水壶来了。婉小姐自去洗脸。恂少奶奶勉强收摄心神，问了陈妈几句晚饭菜肴的话，又吩咐她再去问太太，看有什么要添的，趁早叫顾二去买。

婉小姐拉上了那白地小红花的洋纱窗帘，先对镜望一眼，然后把衫子襟头的纽扣也解开，又伸手进衣内去松开了束胸的小马甲，骤然间便觉得遍体凉爽。她洗过脸，又洗一下颈脖；被热水刺激了的皮肤更显得红中泛白，丰腴莹洁。看见梳妆台上杂乱摆着的化妆品中，总无合意可用之物，她只取一瓶生发油，在头上洒了几点，轻轻把鬓角掠几下，又反手去按一下那一对盘龙髻，然后再对镜端详时，却见镜中多出了一张鹅蛋脸来，双眉微蹙，怔怔地看着她。婉小姐抿嘴一笑，正待转过身去，却已听得恂少奶奶的声音在脑后说道："婉姊，跟你在镜子里一比，我简直是个老太婆了！"

婉小姐又笑了笑，脸上泛出两圈红晕，还没开口，恂少奶奶却又说道："你还比我大一岁呢，怎么你就那样嫩相？"

"嫂嫂，你比我多辛苦，多操心呵，不过，你要说老的话，那我又该说什么！"

"我辛苦什么？"恂少奶奶的口气有点不自然。她转身过来，捏住了婉小姐的手，愀然又说道："我也算是在管家啦，可是哪里赶得上你，婉姊，你是里场外场一把抓；我操什么心呢！……"恂少奶奶眼圈似乎有点红了，"有些事，用不到我去操心，我就操心了，也没用呵。"

一瞧又惹起恂少奶奶的满肚子委屈来了，婉小姐便故意笑了笑道："嫂嫂，你说我里场外场一把抓，可又有什么办法？和光成天伴着一盏灯，一支枪，我要再不管，怎么得了？这叫做跨上了马背，下不来，只好硬头皮赶。"

"不过你——婉姊，辛苦是够辛苦了，心里却是快活的；不比我……"恂少奶奶似乎喉头一个哽咽，便说不下去了，只转过脸去，望着那边衣橱上的镜门。

沉默有半分钟，终于是婉小姐叹口气道："嫂嫂，一家不知一家事。我心里有什么快活呢，不过天生我这副脾气，粗心大意，傻头傻脑，老不会担忧罢哩！嫂嫂你想：这位姑爷，要到下午两三点钟才起床，二更以后，他这才精神上来了，可是我又倦得什么似的，口也懒得开了。白天里，那么一座空廓落落的房子，就只我一个人和丫头老妈子鬼混，有时我想想，真是又好气又好笑：我算是干么的？又像坐关和尚，又像在玩猴子戏！可是坐关和尚还巴望成佛，玩猴子戏的，巴望看客叫好，多给几文，我呢，我巴望些什么？想想真叫人灰心。嫂嫂，你说，我有什么可以快活的呢！"

在那大衣橱的镜门中，恂少奶奶看见婉小姐的侧面——正如光风霁月的青空，忽然阴霾密布，只有那一对眼睛却还像两点明星。恂少奶奶转过脸来，很关切地说道："婉姊，你件件都有了，就差一件：孩子。有了孩子，你就是一个全福的人。昨天姑妈说得好：儿孙迟早，命中注定，她说今年新年她去大士庙里求过一签，详起那签文来，我们要抱外孙也不会太迟，就是明后年的事。"

婉小姐只淡淡地一笑，没有言语，不过脸上的愁雾也慢慢消去了。

恂少奶奶忽然想起了什么，一边高高兴兴说："婉姊，我给你看一样东西。"一边就走到垫箱橱前，拉开抽屉，在一些鞋样之类的纸片中捡出一张小小四方的梅红纸，轻声笑着悄悄说道："前些日子，我身上来的不是时候，吃了这丸药，灵验得很。我不大认得字，你瞧瞧这方单，也许你吃了也还对的。"

婉小姐接过那方单来一看，是乌鸡白凤丸，便笑了笑道："哦，这个——我还用不着。倒是有什么给他……"婉小姐忽然脸一红，便低头不语。

看到这情形，恂少奶奶也料到几分，觉得不好再问，但是，素来和婉小姐是无话不谈的，而且热心好事又是天性，她到底忍不住，俯身到婉小姐耳边，低低说了几句。还没听完，婉小姐早已从眉梢一连红到耳根，掉转头啐一口道："嫂嫂！……"却又噗嗤地笑了笑。

恂少奶奶也脸红地一笑，但还说道："有些丹方倒是很灵的——婉姊！"

婉小姐俯首不答，一会儿，她这才抬起头来，讪答答地问道："恂如又出去了么？"但又立刻自觉得这一问是多余的，忙又改口道，"店里的事，当真也得他留点心才好。"

恂少奶奶忙接口道："婉姊，你听到了什么？"

"也没听到什么。不过，宋显庭这人——从前爸爸常说，人是能干，可得看住他，而且，要会用他。"

"可是恂如说起来，总是讨厌他。"

"我也知道，"婉小姐叹口气说，"讨厌他又中什么用？店是要开下去的，除掉他，替手倒也不容易找呵！找来的，也未必比他好。"

"可不是，婉姊，难就难在这些地方：开又不能不开，开在那里，自己又不管。婉姊，我正想问问你，我的堂兄月亭跟我说：面子上，店是赚钱的，吃过用过开销过，没有店，我们这一家的开销往哪里去要去？不过，骨子里，他说，这二十多年的老店，底子那么厚，近年却一点一点弄薄了，总有一天要出大乱子。婉姊，我是不懂什么的，月亭呢，他自己一个布店也是十多年的老店了，就是他手里弄光的，他有嘴说人家，我可就不大相信。婉姊，外场的事你都懂一点，你说他这话对不对？"

"也对。"婉小姐沉吟着点头，"这种情形，大概恂如也知道罢。"

"谁知道呢！"恂少奶奶皱了眉头，似乎这又触动了她的委屈之处，"他总没在我面前讲这些事，我提起来说说，倒还惹他生气。"

"那么，老太太有没有知道呢？"

"我悄悄地跟妈说过，可就不知道她跟老太太说了没有。"

"妈大概是不说的，"婉小姐笑了笑，"怕老太太着急。可是，嫂嫂，恂如还不至于糊涂到那步田地。他心里也有个打算。他跟我说过：顶好是趁这时候把店盘给别人，拿到现钱，另外打主意。比方说——"

"可是，婉姊，"恂少奶奶抢着说，"老太太决不答应！"

"就是老太太答应了，我还有点不大放心……"

婉小姐又沉吟起来了，那下半句就此缩住；她向恂少奶奶瞥了一眼，又微微一笑，似乎她那眼光就有这样的意思："自然你也明白为什么还有点不大放心。"

但是恂少奶奶并没领会她这意思。"不，老太太一定不能答应！"恂少奶奶的口气有点儿生硬，"老太太知道恂如不会做生意，知道他是个硬脖子直肠子的少爷，祖宗留下来的一点基业还怕守不住，怎么会另打主意做别的生意！"

"不过，嫂嫂，谁也不是生下来就会做生意，"婉小姐还是很委婉地说，虽则她对于老太太她们这种成见，向来就不同意，特别是恂少奶奶也这样严厉批评起自己的丈夫来，更使她发生反感，"都是慢慢磨炼出来的。我看恂弟也不太笨，没有什么学不

会，就只怕他三心两意，不肯好好地干去。近来他老是失魂落魄
的，我看他是心里有事。嫂嫂！……”婉小姐忽又顿住了，凝眸
瞧着恂少奶奶，显然是感觉到有些话与其由她来说，还不如由恂
少奶奶自己开口。然而恂少奶奶只把眉头皱得紧紧的，像含了满
口的黄连，一声不出。婉小姐笑了笑，便改用了反问的口吻：“可
是，嫂嫂，你和他是夫妻，你总该知道他心里有什么不如意？”

没有回答，恂少奶奶只低头叹了口气。

婉小姐笑了笑，又换过探询的方式：“老太太说他总是想出
码头去谋事，莫非他是为了这一点点不称心么？”

“哎，要是当真为此，倒也罢了，”恂少奶奶半吞半吐只说
得一句，忽又改口，学起婉小姐来了，“不过，婉姊，你猜他是
什么心事？”

婉小姐摇头，但是她心里却已断定，恂少奶奶对于这所谓恂
如的心事，必有所见，至少也有所猜疑，——只是她为什么忽然
那么替丈夫包荒起来呢？婉小姐还没看透。

一阵强劲的南风吹开了窗帘。婉小姐猛觉到凉气直透胸部，
这才记得那束胸的小马甲还松开在那里。她低头朝胸前看了一
眼，不由的脸红起来，便伸手进衣内去扣紧了那些小纽扣。这当
儿，却听得恂少奶奶好像吐出一些东西似的说道：“我知道他这
样左也不是右也不是，整天没精打采是为了一个女的！”

婉小姐吃惊地抬起头来，忙问道："嫂嫂，你怎么知道他……"

"我看出来的。"

"光景是有什么把柄落在你手里？"

"没有，倒也没有，可是我看的出来。"

"哦！"婉小姐不禁抿嘴一笑，"那么，你问过他没有呢？"

恂少奶奶苦笑着，摇了摇头。

"嫂嫂，"婉小姐忽又觉得身上闷热，回身去找扇子，"你应当问问他呀。"

"怎么问呢？"恂少奶奶瞪直了眼睛，"别说问了，我有一次不过远兜转隐隐约约说了半句，婉姊，不过是半句，就险一些惹出一场不得开交的口舌呢！"

婉小姐凝眸看着恂少奶奶一字一字说出来，直到她说完了，这才慢慢摇头。她早知道他们夫妻不甚相得，所以恂少奶奶很容易怀疑到这上头，然而她相信恂如的确是没有外遇的。当下她就说道："恂如脾气是不大好，不过，嫂嫂，你也不要多疑。他要是在外边有了相好，即使能够瞒过你，可不能瞒过我！和光不大出门，可是，城里那些爱玩的少爷班，却常来我们家里。如果恂如有了什么，这班少爷们的嘴巴怎么肯一字不提？就不算他们少爷班罢，和光为的抽这一口，也常有些贩土的来谈谈。这些破靴党，更其是满嘴巴没半句正经，私门子，半开门，越是混账的事情他们越知道的多！可也不曾听到他们说起过恂如的什么来呵……"说到这里，婉小姐笑了笑，轻摇着手里的扇子，又笑道："嫂嫂，你放心罢，有我这包打听在这里，你吃不了亏的！"

恂少奶奶只是听着，一声不出。但是只看她那似笑非笑的神气，就知道婉小姐那一番话，她是东耳朵进，西耳朵出。婉小姐想道：硬是不肯把人家的话语心平气和想一想，难怪恂如和她搞不好。她叹了口气，带几分责备的意味又说道："他们年青的少爷班，总有点不大安分的地方；他们常在什么四宝那里打牌胡调，我也知道一点。恐怕这里头也有恂如的份。不过，嫂嫂，他这种逢场作戏，你也只好马虎些；你越顶真，他越怄气，那又何苦来呢！"

"嗨，如果是不三不四的女人，"恂少奶奶顿住了，定睛瞧着婉小姐，似乎正在斟酌措词，终于惨然一笑道："我也犯不着放在心上！这一点道理我也还能明白。再说，婉姊，你刚才不是说得再痛快也没有：如果他在外面结识了什么混账女人，瞒我倒容易，可没法瞒过你——是么？我不是瞎疑心，活见鬼；可是，婉姊，我这话不好说呀，我哪能这样冒失，不知轻重？"恂少奶奶又惨然一笑，便低垂了头。

婉小姐一听这话中有话，这才悟到恂少奶奶先前的闪烁态度大有讲究。她凑近一些，抓住了恂少奶奶的手，小声问道："难道恂如在外边勾搭上了什么人家人，什么好人家的姑娘么？"

恂少奶奶慢慢抬起头来，朝婉小姐看了一眼，轻声叹着气只说了半句："如果是不相干的人家呵……"便又缩住，忽然苦笑了一声，手扶着婉小姐的肩头，很恳切地说："婉姊，你自去问他罢！他相信你，敬重你，说不定还有几分怕你；婉姊，你自去问他罢！"

这几句话，婉小姐一时竟辨不明白是真心呢，还是讥讽；她脸红一下，只好含糊答道："嫂嫂，你又来开我的玩笑了。现在恂如是人大智大了，有些事连妈都不肯告诉，何况我是姊姊！……哦，那边屋角上已经没有太阳，我们下去看看老太太姑妈她们罢。"

她们刚到楼下，就听得那边腰门口有一个男的和女的在说笑。婉小姐耳尖，早听出那女的是自己家里的阿巧，便唤道："阿巧，你来干么？这么高声大气的，没一点规矩！"

阿巧涨红着脸，低头答道："姑爷要我来伺候小姐回去。"

"用不到你，"婉小姐一边走，一边说，同时又用眼光搜索那男的，要看明那到底是谁。可是那男的早已溜进东院去了。婉小姐和恂少奶奶也进了东院。将到那中间的小客厅，婉小姐这才回头吩咐跟在后边的阿巧道："赶快回家去，我有老陆妈陪伴，用不到你！"

恂少奶奶看着阿巧的后影，向婉小姐笑道："阿巧这丫头长的越发像个样儿了，就是矮了一点。"

婉小姐也笑了笑，便走进那小客厅。

恂如正在老太太和姑太太面前读他刚写好的那封信。"姑妈再想想，"恂如说，"还有什么话要写上去？"

"没有了。不过，好像你还没提到祝姑娘的事。"

"啊，怎么就忘了！"恂如转身就走。

他退出小客厅，越过天井，便进了对面的书房。不先补写那忘了的事，却从书桌上抓起扇子来扇了几下，又翻出他用自己口吻写给良材的另一张纸，看了一遍，又涂改了几个字。觉得还有许多意思都没写，而写了的又未能表达胸中郁积的深微曲折，他皱了眉头，拿着那张纸只管发怔。

"妈说，要是祝姑娘不能马上来，就托姑妈家的老苏找一个替工来也行。"少奶奶在门外探身进来这么说。

恂如吃惊地抬头一看，实在并没听清少奶奶的话，但料想又是来反复叮咛，便用厌恶的口吻答道："都写上去了，都已经写了！"

"怎么，都写了？"少奶奶款步进来，就在书桌旁边站了一站。"这是妈刚刚想起了，叫我来跟你说的；就怕老苏尽管去催，那祝大还是今天拖明天，明天拖后天，不放祝姑娘来……"

"得了，得了，"恂如顿足，截断了少奶奶的唠叨，"有这样噜苏，顶好你自己去！"

"怎么又怪上了我啦！"少奶奶生气地转身，却不出去，反走到靠墙的椅子里坐下，"我是传妈的话。你嫌噜苏，自己跟妈去说去！"

恂如不理，抓起笔来，在纸尾写道："古人云：度日如年，又云，如坐监牢，呜呼，我今乃亲历其境矣。"掷笔叹口气，方觉得胸口那股气略平了些。他拈着纸沉吟，觉得"监牢"的比喻颇为确切，少奶奶便是个看守人，她那对阴凄凄的眼睛，时时刻刻不离开他。正这样想，忽听得那"看守人"冷幽幽说道："老太太要给许家的静妹妹做媒呢！"

恂如的心头像扎了一针。不假思索，当即反应似的顶一句道："关我屁事！"可是话刚出口，便觉得不妥，安知这不是少奶奶捏出来试探他的？他正待改口，装出不在乎的模样来，少奶奶早又抓住这隙缝进攻道："嗨，怪了，谁说关你的事？你瞧你急得什么似的！哦，我不该多事，老太太也不该多事，是么？"

这可把恂如怄急了，他转脸盛气对着少奶奶，正想责问她老说这种话中有话的冷言冷语是什么道理，少奶奶已经站起来又加一句："放心罢，也还没有定规呢！"说完，翩然夺门而去。

四

老陆妈提了个马灯，照着婉小姐在"备弄"里走。细碎的脚步声引起了清脆的回响。一匹蟋蟀忽然喈喈地叫了两声。婉小姐有了几分酒意，自觉得步履飘飘然，时不时问老陆妈道："你看我醉了罢——没有？"

"备弄"走完，过一道角门，将进二厅，婉小姐忽然想了起来似的，回头问身后的"木头"施妈道："阿寿呢？到哪里去了？怎么刚才不是他来开门的？"但又立即改口自答道："啐！问你赛过问木头！"

施妈瞪直了眼睛，一声不响，按部就班地先去捻亮了洋灯，然后捧过一个小小的白瓷盖碗来，放在中间的方桌上。

这三间厅，是婉小姐平日处理家务的地方。楼上空着，只那厅后的边厢里住了阿巧和施妈。当下婉小姐就在方桌边一个太师椅里坐了，拿起那白瓷盖碗，一手托着下巴，若有所思，朝院子里凝眸望着。当施妈点着一盘蚊烟香放在方桌下的时候，婉小姐忽又自己嫣然一笑，随手揭开了那盖碗的盖子朝碗里看了一眼，却又不喝，曼声说道："陆妈，你去睡吧。明天还要到那边去帮忙呢。"端起盖碗来，连喝了两口，忽然眉尖一蹙，这当儿，阿巧悄悄地踅出来，在婉小姐身旁一站，便拿扇子轻轻给婉小姐扇着。婉小姐只当作不见，只对那站在窗前的施妈说："拿一杯清茶来。"但又重复想了起来似的问道："哦，阿寿呢？"

施妈瞪直了眼睛，还没回答，那阿巧却低声说道："在后边打扫院子……"

"谁叫他这时候到后边去打扫什么院子？"婉小姐把脸一沉，喝住阿巧，"白天他在干些什么？我才走开了一天，你们就一点规矩也没有了！"

阿巧吓得不敢再做声。原来婉小姐立下的规矩，天黑以后，男仆不许进后院子的门。那施妈，若无其事的捧了一杯茶来，慢吞吞说道："少奶奶——去叫他来么？"

婉小姐不答，侧转身去，看住了阿巧，似乎说："全是你在那里作怪罢！"阿巧低了头，手里那葵扇却扇的更快，方桌上那白瓷罩洋灯的火焰也突突地跳。可就在这时候，阿寿来了，畏缩地偷看了婉小姐一眼，就往角门走，但一转念，便又站住了，垂手等候吩咐。

厅外院子里，唧唧喈喈的秋虫声，忽断忽续。厅内，只有阿巧手里的葵扇偶尔碰在太师椅的靠手上，发出轻微的响声。婉小姐捧着那盖碗，也不喝，好像在那里考虑一些事情。阿寿怀着鬼胎，只觉得婉小姐的尖利的眼光时时在他身上掠过。这二十来岁的小伙子，自小在黄府上长大，本来颇为乖觉，善于窥伺主人们的喜怒，十年前他的父母还没亡故，还在这府里当差的时候，阿寿就得了个绰号："少爷肚里的蛔虫。"然而自从少奶奶进门以后，这条"蛔虫"也就一天一天不灵。少爷的喜怒变成了少奶奶的喜怒，而少奶奶的喜怒呢，便是从小伺候她的阿巧也摸不清楚。

"怎么今天这燕窝汤味儿不对，"婉小姐又在盖碗里呷了一口以后，咂着舌头说，回眸看着阿巧，"你放了多少冰糖？怎么这样发腻！"她放下盖碗，拿起那杯清茶来漱口。

趁这机会，阿寿挪前一步说道："少奶奶，今天买菜的账，报一报……"看见婉小姐微微一颔首，于是阿寿便按照每天的老例，从口袋里摸出一张字条来，一边看，一边念看。

婉小姐半闭了眼睛，似听非听，但心里却在核算阿寿嘴里滚出来的数目字。一下子，阿寿报完，将那字条放在方桌上。婉小姐拿起那字条看了一眼，就说道："明天照今天的样，也行。虾子要是没有新鲜的，就不要了。如果——少爷起身得早，午饭该添什么菜，到时候你自去问他。"

婉小姐说一句，阿寿就应一声，但听到最后这两句，阿寿的眉毛蓦地一跳，抬起眼来偷看婉小姐的脸色，心里想道，这话是真呢是假？莫不是又像上次那样回头当真我自去问了少爷，她心里又不痛快？正在狐疑，却看见婉小姐又说道："你去看看财喜那条船得不得空。明天要雇他的船走一趟钱家庄。"

"得空，得！"阿寿连忙回答，笑逐颜开，好像他就是那个船家。"刚才我还看见财喜坐在桥头的小茶馆里，不曾听他说起明天有生意。"

"哦，刚才？"婉小姐把脸一沉，"可是刚才你不是在后边院子里打扫么？"

"那——那还要早一点。"阿寿忸怩地分说，他那张方脸涨成了猪肝色。看见婉小姐没有话了，他又大着胆子问道："明天是，少奶奶自己去钱家庄罢？"

"你问这干么？"

"不——嗯——"阿寿连忙分辩，"要是少奶奶亲自去，我得关照财喜，先把舱里收拾得干净一点。就是茶水罢，他也得另外买些好茶叶。还有，是不是在船里用饭？……"

"你叫他都准备着就是了，"婉小姐不耐烦地喝住了阿寿，"要他早一点，当天要打转回呢！"

阿寿连声应着，料想再没有吩咐了，正要转身退出，婉小姐却又说道："阿寿！这个月里，大街上那几间市房，怎么还不交房租来！你去催过了没有？"

"催是催过的，"阿寿脸上摆出了为难的神色，"可是那家
兴隆南货铺子赖皮得很，说房子又漏了，要我们去修。"

"你怎样回答他们的？"

"我说，下次遇到下雨，你们找我来看一看，要是当真漏
了，我去回报少爷少奶奶，自然会来修的；可是我们修房子是修
房子，你们交房钱是交房钱，不能混在一处说。"

婉小姐微笑点头。阿寿心里一块石头方才落下，同时又瞥
见婉小姐背后的阿巧掩着嘴笑，又做手势，似乎说，你还不走？
阿寿又等了一会，见再没有事吩咐他了，说了句"那么我去找财
喜去"，转身便走，刚到了角门，可又听得唤道："阿寿！"他
回身站住了，看见婉小姐手里端着茶杯，方桌上那洋灯的圆光落
在她脸上，照见她两眼凝定，眉梢微翘，似乎在想什么事。阿寿
又感得惶恐了，而且婉小姐背后的阿巧又偷偷对他做了个手势。
这当儿，婉小姐恰就侧过脸去，瞥见了白粉墙上那两个手指的大
影子。阿寿不禁心一跳，幸而婉小姐好像不曾留意，只冷冷地说
道："明天，老陆妈还得到张府帮忙去；阿寿，你得好好儿做
事，莫再忘了我定下的规矩！"

阿寿连应了几个"是"，正想解释一两句，婉小姐已经站起
身来，一面吩咐施妈打洗澡水，一面就冉冉向后院而去。

二厅后面，原是个小小的花园，但在黄光和祖父的时候失火烧去了大半以后，就没有再加修葺，回复旧观；后来和光的父亲索性把这破败的花园拦腰打一道短墙，将后半部残存的一些花木太湖石搬到前半部来，七拼八凑，居然也还有点意思，而且又建造了小小一座楼房，上下四间，也颇精致。和光又把这楼房的门窗全部改为西式，现在他和婉小姐就住在这里，一半的原因自然是这四间楼房不比厅楼那样大而无当，但一半也是为了和光抽上这一口烟，这里究竟隐藏了些。

婉小姐款步走过那些鹅卵石子铺成的弯曲的小径，阿巧像一个影子似的跟在她身后。天空繁星密布，偶尔一阵风来，那边太湖石畔几枝气概昂藏的楠木便苏苏作声，树叶中间漏出了半钩月亮，看去似乎低得很。忽然一丛埋伏在小径曲处的玫瑰抓住了婉小姐的裙角，将婉小姐吓了一跳。阿巧蹲着身子，正待摘开那些多刺的软韧的嫩条，蓦地也叫了一声，蹶然跳起来，险一些撞倒了婉小姐。

"好像有一只手拉住了我的辫子……"阿巧扶住了婉小姐，声音也有点发抖。

"胡说八道，快走！"婉小姐轻声斥着，忘记了裙角尚被抓住；她移开了半步，这才觉着了，便又站住了说道："还不把那些讨厌的玫瑰枝儿摘开么，可是留心撕坏了裙子！"

这时候，她又瞥见前面太湖石上有两点闪着绿光的东西，她立刻想起了小时听人说的什么鬼火，但当这两点绿光忽又往下一沉的当儿，她也悟到了这是自己家里养的那匹玳瑁猫，而刚才拉住了阿巧的辫子的，也就是这惯于恶作剧的东西。她想起了阿巧那个蓬松肥大的辫梢，正是逗引猫儿的好家伙，便不禁笑了一笑，此时阿巧已经将玫瑰刺儿摘开了，倒是她催着："小姐，快走罢！"同时又回头望了望，似乎还在怕那只手。

但是走不了三五步，阿巧第二次惊叫起来，忘其所以，竟拉住了婉小姐的臂膊。婉小姐笑着骂道："痴丫头，你作死啦！这是我们的阿咪。"阿巧似信不信的，撮口呼了几声，果然十多步外也在咪乎咪乎接应了，不一会，那肥大的猫儿也到了跟前，绕着婉小姐的脚边献媚。婉小姐一边走，一边又笑道："阿巧，你得记住我背后也有眼睛……"随即声音变严厉了，"你得安分些，阿巧！刚才你和阿寿做什么鬼戏？下次再犯了，定不饶你！"

阿巧不敢作声，心里却万分怔忡，想不明白是天快黑的时候她在那边树下和阿寿调笑的事被婉小姐知道了呢，还是刚才被她看见了她对阿寿做了两次的手势。

一派灯光从前面楼上射来，楼下阶石边也有一个火光，却是老陆妈掌着灯出来迎候。断断续续，带着抑扬节奏的吟咏之声，也随风飘来，婉小姐听出这是和光又在念诗。忽然有两股相反的情绪同时交流到她心里：一是温暖的，在这空廓落落的大宅子里，无论如何，这小巧精致的四间总还像个"家"，她和他厮守着的一个窝，她在这里总还觉得一颗心有个着落似的；然而又一股情绪却颇凄凉，因为即使是这可怜的窝罢，这一点点的温暖罢，一天之内她享受的，亦不过一半而已，而当她不能享受的时候，那长日蜷伏在这里的和光只能有时念念什么杜诗，聊以自娱。

但这样的又甜又酸的心情，只一闪就过去。明亮的灯光洋溢在这小小的房间内，找不出半个阴森森的暗陬，精致而又舒服的陈设都像在放射温暖的阳气，而况还有老陆妈那忠诚祥和的笑貌，便是阿巧的带些俏皮的圆脸儿，也觉得格外讨人欢喜。婉小姐天真地笑了笑说道："陆妈，你怎么还不睡；快去睡罢，我这里有阿巧伺候。"说着，她就卸下裙子，交给阿巧，又吩咐道："回头我就在隔壁房里洗澡，省得又要把水提上楼去。你把我的替换衣服都拿下来罢。"也没拿一个灯，婉小姐就上楼去了，步子是又快又轻。

黄和光已经过足了瘾，手里一本杜诗，正在房里慢慢踱着。婉小姐一进来，就像房里忽然飞进一朵彩云，照的他满脸都是喜气。婉小姐也像那一段楼梯跑得急了，有点累，扶着和光的肩头，只嫣然一笑，没有言语。

"婉卿，"和光慢腾腾说，"该累了罢？刚才听得你说，在楼下洗澡。其实又何必呢。让他们把水弄到楼上来好了，何必你又上楼下楼。"

"不累，"婉小姐笑了笑，便望里面的套间走去。这就是他们的卧室，床前五斗柜上一盏淡绿色玻璃罩的小洋灯也点得明晃晃地。婉小姐换了上衣，又换鞋子，又褪下那只翡翠手镯。和光也进来了，倚着那五斗柜，笑说道："几点钟了，今晚我也打算早睡。"

婉小姐忍不住失笑道："啊哟，你说早，是两点呢，还是三点？"她又走到前面的套间，在和光的烟榻上一坐，拿起那一壶浓郁的红茶来，花花地斟了一杯。这时和光又跟着出来了，搭讪着说道："就算是两点罢。昨晚是两点半睡的，我打算从今天起，每晚缩短半个钟头。"

"好罢，"婉小姐曼声应着，手托着下巴，在那里出神。忽然她噗嗤一笑，伸手端起那杯茶来，呷了一口。这时阿巧来请洗澡了，婉小姐放下杯子，看了看烟盘里还有四五个烟泡，就说道："你且抽一筒提提神罢，回头我还有事和你商量。"

和光依言，便躺下去调弄那烟斗，一会儿，他听得隔房传来婉小姐的声音，似乎在抱怨阿巧拿错了衣服。他把烟装好，正要上口抽，蓦地又听得婉小姐唤他的声音。他慌忙丢下烟枪，跑到隔房，却见婉小姐正在梳妆台前捡取洗浴用的化妆品，阿巧捧着一叠衣服在旁边等候。

"我忘记告诉你一件事，"婉小姐一边捡东西，一边说，"前天朱竞新来说起县西街那家祥茂发杂货店，上一节做的太坏了，几个股东彼此都有闲话，闹的不大好看。我们还有千把块钱存在这铺子里呢，还是趁早设法提了出来罢，明天你就去。"

"哦，原来祥茂发这一家老店也靠不住了，"和光不胜感慨地说，"只是找谁好呢？"

"随便找哪个，股东，经理，"婉小姐拿起东西走了，又回头叮咛道，"明天就去呀，可不要忘记。"

黄和光再回到烟榻上，拿起烟枪来，对着火吱吱地抽了几口，忽然斗门塞住了，他一面用烟签戳着，一边惘然想道："要是婉卿是个男子，不知她又怎样的满天飞呢？她大概要做出些事业来的！"他用手指去捏那斗门上的软饧似的烟膏，漠然摇了摇头，又自答道："恐怕也未必，这世界，一个男子要是有几分才气，有点志气，到头来恐怕还是消沉颓唐……"他淡然笑了笑，嘴巴套在烟枪口上，先吹口气试试那斗眼，接着就奋勇地吱吱一气到底抽完。然后放下烟枪，闭了眼睛，陶醉在那飘飘然的忘人忘我的境界。

　　渐渐地，他的脑神经又活动起来了：几年前，他刚从学校毕业（他比恂如高一班），娶了亲，那种踌躇满志，一身蛮劲的黄金美梦，又浮现在眼前。然而，什么省议员复选的失败，虽使他窥见了这社会的卑鄙龌龊的一角，但亦不过惨然一笑，侧身而退，他也还有他自己的一个甜蜜的世界：他有尽够温饱一世的家财，他有美貌而多才的娇妻，他还期待着为人父的责任与快乐，而且，甚至当他明白了自己生理上的缺陷竟会严重到不能曲尽丈夫的天职，对不起这么一位艳妻，更不用妄想传宗接代，这时候，他也还能泰然自若，他正当盛年，他有钱，能够罗致奇丹异药。待到丹药亦未奏功，还有人说鸦片烟于此道颇有奇效。但是，这一下可就铸成了终身的大恨，鸦片不过是鸦片，他所期望的效验在一闪之间仿佛若有其事，以后便愈去愈远，终于弄到现在这样萎靡不振，百事都不感兴趣。

　　一缕辛酸，从胸膈上升，直透到鼻尖；两眼也感得饱胀，他叠起两个手指去一按，噗的一滴眼泪掉在烟盘里了。但是，人到绝望时每能达观，何况黄和光早已把"达观"作为疗治痛苦的灵药，他叹了口气，自言白语道："人生百年，反正是一场梦，不过我呢，梦还没做成就已经醒了！"他闭了眼睛，任凭感情的自来自去，渐渐地又入了忘人忘我的境界……正在朦胧，忽然一股异香又刺醒了他的神经，他慢慢睁开眼来，却见婉小姐已经坐在对面，盘着腿，一对眼睛水汪汪地望在他的脸上。

有一点什么热的东西在和光身内蠕动了一下，他对婉小姐笑了笑。但是笑痕还没消逝，不久以前那种苍凉的味儿又压在他心头了。

婉小姐一身晚妆：那一对盘龙髻变成一条乌光的大辫子，穿一件浅紫色太君领对襟纱衫，下身是白绸裤子，粉红色绣黑花的软底缎鞋。手里拿了一把沉香木柄的雪白的拂尘，婉小姐一面逗弄着榻下那匹玳瑁猫，一面对她丈夫说道："我告诉你一件事，明天我要到钱家庄去走一趟，已经雇定了财喜那条船了。"

"哦——"和光漫应着。

婉小姐又抢口接着说道："姑妈说那边不远叫做什么村的，有座大士庙，求个什么娃娃的，再灵验也没有了；我打算去烧香许愿。"

和光又习惯地"哦"了一声，但随即将眼一睁，望着婉小姐笑了笑，心想怎么她忽然相信起这一套来了。婉小姐似乎懂得他的意思，手捂着嘴，吃吃地笑道："和光！这叫做急来抱佛脚！"

和光也笑了，看着婉小姐的对襟纱衫胸前那几颗八角棱玻璃纽扣颤颤地跳动发着闪光，忽然心一动，惘然片晌，这才答道："也好。不过，何必赶这大热天去呢？也不争在这几天上。"

"我想着要去就马上去，天热天冷还不是一样——"她忽地将手一缩，将拂尘高高扬起，扭腰望着榻下叱道，"怎么抓到我手上来了，讨打么？"但同时又探手下去将那匹玳瑁猫一把提了起来，放在脚边，回眸盼着和光，继续说道："可是我还有一件事呢，也是姑妈说起来的，和光，你猜一猜？"

和光微笑着摇头，心里却在纳罕，为什么婉小姐今天这样高兴而且满面春色？素性好强，纵有千般烦恼，却依然有说有笑，并且因为和光常觉悒悒的缘故，她有时还找些事来逗着玩笑，但总不及此时她笑的那样朗爽，一举一动又那样娇憨，难道真有什么喜事么？和光想着又笑了笑，便答道："猜不着，还是你赶快说出来，也让我高兴一下。"

"你可以做爸爸，"婉小姐忽又不笑，郑重地伸手指着和光又指着自己，"我也要做妈妈了！"

这可把和光怔住了，未及开口，婉小姐又郑重问道："一个女孩子，和光，女孩子，你要不要？"

"嗳，婉卿，"例外地倒是和光性急起来，"赶快说，别再逗着玩了。"

"姑妈他们的本家叫做钱永顺的，有一个满了三岁的女孩子，白白胖胖，怪可爱的……"

不等她说完，和光就哈哈笑道："这我可猜着了，姓钱的女孩子变做了姓黄！可是，人家未必舍得给我们罢？"

"舍得！姑妈一口担保。"

"哦！"和光随手拾起一根烟签，在烟膏盒内蘸了一蘸，"那么，等姑妈回家去先说妥了，我们再去领了来，岂不更好。"

"嗳嗳，"婉小姐横波嗔了和光一眼，"我可不像你那样慢性子！你是人家送上门来还要双手拦住，说，慢一点，还得看个好日子！"说着，她自己也噗嗤地笑了，忽然把那玳瑁猫抱了起来，熨在胸前，就像抱一个婴儿，又说道，"我巴不得连夜去呢！生怕去迟了就被别人抢了先。"

和光也被她说得高兴起来，放下烟签，霍地坐了起来，说道："好罢，明天我们一块儿去！"

"不要，"婉小姐抿嘴笑着，"不要你去，我才不要你去呢！你给我看家就好啦！"放开那猫儿，婉小姐腰一扭，就歪在烟榻上，有意无意地也拈取一支烟签，替和光打泡。

园子里的秋虫们，此时正奏着繁丝急竹；忽然有浩气沛然的长吟声，起于近处的墙角，这大概是一匹白头的蚯蚓罢，它的曲子竟有那样的悲壮。

而这悲壮的声调却投入了和光的心坎，又反跃出来，变成了一声轻喟。他看着婉小姐尖着手指，很敏捷地在打烟泡；眉角眼梢泛着喜孜孜的红晕，两片嘴唇也似笑非笑。和光觉得有话要说，但是又有一股无形的力量却在禁止他用任何动作来打搅这一幅静美的图画，他轻轻侧下身去，头靠着那高枕，便闭了眼睛，惘然想道：中间只隔着一盏灯，这边是我，那边是她；然而，我们好像是分住在两个世界！她的呢，好比是花明柳媚的三月艳阳天，尽管有时风光惨淡，她在其中却老是那样兴致蓬勃，一个希望接连着又一个；然而我的那个世界呢，竟是秋光已老，肃杀凄凉，我就像那匹蜷伏在墙脚的老蚯蚓，不过有时尚能浩然一悲吟罢了。——然而我和她毕竟又是一体，是一对同命的可怜虫，为什么我们俩的心情竟好似分住在两个世界？想到这里，和光感得可怕起来了。他猛然睁开眼来，却见婉小姐已经打好了两个烟泡，这时候正反叉两手，支在脑后，纱衫的袖子直褪到肩头，露出两条丰腴雪白的臂膊。她两眼望着和光，笑吟吟地问道："和光，你在想些什么？"

"哦——"和光又习惯地发出了这若有意若无意的一声，正觉得难以回答，不料婉小姐早又吃吃地笑着道："不！我不要你这一声哦！和光，为什么你老爱这么哦，哦？有时候我听得你这一声，心里会一跳。"

"那也是弄惯了，"和光随口回答，"你不爱听，我就不再哦了，好么？"

"好！那么，你再告诉我，刚才你想些什么？"

和光发窘地一笑，又随口答道："我在想，为什么前两年好多人劝你领个孩子你都不要，今儿你倒这么迫不及待起来了。"

"嗨，你才不懂呢！"婉小姐卖弄似的说，吃吃地笑着，连那轻纱护住的乳部也在巍颤颤地跳动，"从前我有从前的心事，现在我有现在的想法。"

"什么心事？什么想法？"和光又有口无心地问着；摆在他眼前的洋溢着青春热力的肉体，不知怎地又引起了他的自叹形秽的感伤。

婉小姐不回答，放下两手，侧身对着和光，两眼却凝定地望着烟灯的一点火光。好像这时才发见，和光吃惊地看着侧卧在那里像折断了似的婉小姐的细腰。可是这腰下的丰臀一摆，和光又听得婉小姐说："我想，有这么一个孩子在家里，多少也热闹些，也多一件事来消磨时光。不过这是我现在的想法，从前我可不那么想。"

和光惘然点头，婉小姐忽又笑问道："你知道不知道我从前是怎样个想法？"

和光摇了摇头，但又说道："人是年岁越大越想有个孩子。"

"也许是的。"婉小姐惘然微笑，但忽地眉梢一挑，急改口道，"不是，我才不是那样呢！和光，告诉你罢，从前有好多时候我是把你当作我的孩子的，——和光，你不要笑，当真把你当作一个乖乖的肯听话的孩子。"她兴奋起来了，"我自己想想也好笑，有时候半夜醒来，摸一下身边，嗳，身边有你，虾子似的躺在那里，一想到这是我的丈夫，嗳——心里就有点冷，可是马上念头一转，我就喜孜孜地看着你的纹丝儿不动的睡相。"

和光听得怔住了，有一缕又辛酸又甜蜜的东西在他心里一点一点胀大起来。

"可是，"婉小姐拈一根烟签在手里玩着，"光景亦不过三两个月罢，我的心境又不同了，我另外要一个孩子！会用他那白胖胖的小手摸着我的面孔呀呀地学着叫妈的孩子！"

和光深沉地叹了一口气，忽然伸手过去挽住了婉小姐的手，只唤得一声"婉卿"便噗落落掉下了两滴眼泪。这可把婉小姐吓了一跳，她还没悟到自己刚才那番话可巧就是和光常常自觉对不起她而又无可如何的隐曲，她还以为和光误解了她那一句"另外要一个孩子"；她当真像一个母亲似的急得只想将这"大孩子"一把揽在怀里，可又看见和光抬起头来，噙着眼泪说道："婉卿，我害了你了；你是个了不起的女人，可是我害了你一世了！"似乎感情平复了些，他放了婉小姐的手，轻轻的温柔地抚摸着她的头发，又说道："这五年来，你总是藏过了你心里的说不完的烦恼，总是打起精神，有说有笑；你这份心思，只有我知道：你是怕引起了我的烦恼。我从没给你一点快乐，我只给了你许多烦恼，你要照料家务，又要照料我，一直照料到外场——我们的一份家当。可是，"他重又呜咽起来，"为的什么来呢？我知道我这毛病这一世是治不好的了，婉卿……"

再也说不下去，和光身子一扭，颓然仰卧，闭了眼睛，让他这激越的情绪自己慢慢冷下去。

和光再睁开眼来，婉小姐已经偎在他身旁，满脸的温柔，满脸的慈祥，凝眸看着他，宛然是一个母亲在看护她的病中的小宝宝。和光叹口气道："要是当真我变做一个小孩子，多么好呀……"下面还有一句"那我可以从新做人——一个强壮的男子汉大丈夫！"还没出口，却已经被婉小姐的轻怜密爱的横波一嗔所禁住。婉小姐似笑非笑轻声啐道："你——再那么着，我可要生气了！"

和光又叹了一口气，墙角那匹白头蚯蚓忽又悠然长吟。不知躲在何处的几头油葫芦也来伴奏。这一个是悲壮而一个是缠绵凄婉的两部合唱，吸引了和光和婉卿都悄悄地倾耳静听。

挂在房间正中，装饰着五彩琉璃缨络的那盏大号保险灯，光芒四射，使得房内凡能返光的东西都熠熠生辉；烟榻上，那莹然一点的烟灯，相形之下，好像就要灭寂似的，然而仍能凝然不动，保持它的存在。

和光惘然看着，觉得那华贵而光采逼人的保险灯好比婉卿，而那莹然凝定的烟灯就是他自己；他苦笑一下，忽然感到这沉默的压迫，带一点聊以解嘲的心情，猝然问道："婉卿，我这口烟，抽上了几年了呢？"

"三年。"婉小姐俯首温柔地看住了和光的面孔，好像观察一个病人的病情有没有变化，她笑了笑又加着说道，"还——不到一点。"

"现在——我，每天抽多少？"

"八九钱光景……"

"啊！前天你不是说还有一两多么？"和光惊讶地说，手指着烟盘里的牛角烟盒，似乎要它们出来证明。

婉小姐抿着嘴笑。一会儿才答道："那么，你就算它是一两多罢，也行。"

"不，婉卿，你得老实告诉我，究竟多少，为的是——我总觉得我要是少抽了身体马上会支撑不住。"

"可是这几天你觉得精神怎样呢？"

和光想了一想道："倒也不觉得怎的。"

婉小姐吃吃地笑着眉飞色舞地说道："分量是一两多，可是真货也不过八九成啦，"她掩着嘴，笑的红潮满颊，"现在老实告诉你了，反正我这卖烟的不怕得罪主顾，断绝了买卖！"

"哦，我还蒙在鼓里呢！"和光呆了半晌这才说；忽然笑了笑，但眼圈儿有点红，声音也有点颤，又说道："婉卿，你这样操心，可是——"他略略一顿，蓦地绝处逢生似的笑逐颜开，转口问道："婉卿，你看我这口烟，到底戒得了呢，戒不了？"

"戒得了！"婉小姐笑着点头，"怎么会戒不了，要不是今年夏天时症多，你老是闹着小病，这就戒的差不多了呢。"

和光还有点不敢自信。

婉小姐又说道："从前大舅父二舅父都有瘾，比你的还大些；他们上瘾的年数，也比你多些。可是你瞧他们不是都戒了么？你比他们还年青得多呢！"

和光默然深思，又伸出手来看了看，似乎这手会告诉他"成不成"。这时候，楼下来了叫少奶奶的声音，婉小姐走到前面窗口问道："阿巧么——不用你伺候。你去睡罢……不，今晚你就睡在这里楼下，明天我去钱家庄，要带了你去。"婉小姐转过身来却见和光已经站在跟前，满面心事，拉住了婉小姐的手，轻轻然而郑重地又问道："婉卿，你看我当真戒得了么？"

婉小姐不禁失声笑了起来。和光又接着说："那么，说做就做，明天就开头如何？"

婉小姐拉着他走到大号保险灯下那小小圆桌旁，一面答道：

"和光，这件事都交给我。你呢，只当作没有这么一回事。你只管天天抽。"

"哦——抽来抽去，后来就不想抽了，对么？"

婉小姐微笑点头，在圆桌旁坐下。和光在房内慢慢踱着，却一点一点兴奋起来；他走一步说一句："嗳，婉卿，今年我还不满三十，倘照古人的说法，还是刚刚成年，要是——哎，不用说这口烟是戒得了的，婉卿，不是你答应我可以戒断的么，好，戒了烟，"这时他踱到婉小姐面前了，满面春风的看着婉小姐，拍着她的肩道："婉卿，你瞧我还做些什么事业？自然，总还得做一番事业，不论大小，总是事业。可是，婉卿，你觉得我干什么最相宜，我就干什么。我——嗳，这几年来，守着一支烟枪，倒也不是没有好处，我静中思前想后，觉得从前我这人，太没有阅历，太不懂人情世故，以后我可不那样傻了。"他笑了笑，又慢慢走开，却又回头看着手托粉腮微笑静听的婉小姐，声音提高了些："讲到人情世故，待人接物，你教了我不少的乖！你比我能干：有主意，有决断，从不慌张，决不灰心！"他站住了，又走回到婉小姐身边，俯身靠在桌上，面对面，悄声的像有什么秘密，又接着说道，"婉卿，你总还记得，我刚上了瘾不久，也曾劝你抽些玩玩，干么我劝你也抽呢？我就见到我们俩，一个抽，一个不抽，一个要白天睡觉，一个得晚上睡觉，两个人倒好像分住在阴阳两个世界，我这边且不说，可是你太苦了，这是我的傻想法。幸而你有决断，你一定不抽，玩玩也不来。……"他又挺直了腰，吐一口得救似的长气，"要是你也玩上了瘾，好，有些地方也许省事些，比方说，刚才我们那一番话就一定不会有，然而我们这一世也完蛋，———一盏灯，两支枪，什么都完！"

婉小姐一手支颐，一手玩弄着衣角，微笑不离嘴角，两眼凝定，似乎在用心听，似乎又在想什么心事。她见和光那样兴奋，宛然又是他们结婚不久和光还没抽上这一口那时的光景，她很觉得高兴；虽然也怕他过于兴奋，回头又累了，可是她又不愿意打断他的好兴致。

和光燃起一支香烟，抽了几口，就在婉卿对面坐下，神采飞扬地笑了笑，便问道："婉卿，你干么老不开口？"

"我不开口？"婉小姐甜蜜地笑了笑。"我在听你。——你说的多么美！"

"哦——"和光的习惯又来了，但立即笑着改口道，"又忘了，你不喜欢这声音。对，我要是戒了烟，我们从新来安排怎样过日子，那时这才美得很呢！不过，婉卿，你说，我到底该不该出去做点事？"

"自然要做事，可也不必急于要做事。"

"对！我们先得出门去跑跑，散散心。上海，天津，青岛，牯岭，游山玩水，也长些见识，也……"

婉小姐噗嗤一笑打断了和光的话："难道你上海还没玩够？"

"不是那么说的，"和光郑重其事声明，"这个大码头，一年不到就叫你不认识了，我们出门去游玩，自然不能不到那边。"

"可是我最喜欢游山玩水。还有海，我还没见过海，多倒楣！和光，要是，我们到青岛去过一个夏天，那多么有趣！"

"一定会去的，婉卿。"和光的口气好像万事齐备，只待动身。

"新年里良材表哥来，他是去过青岛的，那还是他十来岁的时候，跟他爸爸去的；他说，海水是那么绿，望不到边，沙滩上又软和，又干净。避暑的洋人带着孩子，夫妻们坐在沙滩上，看孩子笑着跑着，在沙上打滚。将来我们去青岛，一定要在夏天，多住几时。"

"对！你可以做一套洋服来穿，婉卿，你穿洋服，一定更美！你想青山碧海，一片平沙，天风徐来，我们俩挽着个刚学步的孩子在沙滩上慢慢地走，这——神仙也不过如此！"

婉小姐乐得连眉毛也在笑，她忙接口道："孩子也得穿洋服。我就喜欢孩子穿洋服；孩子们穿洋服，才见得活泼，有精神！……"她忽然住口，她看见和光的头慢慢低了下去。她怔了一下，伸手去摸他的手。和光抬起头，叹了口气，神气沮丧，刚才那种豪情，忽然一点也没有。

"和光！"婉小姐轻声唤着，还没说下去，和光却已愀然叹道："婉卿，我们不过是在说梦话罢哩！"

"和光！"婉小姐第二次唤着。可是不待她再开口，和光又抢着说他自己的话："戒烟呢，也许；可是我那个毛病呀，我简直想也不敢想……"他低下头，便不再言语。

婉小姐也有点惘然。但她立刻眉梢一挑，盈盈站起，走到和光身旁，用手扶起他的头来，柔声说道："和光，你又发呆气了！你这毛病不是一定没有办法的！"

和光摇头，眼圈儿有点红了。

婉小姐急了，凑到他耳边低声说道："一定有。你想一想，我们刚成亲那半年怎样，现在又怎样？你倒比一比。"

和光两眼怔怔的，只是望着婉小姐。

"都是听了那个江湖郎中的狗屁，说鸦片烟可以治好，都是这口烟愈弄愈糟的！"

"可是这口烟还没上瘾的时候，难道不是什么方法都想遍了的，丸药，丹方，中国药，外国药，不但内服，而且外用，不是连一些七奇八怪的家伙也使过了么，有什么效验呢？"

"那也还是这样乱七八糟弄坏了的，"婉小姐羞答答地说，脸也红了。"我那时原觉得不好，可是你不依。也怪我太随顺了你。那些药，那些家伙，好好人家谁也不会使的。这回你戒断了烟，一定要正正经经的治一治，我们到处访问，一定要找到一位名家医生。年纪又不大，我不信没有办法！"

和光似信非信的望住了婉小姐的面孔，一言不发，但是他那眼光渐渐活动起来了。

"中国如果没有那样好本事的名医，我们还可以到东洋去，还可以到西洋去！我不信世界上竟没有治这病的方法！"

和光两眼放光，半晌，猝然叫道："婉卿，婉卿，人定真能胜天么？"

"怎么不能！"婉小姐毅然回答，"事在人为！包在我身上，两年三载，还你一个……"她忽然低了头，吃吃地笑。和光也会意地一笑，慢慢站起，拉着婉小姐，走到了烟榻边，忽然连打两个呵欠，他不好意思地说道：

"婉卿，今儿还想抽几口，使得使不得呢？"

"啐！偏偏使不得。"婉小姐佯嗔地回答，又笑了笑，"你瞧你那涎皮涎脸的样子。"她也往烟榻上一倒，随手拿起烟签代和光打了几个泡。又随便谈了几句家常，婉小姐打个呵欠，抬头看了看烟榻后面长几上的时辰钟，失惊道："啊，不早了，明天还得顶天亮起身呢！和光，我先去睡了，你还有什么事？"

和光摇着头，捧起烟枪一鼓作气就抽，立即那房里充满了浓郁的暖香。婉小姐慢慢起身，不大放心似的朝和光又望一眼，抛给他一个甜蜜的微笑，就姗姗地独自走进里面的套间去了。

不多会儿，那床前的小洋灯，光焰缩小，又听得婉小姐似乎吁了一口长气，接着就是铜帐钩叮的一声响。这时和光刚好抽完一筒，他猛可地想起一件事，便唤道："婉卿，忘记告诉你一句话。"

"嗳嗳，"婉小姐曼声回答，"是要紧的话么？"

"要紧！是恂如托我的，他再三叮嘱……"

"怪了，他有什么事找到你呀？"

"他再三叮咛，别让他家里人知道，一个也不让知道；他还怕他店里的人知道。"

"快说呀，婉小姐不耐烦了，"怎么你这样婆子气！"

"他要借一百块钱。"

"啐！这也值得那么……"过一会儿，婉小姐又说道，"好罢，你告诉他，是我说的，要他自己到我手里来拿。"

"那个，——明天你不是要去钱家庄么？"

"那就让他等一天。你以为他当真有什么急用么？那么鬼鬼祟祟的！"

"就这么着罢，"和光应了，便又捧起了烟枪，却忍不住想道：真厉害，精神也真好，心思也真周到，她什么事都要管，不放松一丝一毫。

里边床上轻轻响动，大概是婉小姐翻个身，听得她自言自语道："怪道今天嫂嫂的话里有话，我一定要当面问他个明明白白……"

这以后，万籁无声，只有墙脚那匹蚯蚓忽然又悲壮地长吟起来了。①

----

① 本章内说到蚯蚓的长鸣。这是江浙一带老百姓指夏末秋初来自墙脚或石阶下面的一种虫鸣的声音。曾有一位生物学家告诉我：蚯蚓没有发声器官，是不能鸣的。通常所谓蚯蚓的鸣声，大概是另一种虫的鸣声。这里仍写作蚯蚓，是依照老百姓的习惯的说法，因为小说到底不是生物学教科书，稍稍不科学些，是可以容许的。

1958.4. 作者补注

五

那天在雅集园茶社，梁子安是猜错了；那时门外倒还没有赵家的"探子"。但是黄昏以前，赵府上那位"哈将军"徐士秀到底在摆碰和台子的郭家又遇到了宋少荣，无意之中，探得了他认为很有意思的消息。

徐士秀的眼珠骨溜溜转着，心里便有了个主意。他本待打完八圈牌再走，可是第四圈最后一副是他的庄，吃了个大亏，弄得他那羞涩"阮囊"一扫而光。正在进退两难，恰好朱行健老先生的义子朱竞新，白夹翩翩，摇着一把名人书画的七骨大折扇，于于然来了。趁这机会，徐士秀赶快"让贤"，一溜烟跑出了郭家。

他怀着极大希望，理直气壮，直奔里仁坊。宋少荣说的什么朱老先生不赞成将善堂积存移作别用，他倒不感兴趣，而且也像四圈牌头几副赢来的钱一样，早已还给宋少荣了；可是他知道赵守义这次发愿要赶办的十多年来第一回的征信录，实在还没动手。"现在那书呆子朱老头儿说要清查账目，这一炮从里边打出来，难道还不凶？"他心里盘算着："趁早给守翁报个信，且不说区区徐士秀毕竟强过哼将军，也见得我们到底是正正经经的至亲，痛痒相关。"

想的太得意了，徐士秀一口气已经走到里仁坊尽头，还亏那耶稣教堂附设的女学校当当的钟声提醒了他。赶快踅回，不多几步，远远便看见赵府大门边那家纸扎铺前面，围着四五个人。徐士秀把脚步放慢，斯斯文文踅过去，先听得鲍德新的狗哭似的干笑声。他感到几分不自在，斯文的步子又改为蹑足而行，这时候，又听得贾长庆吵架似的高声嚷道："德新，你真是过虑；地皮呢，回头可以再买呵！"那鲍德新又立刻反驳："哈哈，你是只知其一，未知其二。你说，咱们先买地，后盖房呢，还是先盖了房子后买地？现在房子先送了去，地皮还没着落，难道这就老停在云端里？"

徐士秀听着不懂，悄悄踅上前去一看，原来这几位大老官正在赏鉴那纸扎铺新糊成的三楼三底外带后花园的一座大冥屋。赵守义只穿家常短衣，站在自家大门口，显然是送客出来的。他们都没瞧见徐士秀，而鲍德新那番话正引起了众位的哈哈大笑。胡月亭冷冷的声调继笑声而作："鲍兄说的也对。只是鲍兄怕也未必知道阴间买卖地皮是否也跟我们阳间一样常有纠纷的罢？要是也有，还得办好红契，和冥屋一同送去。然而，红契总得由主管衙门发给；县知事是阳间的官，恐怕他那颗官印也未见得中用罢？"

这可把鲍贾二位都问住了。赵守义只是微笑点头，似乎还没到他出来一言为定的时候。徐士秀毕竟是聪明人，此时便也明白各位所争何事，灵机一动，得了个主意，便不慌不忙，闪身出来，向众位作了个公揖，笑吟吟说道："晚生有个愚见，何不借重城隍老爷那颗宝印呢？"

别人还没开口，不料那樊雄飞就哼了一声道："不行，不行。城隍庙的阿七，出名是个酒糊涂，三杯黄汤下了肚子，青红皂白就搅不清楚。要是他不管三七二十一，跟中元节送符一样，两毛钱是一张，一块钱也是一张，将来弄得空头地契满天飞，阎王驾前打起地皮官司来，那不是大大的笑话？"

这一顿抢白，倒弄得徐士秀不好意思。正想哈哈一笑开头，回敬几句，那边的贾长庆早已扯直嗓子叫道："有了，有了；诸公请听我的办法：不如由善堂来办地契，咨请都城隍盖个印，岂不甚妙？"

赵守义点头微笑道："长翁此说，倒也有理。"

然而鲍德新偏偏要挑剔。他目视赵老头，干笑道："使不得。目今善堂正为众矢之的，正该避过这一阵风头再说。现有敦风化俗会在这里，何不竟由教化会拟定规章，发兑红契，反正关帝爷又是本会名誉会长，竟连咨请都城隍加用宝箓这一层也可免了，这才是一举两得！"

众位听了，未及答言，胡月亭先冷冷地一笑道："好呵！而且也简便。鲍德翁大可一手包办。你是敦化会的会长，又是关夫子的寄名儿子，老鲍，你自然是当仁不让了。"

众位都会意地笑了起来，可是赵守义蓦地正容说道："提到敦化会，我可想起一件事来。诸公何不再进去坐一会儿，大家谈谈。"

大家欣然依命。摸黑走过那个青苔满地几乎要滑倒人的大天井，到了大厅前，诸公这才礼貌彬然的谦让起来。末了还是赵守义说"那么，我引路罢"，就首先进厅，立即拉长了调子，叫老妈子倒茶。

胡月亭昂然上坐，自然动手拿过水烟袋来，一面抽，一面就问道："守翁有什么赐教？"

赵守义想了想，便说道："这话，该有半个月光景了罢，孝廉公从省里来信，说起近来有一个叫做什么陈毒蝎的，专一诽谤圣人，鼓吹邪说，竟比前清末年的康梁还要可恨可怕。咳，孝廉公问我，县里有没有那姓陈的党徒？"赵守义略一顿，便哑然失笑，又说道，"诸公都明白，兄弟老迈了，有些事竟也照顾不那么周到，全仗诸公襄赞。"

诸公不约而同叫道："那是守翁过谦。"但这一声过后，便又满厅寂然。赵守义干咳了一声，眼看着胡月亭，不料那樊雄飞却冒冒失失开口道："跟警察局长说一声，不就得了么？"

胡月亭哑然笑道："恐怕那姓陈的党徒，倒还不是什么偷鸡摸狗那一流罢。"

"可不是！"赵守义肃然动容又说，"孝廉公信上说比康梁还可怕，想来又是闹什么变法的！月翁，你说对不对？"

原来诸公之中，胡月亭总算是前清的一名秀才，而且朱行健他们闹"维新"的时候，他也已经"出山"，所以还约略懂得"康梁"是什么；月亭而外，就数鲍德新这位前清的监生是斯文一脉，无奈他又是关夫子的寄名儿子，古理古气，简直不知有唐宋，更何论近在目前的戊戌？当下这两位一听问题太深奥，又在哼哈二将这两个小辈跟前，便不约而同持重起来。但是贾长庆却不耐烦了，他从赵守义的"变法"二字上忽然彻悟，便拍着手叫道："有了，有了；人家孝廉公到底中过举，是天上星宿下凡，所以能够未卜先知，从省里就看到了县里……"

"哦！"赵守义转过脸来急问，"长翁既这么说，必有所见？"

"哪里，哪里，"贾长庆忽然客气起来，"也是凑巧。前几天，县里来了几个变把戏的，到兄弟那里打招呼，当时我就觉得其中两个，一男一女，倔头强脑，不大顺眼，如今想来，孝廉公那个话一定是应在这一伙变把的身上了。"

一语未毕，胡月亭早已失声笑了起来。赵守义也觉得好笑，正待说明那"变法"不是"变把"，樊雄飞忽又不甘寂寞，挺身说道："怎么？刚才我说得报告警察，一点也不错的！不单是那一伙变把戏的，城隍庙前那个活神仙相面的，大刺刺地，我瞧着也不顺眼。"

"嗯，哎，"赵守义苦笑着。一看扯得太野了，待要当面驳斥，又怕贾长庆脸上下不去，他便改口道："诸公，且喝茶罢。"话刚出口，这才觉得茶还没来，同时却又听得诟谇之声隐隐在楼上爆发。他心里有点不定，但仍然拉长调子，又一次唤"黄妈——倒茶来——"。这当儿，胡月亭自谓义不容辞，就淡然一笑道："长庆兄，那个陈什么的，恐怕还是读书人呢，说不定也是中过举的，所以，他的党徒大概也是念书的。老兄怎么扯到跑江湖那一伙去？要是什么跑江湖的，孝廉公一封八行信给县里第一科，不就得了么？何必要赵守翁费心呢！"

贾长庆还有点不服，那边徐士秀乘机进言道："哈，月亭老伯这话对极了！前天，我瞧见县立学校的教员袁维明，拿着一本书，里头就讲什么男女平等，婚姻自由，这倒也罢了，只是，只是——"徐士秀伸手抓头，似乎想不起来了，恰就在这当儿，一派女人的尖锐的声音破空而来，这可触动了徐士秀的记忆，他得意地哈了一声就滚瓜流水地一口气说道："说是男女在那件事上也该平等，男子既可嫖妓，女子也可以偷汉，——他们叫这是什么贞操的平等！"

"那还了得，那还了得！"鲍德新猛然跳起来破口大叫，"这简直是——比禽兽都不如了呵！"

但这时候，轰隆一响又接着个"金声玉振"的劈拍，就在诸公头顶盖了下来。诸公相顾失色，赵守翁也觉坐立不安，但还能夷然自重，只向樊雄飞丢了个眼色，叫他进去看一看。

只有鲍德新俨然是疾风雷雨不迷的气度，他攘臂向前继续叫道："诸公，万恶淫为首，这件事，这件事，我辈断乎不能坐视！"他又顾视赵守义道，"守翁，你有什么高见？"

这时樊雄飞已经进去，赵守义神色略觉镇定，听得鲍德新问他，便点头微笑答道："那——那自然先要请教敦风化俗会的会长啦！兄弟老迈无能……"一句话没完，早看见小丫头阿毛慌慌张张跑来报道："老爷，不好了，阿彩姊发了晕了！"同时，擂鼓似的声音，从楼板上嘭嘭而来，中间夹着个女人的刺耳的怒吼声："她装死么？装死吓谁？"赵守义再也不能充耳不闻了，只好站起来苦笑着说一句："诸公宽坐一会儿，兄弟去看看就来，"三步并作两步的也跑进去了。

胡月亭冷冷地一笑，伸一个小指对贾长庆一晃，说道："然而赵守翁竟无奈她何，此之谓天生万物，一物尅一物！"

贾长庆也会意地笑道："想不到那个陈毒什么的党徒，就在赵守翁家里！"

"啊，啊，月翁，长翁，"鲍德新大义凛然说道，"莫开玩笑！我辈不能坐视。敦化会总得有一番举动。……"他侧着头两眼一翻，突然拍手道："想起来了，当街晒女人的裤子，本来是不许可的。现在怎样？岂但女裤满街飞舞，还有新行的什么小马甲，也跟那些短而窄的裤子在那里比赛。尤其可恶的，颜色又竟那么娇艳，叫人看了真——真那个。这真是冶容海淫，人心大坏。"

"嗨，这你又是少见多怪了！"贾长庆把一双眼眯得细细的，做个鬼脸。"夫当街之艳裤，不过曾亲彼妇之下体而已，……"他摇头晃脑，猛可地戟手向鲍德新一指，叫着关夫子在乩坛上赐给他的寄名道，"嗨，关保命，你没看见女学生的裙子呢！天天缩短，总有一天会缩到没有的。其实没有倒也罢了，偏偏是在有无之间，好比隔帘花影，撩的人太心慌啦！"他两眼一瞪，咽下一口唾涎，"即如那耶稣教堂的女教员，嗨，她那条裙子，又是亮纱，又短，离那尊臀，最多一尺，嗨嗨！"

一言未毕，鲍德新早已连忙摇手轻声说道："咳，你何必拉上那耶稣教堂呢！那——那是，嗯，久在化外，你我莫去惹它为妙。只是县立女校的女教员也要学样，那个，我们敦化会是——碍难坐视的！"

胡月亭笑道："长庆说离那尊臀不过一尺，想来是量过的罢？"

"怎么？"贾长庆义形于色，"月翁不相信么？兄弟这双眼睛，比尺还准一点！"

说得鲍胡二人都仰脸哈哈大笑起来。

徐士秀本来自有心事，这时候实在坐不住了，趁他们笑得前仰后合的当儿，他就悄然离坐，穿过那大厅，径自到后面的小花厅楼上，找他的妹子。他知道刚才大厅上那场吵闹，又是赵老头的姨太太樊银花打翻了醋罐，可还不知道吵闹的对象是谁。

他摸上了那黑洞洞的楼梯，到了妹子房外，隔着那花布门帏，便听得房内有人小声说话，他站住了，侧过耳朵去，妹子淑贞的声音已在房内问道："门外是谁？"接着就是细碎的步声。徐士秀便撩开门帏，淑贞也已走到门前，看清了是他，便带点不大乐意的口气说道："嗳，又是你，干么？"

徐士秀涎着脸点头不说话。房内孤灯一点，徐士秀一进去，把那黄豆大的火焰冲得动摇不定。灯影旁边，一位四十多岁，脸色红润的妇人，扁鼻梁上架着金边老花眼镜，惊异地看了徐士秀一眼，便很大方地点头招呼。

"这是我的哥哥。"淑贞轻声说，口气倒像她的一件不中看的针线手工被人家瞧见了，满心惭愧，可又不能不承认是她的。

"认识，认识的，"那妇人慈和地笑着，"在街上，时常看见徐先生。"拿起她那自家缝制仿照牧师太太的真正舶来品式样的花布手提袋，挽在手腕上，"我要回去了。"又举手放在淑贞肩头，仰脸翻眼向天，低声说了句："主耶稣保佑你！"她又转脸笑着说，"徐先生有工夫，到我们那里来玩罢，"就慢步走了。

淑贞送出房门，两人又在房门外唧唧哝哝说了好些话。

徐士秀看见桌子上有几本红色和黄色封面的小册子，翻开一看，都是教堂里传道的书；这时淑贞也回进房里来了，徐士秀问道："刚才那一位，好像是耶稣教堂里的石师母罢？"

淑贞爱理不理的"嗯"了一声。

徐士秀觉得没趣，搭讪着又问道："刚才前边厅楼上那一位闹得很凶，什么事呢？"

"你问它干么？"淑贞倔强地把腰一扭，皱紧了眉头，没一点好口气。

"哎哎，话不是这么说的，"徐士秀赔着笑说，"谁又爱管闲事。不过，我想，你到底是在人家做人，又是小辈，前面闹的那么天翻地覆，你到底也出去打个花胡哨，应个景儿，也是好的，省得人家回头又怪上了你，说你……"

"好了好了。"淑贞截住了她哥哥的话，过一会儿这才叹口气又说道："这一点规矩，你打量我还不知道么？可是后来那位什么佺少爷上来了，跟那一个鬼鬼祟祟的，别说我看着不顺眼，恐怕他们也讨厌我在那里碍手碍脚了，——请问你：我这做小辈的该怎么办？这会儿，倒又该你来教训我了！"

"嗳，哟哟，哪里是教训你。不过，自家兄妹，至亲骨肉，怎么能够不关心呀！"

"噢，你还记得有个同胞妹子呵！"淑贞脸色都有点变了，"亏你还说怎么能够不关心，真是太要你操心了，把人家送在这么一个好地方！可又倒像探监似的，三天两头来！……"

"嗨！"徐士秀再也忍耐不住了，"妹妹，人家好心来看你……"

"算了，算了，"淑贞像一个不可理喻的孩子，声音也有点抖，"你当我死了就算了！我是半个身子已经埋在棺材里了，死也快啦！等我死了，你再来吊丧罢！"说着，眼圈儿就红了，别转脸去，将一个背脊向着她哥哥。

徐士秀怔了半响，忽然指天发誓道："我做哥哥的要是存心害你，不得好死！"顿住了一会儿，又苦笑着叫道："妹妹！事已至此，就是骂死我，打死我，也不中用了。我也何尝不是看见你心里就难受？不过，要是我不来看你，那你连说说气话的人也没一个，闷在心里，那不是更吃亏？"

淑贞转过身来，正要开口，可是房门口脚步响了，那个从淑贞出嫁时就做"陪房"一直到现在还跟在身边的快嘴小吴妈慌慌张张跑进房来。一见徐士秀，她就笑道："啊哟，少爷在这里！"一边就去倒茶，一边又咭咭刮刮说道，"小姐，我去偷偷地看了阿彩，真可怜呢！嗯，少爷，那个阿彩，你也见过，模样儿也还不差，人也文静，又是个知好歹的。咳，少爷，今天这屋里险些儿出了人命案子……"于是倾箱倒箧像背书一般说个不住口。

徐士秀心里有事，只听明白了一点，老爷和阿彩有私，怀了孕，这是姨太太樊银花大闹的缘由。

"到底伤动了胎气没有呢？"徐士秀问。

"谁知道呢！这么粗的棍子没头没脑打下去，石头人儿也受不住呵！"

徐士秀叹了口气摇头。那小吴妈又悄悄告诉道："早上打过了，后来，为的老爷偷偷地去瞧了她，又打发黄妈去买药给她吃，这才，——也不知是谁露了口，那一个又泼天泼地闹起来，这回可打的更狠。"

"吴妈，"淑贞听得心烦，"别再唠叨了，今天晒的衣服还搁在下边呢！"

"就去，就去，"小吴妈应着，一面走，一面还在摇头摆尾叹息道："人总也有个人心，可不是？"

这里兄妹二人暂时各无言语，淑贞手托着下巴，两眼定定的瞧着桌子上那几本福音书。她想到魔鬼，又想到天使。正在出神，忽听得士秀唤她，又说了句话，可没有听清。她转眼望着她哥哥，只见他忸怩地又说道："我手头又没有了，妹妹，你手边方便不方便……"

淑贞好像过了好一会，才明白了是怎么一回事；她不作声，只摇了摇头。

"妹妹，你再照应你哥哥一次！"士秀搭讪着又说，"看在故去的爸爸妈妈面上，再照应我一次！"

不料这句话恰就刺痛了淑贞的心，她盛气答道："亏你还记得爸爸妈妈！妈临死的时候对你说了什么话？妈是叫你听着那些三朋四友的调唆，整天胡闹，不干一点正经事的？"

徐士秀低了头不做声。淑贞更加生气。

"妈是叫你把同胞妹子送在这样一个魔鬼当道的地方的？妈是叫你给同胞妹子拣一个疯疯癫癫有跟没有一样的女婿的？"

徐士秀慢慢抬起头来，两眼光光的，好像噙着一包眼泪。但这反而在淑贞的满腔怨怒上泼了油。她竖起了眉梢，眼不转睛的看住了士秀。

"妈是叫你贪图人家几个钱出卖了妹子的？卖了就算了，亏你今天还有脸来……哼，你把我当作什么？"她止不住那猛攻上来的辛酸了，但她是刚强的性子，她不愿意在她所恨的人面前掉眼泪，她下死劲捺住了那股辛酸，咬着牙关又说道："亏你还有脸说……哎，别在我跟前再现世！"

霍地站起来，淑贞便向房门走，然而到了门口，她叹一口气，又折回身，便去坐在床上。

徐士秀也慢慢站起来，踱了一步，却又坐下，眼看着她，轻声的自言自语的说："是我的不好，又惹你生气。"反复说了两遍，忽然带着抽咽的声音又说道："我，徐士秀，没出息，不成材，不曾做过一件对得起爷娘的事儿，……可是，谁要说我卖妹子，我死了眼睛也不闭！……妹妹，你总该知道人家拿来多少钱？你也该知道钱都花在哪里？哎，我徐士秀不成材，可是我极要面子！而且，这是我代替爷娘办我妹子的喜事！我糊涂，也没细打听就定了妹子的终身大事，可是，天老爷有眼睛，我除了糊涂，心是好的！爸爸妈妈在地下有知，也只能骂我糊涂！"他低下头去，滴了两点眼泪，忽然又抬头慨然说道："妹妹，你不知道刚才你那些话就像刀扎在我心头，可是我不怨你，我知道你的心里比我更苦！"

淑贞叹了口气，不说话。

"我只恨我相信了一句话：有钱万事足！"徐士秀低着头，轻声儿，自言自语似的，又继续说，"胡月亭那张嘴，死的会说成活的，何况那时候妹夫原也不过呆钝钝，见人不会说话，问他什么的，有时回答的满对，有时可就叫人莫明其妙，——这是我亲眼看了来的。那时我不是对你这样说么：赵家有钱，姑爷人老实些，倒比灵活的可靠。有钱万事足！那时我自己还觉得糊涂了小半世的我，在你这件大事上倒还精细着呢，谁料得到过门以后，妹夫就……那时才知道他原本犯的是花痴！"

"哎，不用说了，不用说了！"淑贞又暴躁起来。低头弄着衣角，过一会儿，她又叹口气道："什么都是命里注定的罢？死了倒干净痛快！"她的神色忽然异常冷静，看着她哥哥又说道："你当我已经死了罢，这里你也少来。哎，听不到人家背后那些冷言冷语，也该看得出人家的嘴脸！"

"啊啊，妹妹！"徐士秀明白淑贞话里所指何事，但又不以为然，"尽管我糊涂，难道这一点也看不出来。老头子多少还顾点面子，那一个是什么东西，狗眼看人低，难道我还不明白？再说，什么侄少爷，那一双狗眼睛，贼忒忒地，生怕老头子跟我多说一句话，他身上好像就落了一块肉，这我难道还看不出来？

不过……"

"不过什么呢！你这样天天上衙门似的，得了什么好处没有？嗨，你多来一次，我多受一次气罢哩！你没瞧见人家那种指桑骂槐的奚落和讥笑呢，哎，你到底是我的亲哥哥呀！"

"也可以，"徐士秀万分委屈似的应了一句，"如果你不乐意。"他索性把已经到了舌尖的话都咽在肚里。

看见她哥哥可那种愁眉苦脸的神气，淑贞倒又觉得有点过意不去，她叹一口气，款款站起来，又说道："哥哥你说不放心我，那倒不必。我呢，反正是这样了，自己也有个打算。你多少也得替自己想一想，总该有个久长之计。"

不料这句话引起了士秀不小的反感，他连连摇头道："有什么久长之计？有了又怎的？我也反正是这样的了，混一天算一天罢哩！"

"哥哥……"

但是徐士秀不理她，苦笑了一下，又说道："我现在就好比游魂野鬼。前年你嫂嫂死了，又没剩一男半女，现在我连个家都没有！……嗨，再讨一房么？谁家的姑娘肯给我这文不文武不武的破落户，况且我也养不起。"

淑贞叹口气，对他看了一眼，却没言语。

他知道妹子朝他看这一眼的意思，又苦笑道："妹妹，你怪我不去找点事么？哎，事，这个玩意儿，也是十足的势利鬼；现在我这样的嘴脸，就是本来有事在身上，它也早就逃走。嗨嗨，我有句说着玩的话，妹妹你可莫生气：我是打从得了那么一个妹夫倒楣起来的，等到妹夫的病医好，那我也该转点运气……"话刚出口，他看见妹子的脸色变了，赶快补一句道，"可是妹夫的病迟早总能够治好，所以我的好运气迟早也会来的！"

"嗳，你怎么和他比！"淑贞并不生气，只这么说一句，又回到床前，没精打采地倚了那床柱，两眼定定的，看着士秀。

"一定能治好！"徐士秀又郑重说，"前几天医院里还有信给老头子……"

"医院里还不是那一套话，"淑贞不耐烦地抢着说，"治得好也罢，治不好也罢，反正我有我的打算。"

这是第二次，淑贞说她自有打算。徐士秀也注意到了。正想问她，可又听得楼下有人高声喊道："舅少爷还没走么？老爷请他说话。"徐士秀赶快应了一声，转身想走，但又回头朝房里瞥了一眼，好像要看看有没有东西遗忘。

他走到房门外了，却又听得淑贞急口而低声唤道："等一等，——哥哥！"他转身又进去，看见淑贞站在床前的小方桌旁边，开了抽屉，一手在找摸；徐士秀正要开口，淑贞很快地将一个小纸包塞在他手里，便使眼色叫他走。徐士秀捏一捏那纸包，明白了是什么东西的时候，反倒不好意思起来，但淑贞只说了句"你省点儿罢"，就反身去伏在枕上，那忍住了半天的酸泪夺眶而出，再也止不住了。

徐士秀满面惭愧，低声说"记得"，便惘惘然出了房门，下了楼。

前面厅上一盏小洋灯照着赵守义独自绕着桌子踱方步。他看见徐士秀来了，很客气地让坐，又说道："刚才——真是抱歉抱歉。"

徐士秀也客气了几句，心里觉得奇怪，为什么老头子今天特别礼貌周到，但口里却又悄悄问道："都没事了罢？……都平安？"

赵守义点头，轻轻叹口气，有意无意地朝屏门那边瞧了一眼，轻声说了句"也够麻烦啦"，忽然扬声笑了笑道："有点小事，打算劳驾，不知你有没有工夫？"

"嗯，什么事呢？"

"哦哦——"赵守义却又不回答，沉吟了一会儿，笑了笑又说："一点小事情，小事情。"便踱到窗前的账桌边，开了锁，取出一本厚账簿翻了半天，才捡出一张纸，向亮处照了照，踱回来，看着徐士秀说道："这单子上是十八户，——反正都在钱家庄和小曹庄一带，费神，费神。"

徐士秀接过那纸来一看，就明白是催讨欠租和高利贷。还没开口，赵守义又嘱咐道："内中那姜锦生的一户，可刁得很哪，哦，前年春天借的二十块钱，二分半息，六个月期，嗨嗨，转过五期，不过加他到六分月息，可是两年中间他解来几个钱呢？才不过十来块！这，这简直是不成话！如今又到期了，一定要跟他结一结；谁有这闲工夫跟他老打麻烦？反正他有三亩七分的田抵押在我这边……哦，你跟小曹庄的曹志诚商量着办罢：要是姜锦生不能够本利还清，那我就要收他的田！"

徐士秀想了想，说道："钱家庄么，是要雇了船去的。只是，亲翁，何不叫雄飞兄走这一趟？在这些事情上头，小侄也不大了了。"

"雄飞么，"赵守义淡淡一笑，"他恐怕分身不开。"侧着耳似乎听听有没有什么响动，然后又皱着眉凑过头去悄悄说道："楼上那个，说是又闹胃气痛了，咳，连夜要请何郎中。雄飞已经去请了，明天呢，少不得又要他伺候，别人她都不中意。哎哎，这一闹胃气痛，不知道又要多少天！"赵守义无可奈何地笑了笑，又转到谈话的正题："至于催租讨债这些事儿，你不大熟悉，那不要紧；好在那边还有曹志诚，他是这一行里的老手了。你不过代我到一到，好叫那些乡下人有几分忌惮罢哩。"

徐士秀移近灯光，细看那单子，心里盘算，口里又说道：

"一家一家追讨，恐怕总得花这么三五天工夫；嗨嗨，三五天的开销倒也……"

不等他说完，赵守义就接口道："这一层，嗯，你就宿在曹志诚家里，食宿都很方便。"

"可是志诚是住在小曹庄的，单子上有好几户却在钱家庄，相隔总也有十来里罢？"徐士秀故意又拿起那单子来，一一数过去，心里却想道：这老剥皮的，竟打算跑断人家的两条腿，我就不信樊雄飞肯替他这么省……

赵守义瞪着眼睛不作声，等徐士秀把一张单子都数完了，还是没有话语。徐士秀笑了笑，将单子放在桌上，郑重说道："乡下地方，我也不大熟悉，不过大略看一看，来往二十多里的，也就有五六处啦！"

"可是我有个办法，"赵守义提高了声音，好像准备慷慨淋漓来几句了，"不必两条腿跑。——其实到乡下还是两脚走路痛快，不过这样的大热天，那自然，还是弄条船罢。嗯，你找曹志诚去借一条赤膊船，摇船的呢，就是陆根宝。本来每个月里，他应当来我这边做五天工，上月内他只做了三天半，本月份也还欠着两天，如今就叫他摇船抵补。他熟门熟路，那十八家他全认识，再方便也没有了。"

徐士秀可听得怔了，心里倒也佩服这老头儿算盘真打的精，口里却不能答应这种大非"礼贤"之道的办法；他沉吟了一会儿，这才毅然说道："老伯说的还会错么，可是我有一个毛病：太阳一晒就会发痧，那时误了老伯的事，倒不大好。好在雄飞兄至多三四天也该分身得开了，不如仍旧……"

"嗯，哎哎，——"赵守义连忙摇手。樊雄飞上次代他讨债，却把讨得的钱如数花光这一个教训，至今他思之犹有余痛。他无可奈何地叹了口气，又看了徐士秀一眼，估量这个年青人在这坐船一点上大概不肯马虎，于是又叹口气说道："那么，就雇一条船罢。爽性食宿都在船上，也不必打搅曹志诚了，反正又不能白白地要他的，——不过，大热天气，船上其实不如曹家凉快。"

"哈哈，不妨，不妨。老伯差遣，哪里敢怕热哪。"徐士秀高高兴兴从桌子上又拿起那张单子，折成方块，放进口袋，眼睛一溜，又用了一半商量的口气说道："船呢，自然得雇一条可靠的，癞头鼋那一条，也还将就用得。哦，——两块钱一天，包饭是两毛五一顿，二五得一十，三四十二，……"

"好好，不用算了，反正是一个可观的数目。"赵守义拍着大腿不胜感慨似的说，"人家还在背后说我重利盘剥乡下人，可是你瞧，这一趟追讨本息，光是盘川就花了那么多！本来是五分利的，这一来，不就只有二三分么，你瞧，这，这不是差不多给乡下人白当差？士秀，年青人里头，你是个知好歹的，你说一句公道话：我姓赵的几时取过不义之财？我要是跟他们一样滥花，哼，……"他淡淡一笑，拍一下大腿，忽而转口道："包饭二毛五，该是小洋罢？嗨，这也叫包饭，简直是放抢！士秀，你说，人心就坏到这等地步！"

"对！"徐士秀忍住了笑回答，"那么，不包饭也行，我们自备东西，只叫船上烧。"

可是赵守义连忙摇手，侧过头来，小声然而郑重地说："你不知道癞头鼋要偷菜偷米的么？你自备料要他烧，那是他求之不得的啊！算了，算了，还是包给他罢；这一块肉只好便宜了他，又有什么办法？"

赵守义站了起来，转身把小洋灯的火头旋小了些，似乎大事已毕，准备送客。

徐士秀到这时候，才想起他从宋少荣嘴里听来的"消息"，就一五一十告诉了赵守义，又故意笑道："朱行健这老头儿，大概是静极思动了；要不然，他还是和王伯申暗中有往来，一吹一唱。不过——老伯的十年征信录早已办好，他们亦是枉费心机，叫做癞蛤蟆想吃天鹅肉！"

赵守义听说朱行健要在善堂董事会开会的时候，当面和他算账，心里也有几分不自在，暗暗想道："幸而还没发通知，不然，这老家伙当场一闹，虽然大乱子是不会出的，到底面子上太难堪了。"——可是他表面上依然不动声色，只轻轻"哦"了一声，不置可否。

徐士秀一头高兴弄得冰冷，正想起身告辞，赵守义忽又问道："那个，那个宋少荣还说些什么？"

徐士秀抓着头皮，想了一会儿，方答道："他说朱行健也不赞成王伯申想办的什么习艺所。"

这回，赵守义却哑然笑了。他眯细了眼睛，看着徐士秀的面孔，说道："这便是宋少荣在那里胡扯！"他断然地摇了摇头。"胡扯！谁不知道，十多年前，钱俊人钱三老爷在县里大红大紫办什么新法玩意的时候，朱行健便每事都要跟在后边来这么一脚，他这老脾气，如今一点也没改，他常常自称是新派，怎么他会不赞成王伯申那狗屁的玩意呢！"

"可是老伯，朱行健和王伯申平日之间也不大谈得来，这该是真的罢？"

赵守义默然有顷，这才淡淡一笑道："未必。也未必尽然。朱行健呢，别的我不说，单这爱戴高帽子的毛病，就往往被人家十拿九稳。而且，此一时，彼一时。王伯申的看家本领，叫做就事论事。只要一件事情上对了劲，哪怕你和他有杀父之仇，他也会来拉拢你，俯就你。事情一过，他再丢手。……"赵守义又冷冷地一笑。"这个，就是我们老派人做不来的地方。士秀，我们可要讲究亲疏，看重情谊，辨明恩仇，不能那么出尔反尔，此一时，彼一时。"

徐士秀听这么说，不禁匿声笑了笑，但又恐怕被赵守义觉察，赶快故意惊叹道："倒看不出王伯申有那么一手！"

赵守义点头不语。奋步绕着桌子踱了半个圈子，又郑重地低声说："不过，王伯申的劣迹也多着呢。刚才我还跟月亭他们说，人不犯我，我不犯人；如今他既然寻我的事，我倒要告他一状！"

"哈，是不是就告他私和人命呢？"

"哦——"赵守义猛然站住，"私和人命？"

"我也是听来的。好像是两个月前，他那公司里的'龙翔'小轮，在某处出事，船上一个茶房失足落水淹死；当时并未经官，只由公司出了几个钱就此了事。"

"哦——"赵守义淡淡一笑，"原来是这么一回事。想来王伯申也很精明，这件事他一定另有布置，漏洞是早已补好了的。现在我要告他的，却是另一件事。"

"呵呵，我又记起来了，"徐士秀得意地忙接口说，"近来他那几条轮船常常闯祸；靠近河边，地势低些的民田，被它们搅的不亦乐乎。"

"也还不是，我要告他占用官地！"赵守义几乎是声色俱厉了，好像对面的人就是王伯申。"我已经查得明明白白，他那轮船公司堆放煤炭的那块空地，原本是学里的，是官地，他并未立有半个字的租据，也没花过半文钱的租金，不声不响就占用了，请问哪里有这样便宜？"

"老伯高见，一点也不会错的。"徐士秀凑趣说，同时无意中摸着了衣袋内淑贞给的那纸包，忽然想到时间尚早，何不赶到郭家再背城一战以雪刚才全军覆没之耻。这念头一动，便心痒难熬，不但明天尚须下乡替赵守义办事不在他心上，便连妹子的苦口规劝压根儿忘得精光。主意既定，他随即起身告辞。赵守义也不留，但又格外客气，送他出去，同时又再三嘱咐道："明天到小曹庄，务必先找曹志诚，商量好如何对付姜锦生。"

"老伯放心。"徐士秀随口应着，心已飞到了郭家。

赵守义却偏偏噜苏，又说道："带便也催陆根宝，问他：本月份他还欠我这里几天工呢，怎么说？——哦，士秀，慢一点，我还有几句要紧话，刚才怎么会忘了！"他拉着徐士秀又走回那青苔蒙茸的大天井，却又不进厅去，就那么站在滴水檐前，嘴巴凑在徐士秀耳朵上，悄悄说道："今天舍下那件事，一言难尽，改天我再谈，不过，你到小曹庄碰见了根宝，他要是还没知道，你千万不要提起。"

"放心，我提这些事干么？"徐士秀急口说，一心只想早点脱身。

"哦哦，自然你是不会多嘴多舌的，不过——"赵守义的声音更低，几乎不大听得清，"我倒防着楼上那一个会先发制人，悄悄地找了根宝来，逼着他领了阿彩回去，那时倒更加棘手了，是不是，所以……"

"那么，叫根宝先来见老伯如何？"徐士秀不耐烦地插嘴说，心想这老头儿真是不怕麻烦，又噜苏，一点也不想想人家心里也有事的。

"这——这也不大好。等过了几天再……咳，你斟酌情形，不然，先和曹志诚商量。"赵守义忽然顿住了，踌躇半晌，方才接着说下去，"好，你和志诚商量，把根宝找来，告诉他，阿彩日后要是生下个男的，赵老爷一定收她做小，另外还给根宝一十亩田，——十亩田！"

"要是生下来的是个女的呢？"

"那——那——"赵守义又踌躇起来，但终于毅然决然说，"那我还是收她做小，只要她本人知好歹。"

"那么，给根宝的十亩田呢？"

赵守义叹口气，十分勉强的答道："仍旧给罢！"又叹口气，"我向来不亏待人，你可以对根宝说。就是阿彩罢，根宝送她来我这边做抵押的时候，何曾像个人？三四年工夫，她就养得白白胖胖，规矩也懂了，人也乖觉起来；人在我府里总是落了好处……"

"老伯还有吩咐没有？"徐士秀当真不耐烦了，第二次又插嘴打断了赵守义的话。

"等我再想一想，——哦，还有。你叫根宝不用再来我这边补满那几天的工了。"他又叹一口气，"我只好认个晦气，白丢了几天人工。免得他们父女见了面，或者，楼上那个又一闹，根宝又三心两意起来。"

"放心，放心。"徐士秀赶快答应，就匆匆作别自去。

赵守义回到厅里，略觉心里安定些。但仍然满脸忧愁，绕着桌子踱方步。他自觉对于陆根宝，已经仁至义尽。但还不放心阿彩，——不放心她肚里那一块肉。"第二次那一顿打，听说更凶，不知伤了胎气没有？可恨陈妈也不报个信来。"——他慢慢踱着，心里这样想，他又不敢去瞧，生怕又横生枝节。想起自己只有一个儿子，已成废人，银花始终不生养，又不许他再收一个小，他觉得枉自为人一世，挣下那样大的家财，"哦，今年春间，城隍庙的活神仙曾许我今年秋后可得一子，这不是正应在阿彩身上了么？谁知道又生出这样的意外枝节！"——他几乎断定阿彩肚子里那块肉一定是个男的了，心里便更加着急。他忽然牙关一咬，连银花的泼悍也不顾了，打算亲身去探一探那块肉还安全不？他走到厅后，穿过淑贞所住的那小花厅的边廊，但未至目的地，又转念道："不妥！要是阿彩见了我面，又哭哭啼啼纠缠不清，而雄飞倒又请了何郎中来了，那不是又一次麻烦？"他踌躇了一会儿，终于退回，幸而走过那小花厅的边廊的当儿，又一个念头解救了他的困难："何不叫少奶奶代表我去走这一趟！少奶奶人很老实，她不会走银花的门路的……"

当下主意既定，脸上的愁云为之一展，他走到花厅楼下，悄悄唤着小吴妈。

六

婉小姐从钱家庄回来的第二天，闷热了整整一个上午的天气到午后二时左右忽然变了疾风迅雷骤雨，片刻之间，就扫荡出一个清凉朗爽的乾坤来。

黄府后院太湖石边那几棵大树还在笃笃地滴着水珠。一丛芭蕉绿的更有精神。婉小姐站在太湖石上，左顾右盼，十分高兴。院子里那些弯弯曲曲的鹅卵石小径像些罗带子铺满了珠玑。如果在阳春三月，这些罗带的曲处还有一个个的彩球，——玫瑰杜鹃之类矮而隆然的灌木丛；但现在，只有蜷伏在太湖石脚的玉簪，挺着洁白的翎管。

那边楼房廊前的几缸荷花，本就摇摇欲谢，一经风雨的吹打，那些瓢形的花瓣便散了满地满缸。

婉小姐望着阿巧在那里扫除落叶，惘然想道："到底是交秋了，才一阵子雨，就那么凉快。"觉得衣衫单薄，而且站久了也有点累，便走下太湖石来。雨后苔滑，才走到一半，正待找个下脚处，忽听得一个声音说道："婉姊，我来扶你罢。"婉小姐抬头一看是恂如，便笑了笑道："刚才我还说，你该来了。"

恂如扶着婉小姐下来，讪讪地答道："昨天就打算来的，就怕姊姊累了。和光呢，在楼上罢？"

"今天起身早些，"婉小姐一面走，一面说，"刚才下雨凉快了，我要他睡个午觉。"

他们到了楼下客厅廊前，婉小姐回头想对恂如说话，忽然望见天空起了一条虹，便喝彩道："多好看，这彩虹！"凝眸如有所思，又说道："嗳，恂弟，要是真有这么一条五彩的长桥，让我们从天南走到地北，多么好啊！"

恂如微笑，却又文不对题的答道："世界上好的美满的事情倒也不少，可惜都跟这彩虹似的，一会儿就消的无影无踪了。"

婉小姐看恂如一眼，也就不再说话。

两人进了客厅，婉小姐先坐下，便单刀直入地问道："恂弟，你告诉我，你要那一百块钱去干什么？"

"没有什么。"恂如早已料到婉小姐一定要问他，"不过是应付一些零零碎碎的开销。"

"啐，我才不信你这套鬼话！"婉小姐笑了笑，语气却更加亲切，"你是有一笔整注儿的使用。恂弟，你不乐意让老太太，让妈知道，也不乐意让宝珠知道，这倒也罢了，可是你——如果连我姊姊也不让知道，那你这笔钱的用途，便有点不明不白。"

恂如好像不曾完全听懂婉小姐的意思，讪讪地笑着，却反问道："那么姊姊是答应我了？"

"答应你什么呢？"

"不告诉老太太，妈，……"

"对！连宝珠也不告诉，连和光也不会知道。可是你不能不告诉我，这钱你拿去干什么？要是连我都不相信，在我跟前也不肯说，那我就不来管你这件事！"

恂如这才明白了婉小姐的意思，怔住了，说不出话。婉小姐这番话，令他忆起童年时代他在这位姊姊的爱护约束之下，瞒着长辈干些淘气的玩意每次都不敢逃过她的检查；但如今自己究竟是成年人了，成年人的心事便是这位比母亲也还亲爱些的姊姊恐怕也未必能够谅解。恂如低了头，只是不肯说话。

"我想来，你是有些亏空要弥补，"婉小姐改换了口气，曼声说，"是不是还赌账？"

恂如瞿然抬起头来，连忙笑应道："正是！"

"那么，"婉小姐笑了笑，"你告诉我是给谁的，我叫人代你送去。"

恂如愕然，但又微笑道："这，这又何必呢。"

"那就不是还什么赌账了！"婉小姐凝眸注视她弟弟的面孔，口气也庄严起来。"哦，莫非是三朋四友向你借，你不好意思说没有罢？”

“这可猜对了，婉姊——”

“你告诉我，借钱的是谁？”婉小姐不等恂如说下去，“我代你斟酌。”

恂如这可有点急了，然而仍旧支吾应答道：“无非是——嗯，朱竞新罗，宋少荣罗，一般混熟了的朋友。”

“不像，不像，”婉小姐笑着说，“恂弟，——我有顺风耳朵千里眼，你瞒着我干么呢？”

恂如脸红了一下，苦笑着，不作声。

“恐怕倒是什么女的罢？”婉小姐瞅着恂如的脸，猛生地投过来这么一句。

恂如眼皮一跳，刚红过的脸可又变白了，未及答言，婉小姐的柔和而亲切的口音又说道：“恂弟，你不告诉我，那可不成！我早就想问你。”

“哎，哎，姊姊，”恂如的声调也有点变了，“这不是开玩笑的！”叹一口气，又改口道：“将来，将来我再告诉你，……嗳，将来我还要请姊姊出主意呢！”

婉小姐凝眸看着恂如，好一会儿，才说一声“好罢”，就站起来走到她那处理家务的账桌前，正要开抽屉，忽又住手，转身对恂如说道：“听说善堂后身那小巷子里，一个姓郭的人家，有个女儿，城里一些少爷就像苍蝇见血似的，时时刻刻在那边打胡旋；恂弟，你莫瞒我，你这钱是不是花在那边？"

这最后的一击，似乎中了恂如的要害；他面红过耳，半晌，始迸出"不是"两个字来。婉小姐笑了笑，不再追问，就开抽屉取钱。但是，婉小姐这不再追问的态度，却使恂如心里更加难受，——到着了他的荒唐的隐秘，固然令他惭愧，但竟认定现在他所需要的款子就花在那边，却又引起了他满肚子的冤苦。在这种矛盾复杂情绪之下，他半吞半吐分辩道："不是的。姊姊，你这话，我简直连头绪也没有……"

"嗳！"婉小姐失声笑了起来，将恂如的话吓断。"那么，恂弟，我说给你听。"她又笑了笑。"这个人家，老头子在世的时候，开个小小的杂货店，现在呢，杂货店的招牌也还挂着，可是货，一点也没有了，也不靠卖杂货过活了。那么母女二人靠什么过活呢？靠两张八仙桌，十几只椅子、凳子、两副麻将牌。可是，最重要的，是靠那个女儿这活招牌，因此，常常有你们这些少爷班在他家打这么几圈麻将，那么大一个姑娘也不避嫌，张罗茶烟，有时还代几副牌。"

婉小姐忽然自己打住，看着恂如问道："这该不是我造谣罢？"

恂如苦笑着不回答。

"那位姑娘，听说也斯斯文文，"婉小姐似有所思，看着窗外天空说，"嗳，说是还认得字，能看闲书呢！名字也很秀气，叫做琴仙。"忽然转过脸来望着恂如，"嗯，恂弟，逢场作戏去打几圈牌，倒也不大要紧，可是，你要是着了迷，恐怕这郭琴仙比什么四宝六宝一流私门子够你麻烦得多哪！"

恂如默然有顷，这才苦笑道："姊姊，你是怎么打听来的？不过，你既然什么都晓得了，何必再来问我呢，我也不用来分辩。"

"哦！"婉小姐想了一想，"那么，你不是为了那个郭琴仙才来张罗这一百……"

恂如正色答道："不是，当真不是！"

婉小姐凝眸看着恂如好半晌，叹口气道："算了，算了，你不肯告诉我，难道我能勉强你么！"她开了抽屉，取出钱来，同时又说道："恂弟，你不相信你姊姊，可是姊姊却相信你！这是一百块，够不够？"

恂如满面惭愧，也不取钱，低了头，复杂的味儿在心里交流。忽然觉得有一只软绵绵的手，覆在他手掌上了，他抬眼看时，婉小姐已把那些钞票放在他手里，又听得她柔声说道："你不要生气……"

"不——嗳，"恂如激动地说，"姊姊，我告诉你，这，我是打算送给静妹的！"

"哪一个静妹？"

"就是轩舅母家的静英表妹。"

婉小姐点头。忽然忆起了那天恂少奶奶说的那一番支吾闪烁的话语，她心里一动，未及开口，却又听得恂如说道："轩舅母今年春天那场病，花的钱光景很不少呢，可是静英又要到省里去念书。我们至亲，帮她一点忙也是应该的。"

婉小姐点头，温柔地看着恂如，忽然噗嗤一笑道："啐！这一点事，也值得你躲躲闪闪老半天总不肯说！"她又笑了笑，"可是，恂弟，干么不愿意让老太太知道呢？"

"嗳，哎，"恂如又有点发急了，"难道你不晓得老太太不喜欢女孩子出门念书！"

"这倒也罢了。可是……"

恂如急拦住道："其中还有道理，过一天我再讲给你听。"

"不用你说了，"婉小姐吃吃地笑着，"你打量别人全跟你一样半傻不傻的，你不过怕给宝珠晓得罢哩！"看见恂如脸红了，婉小姐急转口轻声而又亲切地说道："宝珠这人，也是个教不乖的。少见多怪，一点点儿眉毛大的事儿，就疑神见鬼似的！"

恂如的脸色渐渐平静了，手捏着那些钱，惘然看着婉小姐，心里有许多话，却又觉得无从说起。婉小姐轻轻吁一口气又说道："你的顾虑也有道理。姊姊是知道你的心事的。可是，恂弟，帮忙尽管帮忙，可不要弄的人家心里难受。"她顿了一下，忽又问道，"我代你送去，好不好呢？"但是不等恂如回答，她又转口道，"不，还是你自己送去。我要是说代你送的呢，反倒惹的她不好意思；说是我送她的罢，她也未必肯收。"

这些话，恂如好像都没有听得，他两眼滞定，喃喃说道："姊姊，你总该明白我这番举动一点也没有别的意思，一点点也没有……"

婉小姐不禁笑了，像哄一个孩子般拍着恂如的肩膀，柔声答道："明白的，哪有个不能明白的，……你去罢，我还有事呢！"

恂如讪讪地笑着，起身将走，婉小姐忽唤住他道："恂弟，你怎么不问我到钱家庄去有什么事？"

"哦——你不是要到什么大士庙去许愿么？"

"对，这算是一件事。"婉小姐笑着说，"可是你竟不觉得诧异么：怎么我相信起这一套来了，巴巴的赶这大热天去？"

恂如惘然看着婉小姐，好像并没听懂她的话语；一会儿，他这才恍然似的说道："哦，我记起来了，你还要领一个女孩子。"

"这——也算得是一件事。"婉小姐说着就叹口气，"不过，瑞姑妈家那个老苏，连我也拿他没有办法；钱永顺倒一说就妥，偏是这老家伙硬说这是件大事，不能草率，要拣个好日子，让钱永顺把女孩子送了来，我们也办个酒席；"她失声笑了起来，"你瞧，倒好像是他的女儿过继给我，他横梗在里头，硬说非这么办便不像个样子。"

"他就是这么个脾气，有时候姑妈也无可奈何。"

"可不是！老苏算是他忠心，只好我认个晦气，大热天白跑了一趟。"婉小姐说着忽然眉梢一扬，转眼注视着恂如。"可是，干女儿虽没接来，到底也代姑妈办了一件事——你猜一猜，这是什么事？"

恂如微笑摇头，全不感到兴趣。

"姑妈要给良材娶个填房，老太太做媒，定的就是静英妹妹！"

"哦——"恂如像当头浇一瓢冷水，自觉得声音也有点不大自然；但立刻镇定心神，故意笑着问道："良材怎么说呢？他乐意不？"

"那我可不知道。他只说自己来见姑妈回话。今天不到，明天他准到。"

忽然都没有话。婉小姐的眼光有两次瞥过恂如的脸，恂如都没有觉得。他惘然独自微笑，就站起身来。婉小姐有意无意地问道："你这就去看望静妹妹么？——代我问好。"

从黄家出来，恂如这才想起刚才怎么竟会忘记了问婉小姐，做媒这事，静英有没有知道。他怀着这"遗憾"一路走，他那颗心便一路沉重起来。原来那个要去看望静英的意思，反倒被挤得没有立足之地了。——她知道了怎样，不知道呢又怎样？恂如自己也无从回答。他只觉得这是一个关键，却因自己的疏忽而轻轻滑过了。

但是信步走去，却又踏上了到许家去的路，等到他觉察了的时候，他已经站在那翠绿照眼、藤蔓密布的墙前了。

轩舅母带着个老妈，正在收拾东西，几口古老的朱漆衣箱都开了箱盖，新的旧的衣服，以及莫明其妙的零碎绸布料子，撒满了一屋。轩舅母将一张椅子上的一堆衣服移开，让恂如坐。忽而又从那衣服中拎出一件来，笑着对恂如说道："静英十来岁的时候，就穿这一件，你的舅父要她打扮做男孩子。听说省城里现在也通行女人穿长袍，——外甥，静英还有几件比这长些的，她到了十六岁才换女装。这几件都没穿旧，照我的意思应该带了去。可是她又不要，说女人穿的长袍和男人穿的又不同。我就不懂，长袍总是长袍，难道女人穿的会少点儿什么，想来也不过颜色姣艳些，可是，你瞧，这颜色还不够艳么？"

"式样总该有些不同，"恂如漫应着，十来岁那个男装的静英又浮现在他眼前了。

轩舅母又到另一口衣箱前，提一件出来看一看，就丢在老妈子手里，这样一面提着，一面又问老太太好，瑞姑太太何时回去，忽又说："外甥，帮我把那些书理一理罢，——哦，静英就在后边楼上。你去瞧瞧那些书，你舅父当初买来有些还没有看完，可是静英又说那些书都没有用了。你去帮她理一理罢。"

但是静英并没在那里整理她父亲的书籍。桌子上杂乱地放着教科书和文具，还有一本很厚的《圣经》。静英斜着身子坐在桌子前，对着桌子上那些书籍出神。恂如的出现，似乎使她一惊，而且恂如那摆在脸上的一腔心事，更引起她的不安。因为照例，每逢恂如神色有异的时候，往往有些话使她不知道作怎样的表示才好。

当下两人交换了几句泛泛的问及各人近况的闲话以后，难堪的沉闷便逐渐浓重起来。似乎两人都有意的在彼此之间保持着一定限度的距离，又都知道如果这中间的距离——这仿佛是某种绝缘体，而被撤除，他们都将受到猛烈的灵魂的震撼，他们盼望这震撼突然来到，但又谁也不敢主动地去催促它即来，因此，他们的话语只在这"绝缘体"的四周绕着圆圈。

"学校都快开学了罢，"恂如不大自在地说，"静妹几时进省城去？"

"总在一星期以内。"静英低声回答。

"有没有同伴？"

"有的——有一两个。"

"哎，我——家里住的真真闷死了，也想到省城去看看。"恂如说着叹口气，有意无意地看了静英一眼。

静英没有反应。过会儿，才问道："瑞姑母几时回去呢？昨天才知道她来了。"

"我也不大明白。大概还有些日子罢。"

"良材哥倒不来县里玩几天？"

"不知道——"恂如有口无心回答，但突然一转念，便鼓足了勇气说道："良材哥要娶填房了，静妹，你听说没有？"

"哦！"静英微微一笑。"那么，他的主意近来有了改变。"

"什么主意？"恂如的惊愕，不但见之于颜色，连声音里也听得出。

静英又微笑："怎么倒来问我了？恂哥，不是你说他发过什么誓么？"

恂如瞪直眼好半晌，这才恍然大悟似的说道："啊啊，你原来是说这个。哦，他的心愿。可是他也没有明说。"

静英默然无言。

恂如惘然看着他和静英之间的空间，似乎他正想对这距离试加以突击。他叹了口气说道："各人有各人的心愿，然而各人的心愿也只有他自己最懂得明白，最能摸到细微曲折之处，如果说给别人听，只能得个粗枝大叶。不过……"

他忽然住口，看着静英，似乎说："这下面的话，应该由你来接下去。"

静英凝眸深思，一声也不出。

恂如苦笑了一下，决心要消灭那沉闷的中间距离了："不过有时我们也可以把自己的心事说得不折不扣，明明白白。比如有一个人……"他顿住了，眼看着静英，似在期待应有的反应。静英回看他一眼，只"哦"了一声；但这一声，在恂如听来，仿佛就有"我都准备好了，你快说罢"的意思的。

恂如定一定神，就又说道："这人，从小时和他的表妹就很说得来。可是直到他娶了亲，过了半年，他这才知道自己的糊涂……"

静英微笑不出声。

"他才知道他的心里早就有了一个人在那里，再也挤不下第二个；他才知道，从前自己的一时的糊涂，竟会有三个人受了害！"

"嗳！"静英这么轻轻叫一声，又向他瞥了一眼。

"第一个是他自己，他是自作自受。第二个——是他的太太。她这一面的责任，可就难说。第三个便是那表妹了！"恂如的声音有点抖。"她却不像表哥那样糊涂，她早就觉到心里有了人，她再不让第二个来挤，至少是直到现在，可是，可是，那表哥最痛苦的，也就为了这！"

静英依然不说话，但脸色却严肃起来。

恂如吁一口气，突然提高了声音说道："他为了这一桩心事，弄得茶饭无心，没有一点做人的兴趣，他现在打定了主意了……"

"啊！他打什么主意？"静英急问。

恂如苦笑着，只朝静英看了一眼，没有回答。

"难道他看破了红尘，打算……"

"也还不至于——"恂如叹口气，"走这一条绝路罢？"

"那么，"静英迟疑了一下，终于断然又问道，"他，难道打算离婚了么？"

恂如又叹口气，摇头答道："这个，不是不打算，是为的还有许许多多困难。"他定睛看住了静英。"哎，——也不是单为了有困难，倒因为这是一种办法，而他现在还谈不到什么办法。"

静英转过脸去，低了头，有意无意的却又轻声笑了笑。

"他，现在决定主意要打破这个闷葫芦了！"恂如的脸色异常严肃，声音更加抖了。"他是什么都可以，都一样；但是，为的从前他糊里糊涂，现在他想要……不过，他知道一切是他自作自受，他自己是不足惜，不足怜，只有为了他的糊涂而受痛苦的人，才有权力说一句：我待如何，你该怎样！他，他现在就盼望着这个！只要他的表妹说一句。那时候，那时候，他就知道该怎么办！"

"绝缘体"崩坏，距离缩短快至于无。

然而，静英沉默了半晌，方始淡淡一笑说道："照我看来，他简直就丢开了那个希望罢。他所盼望的那一句话，永远不会得到的。可不是，人家怎么能那样说？"

"哎，可是这闷葫芦也到了不得不打破的一天！"

静英低了头，好一会儿，这才苦笑着轻声说道："他以为应该怎样就怎样办罢，何必问人家呢！"

恂如的脸色变了几次。这一个不是答复的答复，但在反面看来，却又是富于暗示的答复，将一个生性优柔的他简直的困惑住了。但汹涌的感情之潮，却逼得他又不能默无一言。他突然站起来，声音里几乎带着哽咽，没头没脑说道："静妹，我明白了，我懂得了我该怎样办！"

静英愕然抬起头来，却见恂如脸色惨白，但汗珠满额，眼光不定，嘴唇还在颤抖。静英尚未及开口，恂如早又惨然一笑，只说了句"我知道该怎样做"，转身就走了。

静英一言不发，望着他的后影发怔。过一会儿，她叹口气，自言自语道："干么要这样自苦呢？这，这个捉迷藏的苦事儿，哪时才有个了结？"她心神不属地伸手摸着桌子上那本《圣经》，揭开了又合上，沉重地又叹了口气。

这当儿，恂如忽又跑了进来，神色已经平静些了，但依然很苍白；他将一个小纸包放在桌上，轻声说："静妹，这是送给你买几本书的。"不等静英开口，便又走了。

静英倏地站了起来，打算唤住他；但又默然坐下，凝眸望着空中，半晌，回过头来，看见了那纸包，随手打开一看，略一踌躇，便撂在一边。

手托着腮，她望着空中出神；好一会儿工夫，她这才慢慢站起来，捧起那本《圣经》，翻出《路加福音》一节，用了虔诚而柔和的音调，轻声念道："……你们愿意人怎样待你们，你们也要怎样待人。你们若单爱那爱你们的人，有什么可酬谢的呢？就是罪人也爱那爱他们的人。你们若善待那善待你们的人，有什么可酬谢的呢？就是罪人也是这样行。你们若借给人，指望从他收回，有什么可酬谢的呢？就是罪人也借给罪人，要如数收回……。你们不要论断人，就不被论断；你们不要定人的罪，就不被定罪；你们要饶恕人，就必蒙饶恕。"

她轻轻的庄重地合上了《圣经》，两眼向天，两手交叉捧在胸前，腰肢轻折，就在桌边跪了下去，低头祷告。几分钟以后，她亭亭起立，却已泪痕满面，柔和的眼光中充满了安慰和感激……

七

　　隔了一天，许静英去拜访一位未来的同学。

　　在省城那个教会女校读书的，现在加上了许静英，一共是三个。县里那些出外读书的姑娘们，总喜欢替自己所在的学校吹嘘，她们大都是心高气傲，嘴巴上不肯吃亏的，所以一总十来个女孩子倒因为"校籍"的不同而分成了好几派，尤其是教会派与非教会派之间，平日简直少往来，偶然碰到也常常互相讪笑。许静英既然要进教会学校，尽管她本来是无所属的，这时候也就被目为教会派了；她还没到过省城，不能不找个同行的伴侣，可是在同"派"二人之中她就只认识了一位：王伯申的次女有容。

　　这位王小姐，年纪比静英小，应酬周旋却比静英周到；一阵风似的，把个许静英撮到了她自己的房内，王小姐就以老学生的资格演说起学校的情形以及新生必须注意的事项来了。静英默然记着有容的每一句话，很感激这位未来同学的热心，可是又觉得有点不大自在；王小姐将这学校描写成多么庄严，多么高贵而华美，颇使静英神往，但是，仪节又是那么多，规矩又是那么大，洋教员像天神，老学生像是些上八洞的仙女，新生一举一动稍稍不合式，就成为讪笑的资料，这在静英听来，虽能了解那是高贵的教会学校的派头，然而亦不无惴惴，想起了人家所说的童养媳的生活。

王小姐似乎说的累了，抓起一把扇子来拍拍地扇着，热心地又说道："一时也讲不完。你想想还有什么要我告诉你的，请你尽管问罢。咱们以后是同学了，你不要拘束。"

许静英点着头微笑，想要问问功课上的话，但因王小姐那么一大堆的讲述总没半句带到功课，便又恐怕这是"照例"不必多问的，问了又惹人笑话。正在踌躇，却见王小姐猛可地将扇子一拍，郑重其事问道："喂，密司许，你的铺盖弄好了没有？"

"铺盖么？"许静英摸不着头绪，"那是现成的。不过，我们到底哪一天动身呢？"

"什么颜色？什么尺寸？什么料子？"王小姐连珠炮似的追问着。但是看见静英那种茫然不懂什么的神气，料想她压根儿是个"外行"，便拍着手笑道："幸而我想起来了，不然，你就要做第二个冯秋芳！"

"哦，——"静英更加莫明其妙。"秋芳姊怎的？她不是跟我们同伴进省去么？"

"秋芳就是铺盖上出了乱子！我告诉你：家里用的铺盖，校里用不着。被，褥，枕头，帐子，全要白的，尺寸也有一定，不能太大，也不能太小。料子，最好是白洋布！"

许静英这才明白了，她想了一想，带点羞涩的神气问道："这也是章程上规定了的罢？不过……"

"章程上有没有规定，我不大记得清了，"王小姐抢着说，"反正大家都是这么的，这就比章程还厉害些。你要是不跟大家一样，自然也由你，不过，人家就要题你的绰号了，比方你用了花布的被单，他们就送你一个'花布被单'的绰号。"

静英想了想又问道："被面用什么料子呢？绸的使得么？"

"自然也由你。"王小姐有点不耐烦了，然而，似乎又不忍就此撇开这位新同学不加开导，她冷冷地又说："绸的有什么不行呢！不过，也要看你的是什么绸，要是老古董的颜色和老古董的花样，那又该被人家题个绰号了。倒不如干脆用本色布的，又时髦，又大方！"

"好，我就照你的话去办罢。"静英松一口气回答，心里一算，她那副铺盖几乎全部得改造，除了帐子，而帐子的尺寸大小是否合式，也还不知道。这些琐碎的，然而据说又非常重要的事情，她到这时方才懂一个大概；以前她只担心自己的功课能不能及格，现在才知道还须研究自己的铺盖，衣服，用具，是不是都能及格。而且从王小姐的口气看来，倒是后者更为重要。静英心烦起来了，忍不住又问道："有容姊，你瞧我的程度还够得上么？上次从你这里借去的读本，我还觉得深了一点呢！"

"不要紧，不要紧！教读本的老师，人最和气。"王小姐轻描淡写地回答，可是随即蹙着眉尖，严重地又说道："喔，险一些又忘记，你的被单和褥单都要双份；为什么要双份呢？为的换洗。一礼拜换一次，这是马虎不来的！教读本的玛丽小姐又兼舍监，在这上头，她十分认真，常常会当着众人面前，叫人家下不去。要双份，你千万不要忘记！"

"嗯，我都记住了。"静英轻轻叹口气。

王小姐觉得该嘱咐的已嘱咐了，便对镜将鬓角抿一抿，一面说道："密司许，咱们到后边园子里凉快些。哦，你还没去过罢？我和二哥每天要到那边的亭子里吸一回新鲜空气。"

"嗯！"静英随口应和。看着王小姐那松松挽起的鬓角的式样，心里禁不住又想道：也许梳头的样子也不能随便，都得仿照她们的。畏怯，而同时好奇的心情，又使她焦灼起来，她又问道："有容姊，几时可以动身呢？"

"唔——"王小姐转过脸来，似乎静英的念念不忘行期是可怪的，她将梳子随手扔下，淡淡一笑道："随便哪一天都可以。反正是在下一个再下一个礼拜之内。"

"连同秋芳是三个人罢？"

"不错。是三个。我已经跟爸爸说过，要一间官舱。自家的船，随你哪一天都可以。"王小姐忽然又眉头一皱，问道，"你有几件行李？"

"两三件——"

"也就差不多了，"王小姐赞许似的点着头，"土头土脑的衣服还是少带些。不然，你又要做冯秋芳第二。你听我的话，保没有错儿。秋芳就是爱自作聪明……"王小姐扁扁嘴，又冷笑一声，"她闹的笑话才不少呢！大概是想卖弄她有几件土里土气的衣服罢，上学期她光是衣箱就带了三只，哪里知道没有几件是时髦的，大方的；一开箱子，和她同房间的同学们就笑的喊肚子痛，说她是'古董客人'，她还不识趣，一次一次献宝似的穿出来，连带我也怪不好意思。她那副尊容，——你猜，人家题她个什么好名儿？"

静英摇头，心里却在诧异：为什么王小姐和冯秋芳那样不投契。

"老南瓜！"王小姐笑着大声说，"人家叫她老南瓜！不是有一种长长的，长满了小疙瘩的老南瓜？秋芳又喜欢涂脂抹粉，你闭了眼睛想一想罢，谁说不像，这才怪呢！"

王小姐简直纵声笑了，她那稍嫌狭长的脸庞忽然下端开了个一字形的横杠，叫人看了也有点不大顺眼。静英本来倒觉得附和着笑也不好，不笑也不是，但从王小姐这笑容上联想到城隍庙里的白无常，便也忍不住笑了几声。王小姐笑声略停，便拉着静英道："秋芳的故事还多着呢！咱们到后边的凉亭里去。妈在间壁正房里睡中觉。妈倒不要紧，爸爸就在那边新屋，你瞧，从这儿后窗望得见月洞门那边的洋楼。要是给爸爸听到了咱们这样大声笑，可不是玩的。"

静英打算回家去，但是王小姐不依，拉着她下楼，绕过厅后的天井，向左首一个边门走去。当走过那所谓月洞门的时候，静英留神窥望一下，只见里面是一个小小的院落，两株大树罩着一座小洋楼，湘帘低垂，除了一个男当差的坐在大树下石墩上轻摇着葵扇，静悄悄地好像没有人住在那里。王小姐指着那月洞门内，悄悄说道："爸爸办事，就在那边。一天到晚，客人多得很。爸爸没工夫一个个都见。差不多的就统统由值厅的孙先生去应酬。你看见他没有？他老坐在大厅长窗前，像个泥菩萨似的。"

她们到了边门，恰好遇见了王小姐的二哥民治迎面匆匆走来。王小姐便唤他一同去。

"不行，不行；爸爸找我去不知有什么事呢！"民治慌慌张张说，朝静英看了一眼，又看着她妹妹，似乎问：这位姑娘是谁？

王小姐笑了笑，故意说道："你忙什么？迟几分钟也不要紧。我知道爸爸找你是什么事。"民治果然站住了。王小姐拉他到一旁低声告诉他道："就是冯梅生又来提那件事，爸爸也答应了；我是听妈说的。"

民治的脸色立刻变了，注视他妹妹的面孔，好像要研究她这番话里有几分是真的。

王小姐也懂得民治的意思，便推着民治走道："去罢，去罢！谁又来骗你！你见了爸爸，才知道我不是骗你呢！"她拉着静英自去。走了几步，又回头望一眼，忽然叹口气对静英说道："民治真也倒楣。冯秋芳的脾气才不是好缠的呢，民治不是她的对手。"

静英不便作任何表示，却忍不住回头瞥了一眼。那个少年已经走远了，不见影踪。

在她们面前却展开一大片空地，所谓凉亭，就在左首，靠近三间破旧的平屋……

当下王民治走进他父亲的办事房，便打了个寒噤。王伯申浓眉紧皱，坐在那里只顾摸弄一个玻璃的镇纸，一言不发；斜对面的窗角，孙逢达尖着屁股坐在个方凳上，满脸惶恐。梁子安当地站着，手里捧了几张纸，在仔细阅读。民治看见自己来的不是时候，便想转身退出；可是父亲的眼光已经瞥到他身上，他只好重复站住，又慢慢的移步上前，正要启口，却听得梁子安说道："东翁，就照这稿子呈复上去，也还妥当。显而易见，赵守义是串通了曾百行，来跟我们无理取闹。晚生记得很清楚，当初公司向县校借用那块空地来堆存煤炭，的确备了正式公函，还再三说明，县校如果愿意长期租借，公司可以订十年的合同。那时曾百行很客气，总说地是空着，要用尽管用。如今他倒不认有这回事了，那么，曾百行身为县校校长，学产是他该管的，为什么事过两年，才发觉该项空地被人家堆存了煤炭，那不是他自己也落了个大大的不是？这一层反敲的意思，似乎也可以做进去。"

王伯申只看了孙逢达一眼，还是只顾摸弄那个玻璃的镇纸。民治又想暂时退出，但终于踅到王伯申背后一个靠墙的椅子里坐了，耐心等候。

"子安兄的话，极是极是！"孙逢达接口说，依然是满面惶恐，"回头我就添进去。至于当初借地的时候，我们虽有公函，曾百行确无回信，他只口说可以。要是有回信，怎么能丢？这一层，逢达可以上堂作证。"

"也只能这样顶他一下。"王伯申开口了，慢慢地，"凭这么一点小事，想把我王伯申告倒，恐怕不行！想来赵守义也未必存此奢望，不过——"他猛然将手中的玻璃镇纸在桌上一击，倒使背后的民治吓了一跳，"不过他这么一来，咱们就够麻烦了！

如果曾百行不为已甚，还肯跟咱们补订一个租地的合同，倒也罢了，否则，嗯——子安，空地上堆存的煤炭约莫有多少吨呢？"

"啊啊，大约千把吨敢怕是有的。"

"哦，可不是！哪里去找一块空地来堆这千把吨呢！"

孙逢达忙献议道："地方倒有。宅子右首那一方，不是很可以……"

不等他说完，梁子安早笑了笑摇头道："不行。离局子太远了。这煤是天天要用的，总得放在局子附近。"

王伯申也笑了笑，蓦地又双眉一皱，手拍着大腿说道："赵剥皮之可恶，也就在这里！他偏偏挑出这个漏洞来，和我捣蛋。你们想想，千把吨煤，我们要用多少人工这才蚂蚁搬家似的搬到另一个地方去，而且又得天天搬回若干吨到局子里去支应使用。且不说这笔费用已经可观，光是这麻烦也够受！这样损人而不利己的毒计，也只有赵剥皮才肯干的。"

满屋子忽然寂静，只有王伯申的手指轻轻弹着桌面的声音。

梁子安踱了一步，去在靠门边的椅子里坐了，自言自语道："赵守义是狗急跳墙，人家追他善堂的账目，他急了就来这么一手！"

"可是，"王伯申站了起来大声说，"我们倒要瞧瞧，看是谁输在谁手里！"他又坐下，一面以手击桌，一面威严地发号施令道："逢达，回头你去请梅生来，咱们商量一下，看怎么先掘了曾百行这条根。要是姓曾的打定主意跟着赵守义和我为难，好，莫怪我反面无情，只要他自己问问，上半年他和女校那个教员的纠葛是不是已经弥缝得什么都不怕了？爱怎么办，由他自己说罢！"

"早上碰到过梅生兄，一会儿他就来。"梁子安忙接口说。

"还是我再去催一催罢，"孙逢达站了起来，"我就去。"

王伯申又对梁子安说道："朱行健这老头儿，我想还是再去劝他一劝。此人倚老卖老，不通时务，原也有点讨厌，不过，我们此时树敌不宜太多。今天上午又跑来了一位钱大少爷，这一老一少都有几分傻劲，要是发狠来跟我们为难，怕是不怕的，但又何苦多找麻烦。"

"可是，东翁，"梁子安苦笑着，"良材那话，实在没法照办。这不是我们得罪了他，是他出的题目太那个了，叫人没法交卷。"

王伯申默然点头，过一会儿，这才又说道："想来他不至于和赵守义走在一路。他在县里总还有几天，我打算请他吃饭，当面再解释解释。"

"请不请朱行健呢？"

"回头再看，"王伯申沉吟着说，"子安，你明天就去找他，也把我们租用学产那块空地这回事，原原本本对他说一说。这位老先生有个脾气，不论什么事，只要带联到一个'公'字，便要出头说话；咱们这件无头公案里如果再夹进一个老朱来，那就节外生枝了，而且又是赵剥皮所求之不得的！"

"要是他硬说不通，又怎么办呢？"

"那亦只好由他去罢。咱们是见到了哪一点，就办到哪一点。"说着，王伯申站了起来，离开那座位，在屋子里踱了两步，又说："哦，如果钱良材肯替我们说一两句，那么，老朱这一关，便可以迎刃而解；这老头儿最佩服良材的父亲，俊人三先生！"他仰脸笑了笑，忽地又转眼朝儿子民治瞥了一眼，嘴里又说："子安，明天先找朱竞新，探一探那老头儿的口风，然后你再见他。"

梁子安也退出以后，王伯申兀自在屋子里踱着，好像忘记了还有民治在那里等候得好不心焦。窗外大树有浓荫已经横抱着这小小的洋楼，民治枯坐在屋角却想象着那边凉亭里活泼愉快的谈笑，仿佛还听得笑声从风中送来。

王伯申忽然站住了，唤着儿子道："民治，现在你有了一个同伴，可以带你到日本去；他是冯退庵冯老伯的晚辈，老资格的东洋留学生，什么都在行。你在国内的学校也读不出什么名目来，而且近来的学风越弄越坏，什么家庭革命的胡说，也公然流行，贻误人家的子弟；再读下去，太没有意思了。"

民治站起来连声应着，那口音是冷淡的，倒好像父亲对他说的是：现在中装也不便宜，又不好看，你不如改穿了洋服。

王伯申也不喜欢民治这种淡漠的态度，睁大了眼睛看着民治好半天，这才慢慢地又说道："你也不小了，人家的姑娘还比你大一岁；梅生也说过，趁今年他手头兜得转，打算办了他妹子的这件大事，我呢——也觉得今年闲些，先把你的婚事办了，也好。现在就等候退老一句话。他是冯家的族长，而且秋芳小姐又拜过退老的二姨太太做干娘……"

"爸爸！"民治这突然的一声，将王伯申的话头打断。不但王伯申为之愕然，甚至民治自己也大大吃惊，怎么心里正那样想，嘴里就喊出来了。

"你有什么话要对我说？"王伯申皱了眉头，看着发怔的民治。"怎么又不作声了？"

"嗯嗯，"民治定了神，安详地回答，"爸爸不是也不大赞成早婚的么？"

"哦？我有过这样的话。"王伯申淡淡地笑了笑，"你还有什么话？只管说出来罢。"

"我打算读完了大学再结婚。"

"为什么？"

"我还不算大，今年才只二十一岁。而且，而且，冯——冯小姐也在求学时代，至少也得等她中学毕业了罢？"

"哦！你还有什么话？"

"没有了。"民治俯首低声说，但又提高了声音加一句道："我请爸爸缓几年再办这件事罢！"

"嗯，求学，求学——"王伯申微笑着自言自语似的说，他走前一步，站在他儿子面对面，突然沉下脸，口音也变得严厉了，"民治！在我跟前，不许说谎；什么你要等到大学毕业，冯小姐也得求学，这一套是你心里的真话么？结婚也妨碍不了求学啊！结过婚，你仍旧去东洋，冯小姐仍旧进省城，你们照样求学，妨碍了什么？"

民治依然低着头，不作声。

"怎么你又不说话了？"王伯申的口气又和缓了些。慢慢走开，坐在写字桌前，一眼接一眼瞅那低头站着的民治。突然他冷笑一声，很快地说道："你以为我不知道么？你是嫌冯小姐相貌差，你不愿意她；全是有容惹出来的事。有容的嘴巴，全没一点分寸，我本来就要警戒她；你要存什么别的念头，就不是我的儿子！"

民治抬起头来，正眼看着他父亲的发怒的面孔，但依然不说一句话。

这种无声的反抗，惹的王伯申更加生气了，他又抓起那个玻璃镇纸来，使劲的捏着。他把一切罪过都归在女儿身上：儿子的不乐意这头婚姻，固然是由于女儿的多嘴，甚至近来连太太也对于那位未来的儿媳没有好感，也是女儿之故。好像全家的人都和那位冯小姐缘分不好。王伯申扔开那玻璃镇纸，叹口气道："民治！难道咱们能向冯家悔这头亲事么？退老的面子，我和梅生的交情，咱们怎么能干这样的事？你去仔细想一想。"他挥手叫民治走，便隔窗唤那蹲在大树下的当差姜奎。

民治心头还是沉甸甸的，但是挂记着什么似的，从父亲那里退出来，便直奔那后园，找他的妹妹。过了那边门，他就伸长脖子望那凉亭。然而亭中空无所有，仅仅亭柱上挂着有容常用的一柄雪白的鹅毛扇，临风微晃，表示了她们曾在这里停留。他惘然走着，满园子静悄悄的。这一个只有他兄妹二人还时时光顾的废园，除了老妈子和当差，还有寄宿在前面平房里的轮船公司的小职员种着玩的几畦菜蔬颇有蓬勃的生机，此外便是满目的萧条和衰黄，虽有几棵大树，却也奄奄毫无意趣。惨绿和衰黄，统治了这周围三四亩地，但幸而尚有这里那里晒着的多彩的衣服，点缀了几分春色，民治绕过那凉亭，正在茫然无所适从之际，忽听得有容的笑声起于右首。右首有一个斜坡，坡上那三间破房子在当初大概也颇擅藻缋之美罢，现在却堆放着王伯申的父亲做官不成而留下的纪念物。民治刚到了斜坡前,果然看见有容和静英手挽着手,站在那三间破房前指指点点。

"喂,二哥,"有容已经看见民治,便叫着,"爸爸说什么?我骗了你没有?"

民治苦笑着,不作回答。他走到了她们面前,这才问道:"你们望见了什么呢?这样高兴!"

"这个破园子是爸爸手里买进来的。"有容只顾向静英说,"可是他又不修。我和二哥打算把那边的树根弄掉,开个网球场玩玩,爸爸又不答应。"于是又转脸对她哥哥道,"密司许称赞这破园子,说局面是好的,只要稍稍修理一下,便很行了。二哥,你再问她罢,她说得头头是道的!"

静英微笑。民治望着静英笑了笑,却不说话。静英转脸望着树梢上的日影,轻声说:"时光也不早了。"

"嗯,不过四点多罢。"民治应着,但马上又觉得不好意思,别转脸去,讪讪地又说:"到凉亭里再坐坐,不好么?容妹,咱们下去罢。"

有容也不开口,独自当先走了。将到那凉亭边,她忽然回头又问道:"爸爸怎么说?"

民治一怔,有意无意地看了静英一眼,这才轻声答道:

"还不是那两件事么!"

"你怎样回答？"

民治默然半晌，方答道："爸爸很生气。"

这时候，静英说要回去，有容又留她："忙什么？被褥帐子的尺寸还没量给你呢。"又唤着民治道，"二哥，你怎么不帮我留她！"

他们三人穿过了边门，却见孙逢达和冯梅生正走进那月洞门去，有一个愁眉苦脸的乡下女人缩手缩脚站在天井角落。孙逢达回头来，对那女人说："你在这里等候，不要乱跑啊！"

冯梅生和孙逢达刚到王伯申的办事房的门外，正值那当差姜奎垂头丧气退出来。王伯申脸有怒容，两手反扣在身后，靠着那写字桌的横端站在那里，劈头就说道："逢达，姜奎那哥哥的事情，你怎样答应了姜奎的？怎么我不知道？姜奎这东西，越来越不懂规矩了，有事不找你，倒来我这里麻烦！"

孙逢达慌了，还没回答，冯梅生却搀言道："是不是赵守义要吞没姜奎哥哥的田，已经将他的哥哥送到警署押起来了。"

"就是这件事，"孙逢达说，"姜奎跟我说过，想求东翁设法，可是刚才我忘记了，又瞧着东翁正忙，这一点小事，何必——可是，刚才那姜锦生的女人又来了，梅生兄也看见的，缠住我，定要我转求东翁救他们一下。"

"难道要我替他们还清了赵守义的高利贷么？"王伯申冷

笑着说，"谁叫他们那样蠢，自己钻进圈套？我猜他们那借契上早就做死了的，他们一不识字，二不请人看看，糊里糊涂就划了押，这会儿又来求我，嗨！"

孙逢达不敢再开口，只对冯梅生瞥了一眼，希望他来帮腔。冯梅生笑了笑，就说道："赵剥皮那个玩意，简直是天罗地网，几个乡下佬，怎么能够逃出他的手掌心；这件事一旦经官，不用说，道理全在赵剥皮那一边。不过，他现在先将姜锦生押起来了，大概锦生那几亩田还没到寿终正寝的时候，所以赵剥皮使出他那打闷棍的一手来。"冯梅生又笑了笑，向王伯申做个眼色，"伯翁何不叫逢达去跟高署长说一声，先把人放了出来？"

"哦——"王伯申沉吟了一会儿，也就点了点头。孙逢达走后，冯梅生挨近王伯申，又悄悄说道："姜锦生这件事，倒来的凑巧呢，借此我们也回敬赵守义一杯冷酒！"

"哦？"王伯申看了冯梅生一眼，慢慢的走到朝外的那个十景橱前，坐在那旁边的躺椅里，"可惜这杯酒未必辣！"

"也不尽然。"冯梅生便在写字桌前那张椅子里坐了，笑吟吟回答，"赵守义，一杯冷酒灌不倒他，十杯二十杯，也就够他受了。他那些巧取豪夺来的田地，十之八九都没有结案；我们把姜锦生弄了出来，还要教他反告一状。尽管借契上是做死了的，但何患无词……"

王伯申点头，也笑了一笑。

"有一个宋少荣，也小小放点儿乡账，他就能够找出七，八，十来个户头，都是被赵守义剥过皮的；可是，皮尽管剥了，多则三五年，少则一两年，案却没结。都跟那姜锦生似的，被老赵的一闷棍打晕了去，却没断气。"

"嗨！"王伯申站了起来，"梅生！你以为那些乡下佬就敢在老虎头上拍苍蝇么？"

"怎么不敢。只要有人撑他们一把。"

王伯申又坐了下去，默然深思，好一会儿，这才抬头看着冯梅生道："吓他一下，这也未始不是一法。不过，我却记起了先严的一句话来：教乖了穷人们做翻案文章，弊多利少！"

"不妨试一试。反正我们能发，也能收。"

"好罢。这算是一着棋，先备好了在这里。可是，梅生，曾百行那边，我想来还是你去一趟。如果他口头松动，许他一点小好处也使得。"

"这倒有八分把握，曾百行已经抛过口风。"冯梅生笑着说，又伸手到衣袋里摸出一张纸来，"这是家叔的回电，刚接到。"

王伯申接过电文看了，眉头就渐渐皱紧；他卷着那电文的纸角，轻声说道："怎么办呢？退老说柴油轮一时缺货，兼且价钱也不相宜。可是——刚才子安还巴望下月初头能够多开一班呢！"

"怎么，水退了一点罢？"

"哪里，哪里！"王伯申作色摇头，"子安是那么想望罢哩！这几天，哪一班船不是勉勉强强走的？昨天还冲坏了三两处堤岸，自然，也不过几亩田灌了点水，可是，咱们那条'龙翔'险些儿吃了亏。乡下人竟敢鸣锣聚众，……要不是'龙翔'的大副有主意，开足了马力只管走，那，那就麻烦了！"

"哦！'龙翔'船身本来是大了一点。"

"说起来真是困难重重，"王伯申叹了口气，"这会儿夏秋之交，水涨了，不好走；回头到了冬天，水浅了，也不好走。无非是河床太浅之故。所以我打算参用柴油轮。谁知道……"他忽然苦笑一声，站起来将双手一摊又说道："谁知道还有一位大少爷脾气的钱良材，简直要把修堤开河的责任都推在我身上！"

冯梅生也笑了笑道："钱良材来了么？我倒想找他谈谈。"

"可以不必！"王伯申沉吟着说，就把打算请良材吃饭解释误会的意思告诉了梅生，又问道："明天如何？回头我就叫逢达写请帖。就是我们自己几个人——要不要再请谁呢，你想想？"

"或者加一个李科长。"冯梅生回答。忽然干笑了一声，他又说道："哦，忘记告诉你了，今天早上碰到李科长，他问起那个习艺所，很说了一番好话，哪知他随手就荐两个人，还说不拘怎么，务必安插一下。"

王伯申冷笑道："事情还没一点头绪呢，他倒先塞进两个人来了，真是笑话！"

"不过县署里几个科长的看法，认为此事必定能够办成。赵守义困兽犹斗，徒然拖延日子罢了。"

"也许。"王伯申扬眉微笑，"赵守义也知道正面文章做不过我，所以穷凶极恶，到处放野火。串通一个曾百行出来捣蛋，还不过小试其端，我猜他的毒计还多得很呢！"他皱着眉头沉吟了一会儿，笑了笑又说道："啊！梅生，刚才商量的那个办法，竟可以马上——"

"马上试一试罢？"冯梅生接口说，"这个容易。明后天我找宋少荣切实谈一谈，多少就有个眉目了。"

说罢，两人相视而笑，冯梅生也就起身告辞。

八

在梁子安的眼里，朱行健不过是一个发霉的背时的绅缙，喜欢出头说话，然而谁也不会觉得他的话有多少分量。照梁子安的意见，这么一个呆头呆脑不通时务的老头儿，根本就不用理他。但是王伯申既有命令，梁子安只好虚应故事走一趟。

他挨到第二天下午，才到南门外百花巷朱宅，打算先找朱竞新说话。这天上午，已经落过一场阵雨，但依然闷热，没一点风。梁子安从他公司走到南门外，累得满身臭汗，又战战兢兢踱过了百花巷中那不少的积潦，待到进了朱宅大门，他的忍耐性已经达到最高限度。可是那应门的老婆子又聋又笨，梁子安明明白白连说三次"找少爷"，那婆子总回答"老爷有客"。梁子安不耐烦地嚷道："好，那就找你们老爷！有客没客都没关系！"他不理老婆子，径自往内走。这时候便有一个青年女子的声音从空中来了："先生贵姓？是不是找竞新呢？"梁子安抬头，却又不见人；大门内那小小方丈的天井三面有楼，旧式的木窗有的紧闭，有的虚掩，不知那问话的女子在哪一扇窗后。梁子安料想她一定是朱行健的女儿，就含笑答道："不错，我正要找竞新兄。贱姓梁，惠利轮船公司的——"

"呀，梁先生。请你等一等。"

楼上的声音回答。这一次，梁子安却听准了是从右边的厢楼上来的。他抬头细看，这边的八扇木窗一律装着半截明瓦，内中也有几扇镶嵌着长方的小小玻璃。同时，他又看清了天井正面有两间房，上下门窗一概紧闭，檐前石阶上堆放着破旧的缸瓮瓶罐，还有一个半旧的特大的风炉；左厢楼下根本没有开向那天井的门。梁子安一边看着，一边心里纳闷道："怪了，从哪里进去呢？"那聋老婆子这时已经坐在右厢房的阶前洗衣服，她的身后便是一口大水缸，缸后有一道门。但那右厢房又显然是个厨房。梁子安心里笑道："人说朱老头儿古怪，他这住宅这才真真古怪。"

忽然呀的一声，正面两间屋有一扇窗开了，朱竞新探出头来笑着道："到底是子安兄。失迎失迎。可是，你等一等。"

还要等一等，——梁子安又是好气，又是好笑。一会儿，看见朱竞新果然从厨房里出来。他拍着梁子安肩膀道："老兄怎么走这边进来的？"说着便去搬开正面阶前的几个破瓮。

"难道这里是后门？"梁子安说。

"本来是前门，也是正门，不过现在，我们进出，都走隔壁袁家那大门。"这时朱竞新已经拉开了一扇长窗,便回顾道,"来罢,子安兄。里边不很光亮,……"

原来这两间也住人,梁子安跟着朱竞新摸索而进,又走过短短一段更黑的甬道,这才到了一明一暗的两个套间,窗外是个狭长的天井。这是朱竞新住的。

梁子安早已十二分的不耐烦,一屁股坐下就将来意说明,又悄悄问道:"有人来过没有?健翁该不会相信他们的胡说八道罢?"

"还没听见他说起过。"朱竞新轻描淡写地回答。

"他不知道赵守义诬告我们公司占用公地?"

"大概还没知道。"

"刚才那老婆子说健翁在会客——"

"噢,"朱竞新笑了笑,"不相干。子安兄,你和老头子当面谈谈如何?"

"也好。不过,他有客——"梁子安向朱竞新看了一眼,"不要紧么?是哪一个?"

朱竞新又笑了笑道:"你见了面就知道是谁,反正不是赵守义就得啦!"

梁子安听这么说,就很不高兴,干笑了一声,心里却想道:今天这小子拿起腔来了,说话是那么闪闪烁烁。梁子安本来就不乐意这一趟差使，现在简直觉得大受侮辱，但这样不得要领就回去，王伯申跟前又不能销差。他望着窗外那狭长天井里的几棵秋海棠，又干笑一声，装出半真半假的神气，故意奚落着朱竞新道："嗨，老兄，不要卖关子了！回头请你吃小馆子。放心，我们公司里从没一次要人家白当差！"

"不过有时候也过河拆桥。"朱竞新毫不介意，反而涎脸笑着回答。"那自然为的是老兄贵忙，事情一过就忘得精光。"

梁子安回过脸来，鼻子里轻轻哼了一声，心里却又骂道：这小子，当真狂了，许他吃小馆子，他还不大乐意似的！可是不等梁子安再开口，朱竞新早又笑着又说道："喂，你们那个什么习艺，快开张了罢？人家都说这是新玩意的大锅饭……"

"哦，呵！"梁子安打断了朱竞新的话；好像猜透了对方的心事，他又斩钉截铁说："那还谈不到！而且，习艺所是习艺所，轮船公司是轮船公司。"

"不过，总是王伯申先生的事，对么？"朱竞新也针锋相对地回答，忽然站起来，一脸正经又说道："子安兄，你不是要看看家严么？我去请他下来罢。"

梁子安正在犹豫，朱竞新怪样地笑了笑，转身便走。梁子安忙即追出去叫道："不忙！竞新，回来，我还有话！"

朱竞新站住了，回过头来，还是那么怪样地笑着。梁子安满肚子的不痛快，走近一步，大声说道："不用去打扰他老人家！"他拉着朱竞新回来，但在门楣下又站住了，冷冷地笑道："光景赵剥皮他们这几天在那里大放谣言，说王伯老这回可糟了，说他急得什么似的，四下里托人出面调停，竞新，光景你听到了这些谣言罢？——"他顿住了，等候对方的反应，然而朱竞新一言不发。这时天色异常阴暗，他们站在门框边，简直彼此看不清面貌，梁子安仿佛觉得朱竞新那一对善于表情的眼睛在那里狡狯地睒着；梁子安生气地放开了朱竞新，踱回房内，一面又说道："笑话！简直是笑话！大家等着瞧罢，赵剥皮迟早是一场空欢喜！不过那些相信谣言的人，可也太没眼色！"他突然转身来，紧瞅着朱竞新，又把声调提高："至于我们公司里堆放煤炭那块空地，——嗯，这件事，他们简直是无理取闹。王伯老不过是敬重健老先生的意思，叫我来随便谈谈，竞新兄，你可不要误会呵！"

"一点也不误会。"朱竞新若无其事笑着回答。

梁子安无可奈何地笑了笑，就起身道："好，很好，那么再见，打扰打扰！"

朱竞新也不留他，但又不起身相送，只顾抱膝微笑。

梁子安瞅着朱竞新这样做作，又动了疑心，正没主意，忽见朱竞新站了起来，轻声说道："嗨，老头子来了！"梁子安回头看时，小天井对面那一段短短的走廊上，满脸红光，腰挺背直的朱行健，正踱了出来。他已经看见了梁子安，隔着天井，就举手招呼道："啊，果然是子安兄！怪道小女说是轮船公司的。"

梁子安也连忙拱手道："听说健老有客，不敢打扰……"但是朱行健已经到了那走廊的尽头，踱进一道黑洞洞的小门。一会儿，朱行健兜到这边来了，一进门，就说道："满天乌云，大雨马上又要来了；竞新，你去瞧瞧我那书橱顶上的瓦面，到底漏的怎么样。"

朱竞新恭恭敬敬应着，但又不走，却去老头儿耳边低声说了几句，便垂手站在一旁，好像等待老头儿的吩咐。

朱行健皱了眉头，轻声说一句"真是胡闹"，沉吟有顷，又说"回头再看罢"，这才转身和梁子安周旋；他那小声而充满了热忱的谈吐，立即把这小小屋子里的空气弄得温煦起来了。

但是梁子安还是满心的不自在。他认为朱氏父子的耳语一定和他有关——"自然，他们乐得趁这当儿，打几下冷拳，"他这样忖量着，而当朱竞新悄悄退出的时候，他这怀疑几乎得到证实：他仿佛瞥见"这小子"跟那老头儿使了个颇有内容的眼色。

这当儿，朱行健正在慨叹着雨水太多。他凝视着梁子安的面孔，好像告诉他一个秘密似的低声说道："这几天里头，下来了多少雨？你倒猜一猜。咳，光是今天上午那一场，我大约量一量，——你猜是多少？嘿，三寸是足足有的！可是你瞧，还没落透呢，雨云四合，蜻蜓乱飞，马上有一阵更大的要下来！乡下人早就在踏大水车了，无奈河里的水面还比田里高些，要是再来几寸雨，今年的收成，真是不堪设想的！"

"哦，哦，刚才那一场雨，竟有三寸么！"梁子安也颇为愕然，就想到公司里那条"龙翔"是否还能开班；但这想念，只一闪就过去了，他带点试探的意味又问道："不是健老还有客么？请白便罢。"

朱行健微微一笑，并没回答，却眯细了眼睛瞧着梁子安，那姿势就跟他在放大镜下观察一只跳蚤仿佛；忽然他笑容渐敛，把身子挪前些，小声说道："有一件事，打算递个公呈。论这件事，也和伯申利害相关，所以，我们打算邀他——嗯，共策进行。刚才，钱良材在这里，我们仔细商量过……"

"呵，钱良材来拜会健老？"梁子安失惊地这么插一句，顿然悟到朱竞新先前那种闪闪烁烁的腔调不是没来由的，而且自己的猜疑也全然有据。"哦，商量什么呢？"

"我们都觉得西路的河道一定要好好的开浚，"朱行健正容继续说，"不过，良材以为眼前救急之计，还须……"

"哎，嗨，"梁子安苦笑着又羼言道，"他是打算先把堤岸加高的。"

朱行健点头，又慢吞吞说道："但是仓卒之间，哪里来这笔款子？而且，一面修筑，一面你们的轮船又天天在那里冲打，也不是个办法。所以我们打算邀请县里的绅商联名上个公呈，先要你们公司里停这么几班船；这是地方上的公益，伯申自然义不容辞！"

"哦——"梁子安怔住了，说不出话；这时他才知道事情又有新变化，王伯申简直有点儿"四面楚歌"的样子。

"至于修筑堤岸的款子，我还是以为应当在公益款项内筹措；不过轮船公司也应当见义勇为，捐这么一个整数。况且，河道淤塞，轮船公司也不能说不负一点责任，开浚以后，轮船公司也不能说没有好处；伯申见事极明，自然不会吝惜那么区区之数。"

"可是，健老，"梁子安着急地说，"这一层，良材也和伯翁谈过，无奈数目太大，公司里碍难允承。"

"那倒未必然！"朱行健笑了笑，"你们去年红利有多少？"

梁子安一看情形不妙，连忙转口道："这个，健老，你还有些不明白敝公司章程的地方。敝公司章程，公益捐款每年有规定的数目，总共不过五六十元。如果有额外的开支，便得开临时股东会付之公决。王伯翁虽然是总经理，也不便独断独行。"

"嗨嗨，子安，你这，又是来在我面前打官话了！"朱行健眯细了眼睛，和善地说，"章程是章程，然而，谁不知道伯申是大股东？他要是愿意了，股东会中还有哪个说半个不字？他何妨先来变通办理，然后提请追认？何况这又不是他一个人的私事！"

梁子安满头大汗，无言可答，只有苦笑。他躁急地摇着扇子，肚子里寻思道："真是见鬼，这一趟是白来了，反又惹起节外生枝。"但是朱行健的一对小眼睛逼住他，等他说话，没奈何，他只好讪讪地反问道："那么，健老的意思打算怎样？我回去也好转达。"

朱行健想了一想，就说道："如果你们公司里自己先停开几班，那么，这件事就省得再动公呈了。"

"嗯！"梁子安从喉间逼出了这一声，就站了起来，走到窗前。

"至于修筑堤岸，开浚河道呢，最好伯申也在我们的公呈中列个名，而且——而且最好把自愿认捐若干的话，也叙进去。"

这一次，梁子安连"嗯"一声的勇气也没有了；他转脸看着朱行健，好像不大敢相信自己没有听错，又好像在等候着朱行健再有没有话。

朱行健也到窗前向天空一望，便皱着眉头小声说道："大雨马上要来了！可怕！所以子安，你得转告伯申，就看我们能不能赶快设法，切切实实挽救这年成。"

梁子安仰脸看天，果然密层层的乌云中间，电光一亮一亮的闪动，而且雷声也隐约可闻。他心里有点慌，什么赵守义诬告他们占用学产公地的话，他也不想提了，推说恐怕淋了雨，便匆匆告辞。

朱行健送客回来，经过那同住的袁家门口时，便想进去找那小学教师袁维明谈天。可是这时疏疏落落的大雨点已经来了，他猛然记起他那自制的简陋的量雨计，早上试用的结果，很有些不大准，趁这大雨将到之先，应得再去修整。他急急忙忙绕到那堆放一些破旧瓶罐缸瓮的小天井内，一面又唤着朱竞新，要他来帮忙。连唤了几声，还没见人来，但是那雨点越来越紧。朱行健惟恐错过时机，只好自己动手，搬弄着几个大瓮和玻璃酒瓶——这些东西便是他的自制量雨计。

这时候，朱竞新和他的义妹克成小姐正在前院楼上有一点小小的纠缠不清。朱小姐的卧室，就是她父亲的卧房的后身，隔着板壁，可是除了通过前房，别无进出的门。她老是尖着耳朵，提防她父亲忽然走上楼来。她神色不定，每逢楼下有响动，就心跳得很；她几次催竞新走，然而朱竞新却就利用她这畏怯的心情，故意赖在那里，好使她不能不答应他的要求。

他们这样相持有几分钟了，忽然朱小姐浑身一跳，慌慌张张低声说道："你听，——那是爸爸的声音。就在楼下。"

"没有的事，"朱竞新连侧耳听一下的意思也没有。"那个客人，至少要和老头子噜苏半个钟头。"

朱小姐似信不信侧耳又听了一会儿，就又说道："不管怎的，你还是下去好些。再不然，我们一同到楼下书房里。"

"那么，你给不给呢？"朱竞新说着就把身子挪近些。

"嗳，不是早就对你说过么，我也——"

"可是今天早上你答应我，等老头子睡中觉，就有。"

朱小姐不作声。看见朱竞新又挨过来，便挪开些。

"当真这一次是借给朋友的。我已经答应他了。这会儿又没有，怎么对得起朋友。"朱竞新说时满脸愁容，把手指的关节捏得剥剥地响。"而且我也不好意思再出去见朋友。"

"嗳，真是冤家！"朱小姐叹口气说，"叫我怎么……"她看了朱竞新一眼，却又不说下去。朱竞新那种没精打采的嘴脸，比老头子的正色庄言，更使她难受。每次她瞒着父亲偷偷满足了竞新的需索以后，便觉得是犯了罪：一来是畏惧，一来是羞愧。每次她都用"下次再不敢了"的私自忏悔来减轻内心的负疚，但是，搁不住竞新的一番花言巧语，她就心软了，再加上愁眉苦脸，唉声叹气，她便心慌了，——在柔肠百结的当儿，她每每抱怨父亲当初既然打算把这竟新作为赘婿，干么又认为义子，而现在既要始终作为义子了，干么又这样放在家里，长年长月弄的她心神无主。

"早半天你答应得好好的，"看见朱小姐不开口，竟新又变换了纠缠的方式，"我就去告诉了那个朋友，允许他晚上有；人家也是等着派用场的。现在你又变了卦，那我——我只好向爸爸开口。不过，老头子要是问我，为什么去答应了人家？咳，妹妹，我要是不说妹妹先答应我，那又该挨老头子一顿臭骂了，要是说呢，又怕你受了委屈。妹妹，你替我想想……"

"嗳哟，你要我死了，真是！"朱小姐恨恨地轻声说，然而她的眼光却并无恨意。"早上是听错了数目呀。如今叫我怎么变得出来？"

"我知道你会想个法儿变出来的！"朱竞新接口说，涎脸笑着又挨近些，"不是你变过么？好妹妹，我给你磕头……"他双手放在朱小姐膝头。朱小姐惘然不动，只把腰肢略扭了扭，但随即忽然惊跳起来，脸色惨变，低声急呼道："爸爸来了！"便推着竞新要他走。

竞新也一怔，但随即笑道："不是爸爸，这是下雨。"他乘势拉住了朱小姐的手，想把她揽在怀里，朱小姐满脸惊慌，又不好高声，只是急促地说："你不要死缠，当真是爸爸的声音，爸爸在叫你！"她推开竞新，想要夺路而走。竞新却又退一步，拦在门口。这当儿，雨声在瓦面急响，如果老头子真在楼下唤人，甚至跑上楼来，也不会听到的。朱小姐急得心头乱跳，说不出话来，低了头，落下几滴眼泪。

竞新也在担心着朱行健会突然上来，又看见朱小姐急得哭了，便垂下手，侧着身子，低声告罪道："莫哭，莫哭，妹妹，我去，我这就下去！"

但是这样温柔的安慰倒使得朱小姐心里更加难受；委屈和怜爱搅在一起，逼着她的眼泪止不住滚出来了。朱竞新也慌了，怔怔地望着她，没有了主意。平日之间，为了哄骗朱小姐，他那张嘴甜得跟蜜糖似的，但此时天良激发，动了真情，他倒想不出该怎样开口。他忸怩地再说了一句"我就下去"，便转身急走。

他到了楼下书房里，便又后悔不该这样撇下了朱小姐；他要听听楼上的动静，无奈那雷雨震天撼地而来，便是屋顶坍了也未必能够听到。他看着窗前那瀑布似的檐溜，只是发怔。

忽然他惊觉似的回头一看，却见朱行健已经在面前了，肩头的衣服湿了一大块。朱竞新赶快站起来，恭恭敬敬走上一步，老头子却已问道："你到哪里去了？怎么刚才老叫你不来呢？"

"刚才——"朱竞新有点着慌，"哦，是不是刚下雨的时候？哦，肚子急了，我上……"

"打算叫你帮着弄好那个量雨计的，"朱行健慢吞吞说，一面就脱下那件湿衣服。朱竞新赶快去接了来，乘机就说道："那我马上就去。"

"用不着了。我已经弄好。"朱行健坐下，一面又望着窗外那倾盆大雨，自言自语道："这比早上的还大些。"这时候，朱小姐也悄悄地进来了，看见老头子光着脊背，竞新手里又拿着一件湿衣，弄得莫明其妙。

"克成，"朱行健转脸对女儿说，"你去拿一件——啊，怎么你的眼泡像是哭过的？哦，你过来我瞧瞧，是不是风火。"

朱小姐怔了一下，还没回答，旁边的朱竞新却急得什么似的，他知道他这位义妹不善于撒谎。他连忙插嘴道："恐怕是的，这几天外边害眼的人很多。"

"不是，"朱小姐回答了，有意无意的朝竞新笑了笑，"那是——那是刚才竞新哥爬到书橱顶上看漏不漏，撒了我一眼灰尘，揉红了的。"说着她向竞新手里取了那件湿衣，又说道："爸爸，我给你取衣去。"

朱行健信了女儿的话，然而还有点不大放心，望着女儿的背影又嘱咐道："就是灰尘迷了，也该用硼酸水洗一下；你们年青人总是贪懒，不肯在小事情上用心。"

于是引动了他的谈兴，又把说过多遍的关于"微生虫"的话儿搬演出来了。他眯细着眼睛，看住了竞新的面孔，从"微生虫"之以恒河沙计，说到"微生虫"之可怕，因而又说到灰尘之类就是"微生虫"的家，所以"克成眼里撒了灰尘，真不该用手揉"，又抱怨竞新为什么不关心他妹妹，任凭她胡闹。

突然他打住话头，想了起来似的问竞新道："啊啊，那件东西到底好不好？"

"什么东西？"竞新茫无头绪。

"哎！你们青年人总是心野，一会儿就忘了。刚才梁子安在这里的时候，你赶忙偏要说，这会儿倒又忘了！"

"哦！"竞新恍然大悟笑了笑，"爸爸是问石师母那个儿子石保禄来头的那架显微镜么？"

"对啊！"朱行健霍地站了起来，走到竞新面前，躬着腰又问道："到底怎样？你见过没有？哪一国的货？什么牌子？几百度？……"朱小姐拿衣服来了，他接在手里，也不穿，看住了竞新的面孔，立等他一篇详细的回答。

"石保禄那家伙认为是奇货可居，简直不肯让人家先看一看。"竞新有点着慌似的说，他没想到老头儿会提出那么多的问题来。

"不让人家看一看？真是胡闹！那么，你也没问问他究竟是怎样的货色？"

　　"问是问过了，"竞新站起来，一双眼睛骨碌碌地转着，倒像那些问过的话忽然逃散，此时他必须找它们回来。他随口胡诌道："大概是德国货，茂生洋行的牌子，几百度敢许是有的，哎，石保禄那家伙简直是——不成话，他说：存心要呢，讲好了价，再给东西看！"

　　"真是胡闹！"朱行健一面穿衣，一面说。

　　"他要五百块钱呢！"

　　"真是胡闹！"朱行健发怒似的大声说，一手扣着衣纽，一手摸着下巴，慢慢地踱了几步，又小声的摇着头道，"真是胡闹！"

　　踱到他那惯常在那里打中觉的贵妃榻旁边，他就歪在榻上，闭了眼。

　　雨声还是压倒了一切。朱竞新悄悄地踅到书房门外，然后反身向门内的朱小姐招手。朱小姐也轻手轻脚走出去了。但是竞新眨着眼睛不知说了句什么话，朱小姐把头一扭，又走进书房里，索性坐在窗边，和榻上的父亲，门外的竞新，刚好成为品字式。她低了头，决心不再理睬门外的竞新了，但不多工夫，她又慢慢抬起头来，望着门外，忽地噗嗤一笑。接着她又轻盈地站起来，正待举步，可巧朱行健蓦地睁开眼，直望住了朱小姐的脸。

　　"克成！你知道么，"朱行健慢吞吞说，"有一架显微镜，有什么好处？"

朱小姐只觉得两耳灌满了嗡嗡喤喤的闹声，总没听清她父亲的话；她含糊地"哦"了一下，心头卜卜跳着，跑到她父亲面前。

"有一架显微镜，"朱行健一字一字咀嚼着说，"那我们的眼界就会大大不同了。许多看不见的东西就能看见了，看不清楚的，就会看清楚了；我们那时才能知道造物是何等神妙，那时才知道我们真是井底之蛙，平常所见，真只有一点点！"

朱小姐总没听全她父亲的话，然而照例点着头，装出用心在听的样子。

"一滴水就是一个须弥世界；一只苍蝇的眼睛，也是一个华严世界。"朱行健莞尔笑着，坐直了又说。"克成！你想一想，苍蝇眼睛里的奥妙，我们也可以看见了！"

"哦，眼睛的奥妙……"朱小姐随口应着，心里却在想着竞新此时是否仍站在门外，也想到竞新那一双会勾摄人家的心灵的眼睛。

"对了，什么都有我们看不见的奥妙，然而有了显微镜就都能看见了。"朱行健兴奋起来了，忽然捶着榻叹气道："然而，石保禄，传道婆的儿子，俗物，懂得什么！真是胡闹！"

"爸爸！"朱小姐忽然问了，同时脸上红了一下，"有些看不见的东西也能用显微镜照出来么？”

“都可以。”朱行健不假思索地回答。

“那么，一个人肚子里的心事也照得出来了；那么，爸爸，一个人的真心假心也能够照出来罢？”

朱行健怔了一下，这才笑了笑道：“这些么，大概将来也可以照一照。”

“嗳！”朱小姐感到失望，便低了头；竞新那讨人欢喜但又不大能够捉摸的眼睛又像两点星光似的在她面前闪了一下，同时，她又觉得这位连苍蝇眼睛里的奥妙都要看一看的父亲，却永远不想朝女儿的心里望一眼。她不由的轻声叹了口气，侧过脸去，偷偷地在眼皮上揉一下。

大雨还在滂沱直泻，书房里更见得阴暗了。

九

一小时后大雨停止了。

天空依然那么阴沉，电光时时从密云中漏出，雷声还在响，老像有什么笨重的木器拖过了楼板。

钱良材刚从街头回来。眉棱上堆满了忧悒，他独自在房里翻看隔天的上海报纸，时时抬头看看窗外的天色。

隔壁房里，传来了移动家具的声音。恂如还没布置好他那房间。昨天晚上，他说他要搬到东院这朝北的平屋内，以便陪伴良材；当时谁也不曾介意。哪里知道今天一早起，他就扣留了店里的赵福林，又不理少奶奶的唠叨，连那个向来只做细活的祝姑娘也调来了，大模大样地搬"家"了。东院朝北的平屋，一共是三间：正中一间，本来像个小客厅，此时招待着良材，东首一间是恂如作为书房的，西首一间向来堆放些不相干的破旧家具，现在恂如要把这一间变做书房，而书房则改成他的卧室。这一下调动，可就闹的满家大小不安。

从早晨起，恂如专心办这件大事。大雨的当儿，他也不肯歇一歇。他躲在这未来的卧室中，只在吃中饭的时候出去一次，指挥着赵福林和祝姑娘，聚精会神要布置出一个称心满意的自己的房间，倒像这是他一辈子的归宿似的。

从早晨起，恂少奶奶也不曾到这里来望过一眼。隔了一个天井，从老太太和姑太太的房里，常有恂少奶奶的声音传来，然而恂如也好像不曾听见；当祝姑娘被少奶奶在半路上截留，好久不见再来的时候，恂如只叫赵福林去找，自己却皱着眉头，在屋子里打旋。

老太太和姑太太也不以恂如这番举动为然。因为恂如说是特地来陪伴良材，姑太太还正式加以阻止，可是恂如除了苦笑，一言不答，只顾忙着布置他那房间。

钱良材虽然知道这件事，并没把它放在心上；他也是一早起就忙着他自己的事，总不曾到隔壁房里去过。现在，他耳听的是隔房的嘈杂的声音，眼看的是漫天一片阴沉沉的雨云，心里想的却是钱家庄的堤岸。他把那些报纸折叠起来，自言自语道："两天了！来了两天，一事无成，雨水倒多了好几寸！"

他想起了他和朱行健的谈话，觉得朱行健发起的什么公呈，未必马上就能成为事实，然而这满天的乌云是不肯等待人们的。他就决定了主意：他不能等待。

走出自己的房，良材就看见小婢荷香躲躲闪闪地在隔房的门口张望。良材跑过去一看，只见恂如朝里站着，书桌椅子杂乱地堆在房的一角，那赵福林对着一架小铁床发怔，好像这架独占了全房中心地位的小铁床倔强地不肯听他使唤。"对着那墙角，懂了罢？对角摆懂么？"恂如不耐烦地说。但是赵福林依然站在那里发怔。从上午就被那些木器搅得头昏的他，此时怎地也想不通一架床如何能对着墙角摆。而且他又心里不服：好好地早已摆的整整齐齐了，干么又要翻新花样？

良材转身望着天井里那棵槐树，浓密的绿叶还在滴落水珠。槐树旁一口很大的金鱼缸，水满满的，不知谁家庭院吹来的一些梧桐瓢儿，像小船一般在水面漂荡。一匹死金鱼，白肚子翻上向天，也挤在这些"小船"中间。

看了一会儿，良材忽然又转身走到恂如那房的窗前。这时候，恂如已经亲自动手将那架床摆好，正在考虑如何把那个书桌也安放的不落"俗套"。良材隔着窗唤他道："恂如！我打算明天回乡下去！"

恂如没有听清，抬头朝良材看了一眼，淡然答道："很好，明天你有工夫，我们可以长谈了。"

"不是，明天我要回去！"

"嗯，明天？"恂如怔了一下方才回答。"何必这么性急呢！"他又惘然苦笑。

"有要紧的事。"良材觉得恂如有点心神不属，便不多说，只加了句"回头再谈"，就走过天井，打算把明天回去的意思告诉那几位长辈，并且要对老太太提的亲事作一个明白的表示。

老太太正和姑太太谈着今年的收成。姑太太也在担心西路发大水，她家的稻田不知道要不要紧，听得良材说明天就要回去看看，老太太倒很称赞他"事事肯留心"，却又问道："刚才顾二拿进个请帖来，明天有人请你吃中饭呢，你去不去？"

良材赔笑答道："我刚回来，还没知道，帖子在哪里，不知道是哪家的？"

"就是王伯申。"姑太太说。"恂如已经替你代知了。"

"哦，原来是王伯申，"良材笑了笑，他那浓重的眉梢轻轻一耸。"可不知道他请几个客，还有的是哪些人？"

"这可要问恂如了。"

"不必，反正我不去。回头叫顾二去谢谢就算了。"良材沉吟着说。

"也许有什么事他要和你商量呢？"

良材微笑，还没回答，姑太太又说道："也许你昨天跟他商量的什么轮船冲坏了堤岸要他捐钱来修——这件事，他意思又有点活动了罢？"

良材侧着头，笑道："妈妈以为王伯申会这样慷慨？昨天他一毛不拔，今天倒赔上一桌酒席又来掏腰包了么？"

老太太和姑太太也都笑了。老太太说："王家的人，没便宜不做事，少跟他们来往倒也罢了。不过，良少爷，才来了两天，怎么就回去？家里那些事，老苏总该懂得怎么办的；你不放心，写个字条去吩咐他就得了。"

姑太太也说道："你出个主意，只交给老苏去办，倒好些。"

"老苏呢，这一点事，原也干得了的。"良材慢慢回答，笑了一笑。他懂得这两位老人家的齐声劝阻，是怕他一回去了就要大刀阔斧地干起来，多花钱。昨天从王伯申那里怄气回来，他不就说过这样的话么："王伯申自私自利，从头到脚一副守财奴的骨头，可是他偏要混充大老官，开口公益，闭口地方上的事，好像县里没有了他，大家就活不成似的，甚至还说他办轮船公司也是'服务桑梓'，自己毫无好处；哼，他没见过世面，我倒存心要教给他，如果要争点名气，要大家佩服，就该懂得，钱是应当怎样大把的花！"良材和他父亲一样的脾气：最看不起那些成天在钱眼里翻筋斗的市侩，也最喜欢和一些伪君子斗气。在鄙吝人面前，他们越发要挥金如土，说是"气他们一下也好"。姑太太平日最不放心的，也就是良材这种"大老官的脾气"。如今看见良材和王伯申怄气，自然就防着他这"脾气"的发作。

当下良材想了一想，眉梢一扬，就又接着说道："可是我不大放心老苏那种婆婆妈妈的做品。不论干什么事，他老守着他那一板三眼。可是，天要下雨，山里要起蛟，河里要涨水，田要淹没，这都是不肯等人的，自然也不会等候老苏。我想还是回去好。"——他的眼光移到他嗣母的脸上，"我不打算和王伯申斗气。我只想把自己的事情办好。近来跟人斗气的兴致也差了许多了，王伯申那样的人到处全有，天天能碰到，要斗气也斗不了那么多啊！"

说着他就笑了，又加着道："老太太，妈妈，你们尽管放心罢。"

看见良材这么揭穿了说，姑太太倒不好再阻拦了。老苏办事只有个一字诀"省"，姑太太知道。老苏把现在的一个钱还看成三十年前一样，姑太太也知道。良材的顾虑是有理由的。而且嗣母和嗣子到底不同亲生，姑太太对良材总存着几分客气，姑太太朝她母亲看了一眼，点着头，又叹口气道："去年闹虫子，今年又发大水，天也变了！"

良材说那番话的时候，老太太闭紧了嘴唇，伸出了下巴，很用心地在听。她一会儿看看良材，一会儿又看一下姑太太，末了她才笑一笑说道："跟人家斗气，最不合算。从前俊人跟人家斗气，总算回回是他占了上风的，可是，他自己哪一次不是憋着满肚子的气？事情没完的时候，他倒还有说有笑，兴致怪好，事情一完，他可发起闷来，这就匆匆忙忙要出门逛逛，南京北京游玩一回。他老这么说：'别瞧我又占了上风，我还是闷的很，我看不惯！'良材，也许你还记得？"

"自然记得。"良材恭恭敬敬回答，每逢提到他父亲生前的言行时必然会引起的虔敬与思慕的心情，又油然而来。他的脸上忽然红了一阵，眼睛也越发光芒四射了，正像好多年前他站在父亲的病床前，一边听着父亲的谆谆嘱咐，一边如同父亲的那种刚毅豪迈的力量已经移在他身上，他那时也只用"记得"两字来回答，来代替他心中的真挚而奋发千言万语也说不尽的情感。

"三老爷这样的人，老天爷会不给他寿！"姑太太也叹息着说。"他比他哥哥还少活了两年。自从三老爷故世，一连串不如意的事儿就到了钱家，几年工夫，人丁兴旺的一家子，弄成如今这冷清清的门面。小一辈的，就只剩下你一个了，——良材！"姑太太眼眶有点红了，但又勉强笑了笑道，"怪不得老苏常说，三老爷是镇宅星，他一走，家里就改了样。可是，老苏又常说——"姑太太转脸看着老太太，"良材活脱是三老爷转世，正该良材来重整门户，再兴旺起来！"

这一番话，勾起了各人的心事，而良材更觉得满肚子里像有个东西在那里回荡奔突，又好像全身的骨节里都涨满了力，可又没处使，也使不出来。正在这样又兴奋又有点迷惘的当儿，他猛可地听得老太太问道："良少爷，前天讲过的许家的亲事，你的意思到底怎样？"

良材不防老太太先提起这话儿，倒怔了一下，一时之间想不定该怎样回答。

老太太看着良材的面孔，慈和地微笑。

良材脸又红了，好像有点忸怩，还是没有回答。对于这件事，他的主意原是早已决定了的："不愿。"为什么"不愿"呢？他自己也说不出。去年他还见过许静英，在他的记忆里，静英何尝不是个出色的女子，因而他也能理会到外祖母那一片慈爱的苦心，甚至还感激她；然而他还是"不愿"。

两位老人家的热望的眼光都射在良材的脸上，那样的温和，慈爱，使得良材感到惶恐；他知道他要是直切说个"不"，便将给她们莫大的痛苦，那简直是罪恶。

"外婆疼爱我，难道我还不知好歹么？"他缓缓地开口了，心却激动得很，一面不愿改变他的决定，一面又生怕伤了老人家的心，他低了头，正想轻轻说个"不"字，忽然又一转念，马上又抬起头来，勉强笑了笑，对他嗣母说道，"妈妈，好像前些时候我告诉过妈，一个相面的，省城里有名的什么铁嘴，给我排过流年。"

"哦？"姑太太摸不着头脑。

"嗯，妈也许忘了，"良材又笑了一笑，汗珠从他鼻尖渗出来，脸更加红了。"省城里那个——那个张铁嘴，我请他排过流年，张铁嘴是很有点名气的，他判定我，这三年之内，流年不大好，嗯，不利！"

"啊，他怎么说？"老太太歪着头，聚精会神在听。良材不敢抬头望她。姑太太眉尖微蹙，怔怔地看住了良材，心里却在诧异，为什么良材谈起相面算命和什么流年来了。

良材拿出手帕在脸上擦一把，轻轻叹口气，决心胡诌到底："他说什么？他说我——我将来有五个儿子，五个儿子！"他装作拭汗，却把手帕覆在脸上，话调转快，"可是，三年之内，我要是娶了亲，便主克妻，而且要是娶了个生肖属马的女子，她还要克夫呢！"

室内忽然异常寂静，良材似乎听得见自己的心跳的声音，室外那槐树却簌簌作响，似乎天又在下雨。

良材取下手帕露出脸来，吐一口长气又说道："老太太，相面的说三年之内，我是去年春天请他排的，还有年半多一点！"

老太太慢慢点头，闭了眼睛，不说话。

姑太太显然是不相信的，但也不揭穿，只干笑道："你排过流年么，我倒是第一次听说呢！"说着又朝良材看了一眼。

　　良材赶快别转脸，打算找机会溜走。可是老太太郑重其事问姑太太道："阿瑞，静儿的生肖是不是属马的？"

　　看见老太太那么认真，良材心里更加负疚，觉得用这样的诡计去欺骗这位慈和的老人家，是万分不应该的；同时又忽然对于那个许静英也抱歉起来，干么平白地咒她要克夫呢？趁着姑太太还在沉吟的当儿，良材忙即接口道："也许是我记错了。那相面的大概说属羊的不利，不是说属马的。反正这都是我的事，我的流年不那个……"

　　"不管是羊是马，光景这件事要过这么一年半载再谈了，——良材，你是不是这个意思？"姑太太用她惯有的朗爽的口吻说，多少还带几分锋利。

　　这时候，良材也恢复了内心的平静，便庄重而恭谨地点着头。

　　老太太也瞧出几分来了，叹口气道："也罢。我们做老人的，替小辈操心，也只能到这地点。可是，良少爷，你要记得，你是兼祧了两房的，钱家的香火，就只在你一人身上呢！"

　　良材连忙站了起来，应着"是"，同时也就打算抽身退出。

　　但是姑太太又说道："要是连四房里都算上，良材还是顶了三个房头的香火的；四老爷虽则还没成家就去世了，他这一房到底不好抹掉的！"她转眼看着良材，"现在什么都有新法旧法，可是我想来难道新法就不要后代了么？三老爷是我们钱家第一个新法人，也还是县里第一个新法人，可是他把儿子女儿这才看得重呢！良材，你小时是你妈妈自己喂奶的。干么我们这样人家连个奶妈都不雇呢？三老爷不许！他说：要人家扔下自己的孩子来喂别人的，不论怎地总不会处处留心。他又说：吃奶像三分，奶妈总是出身低微，小家气，说不定还有暗病。这些都是我亲眼看见，亲耳听到的。三老爷就把儿女看得比什么都重些！"

"是！"良材赔笑说，"妈的话我都记住。"

外面果然又在悉悉簌簌下雨了，天气却反开朗了些。良材想了一想，便又坐下，打算提起精神陪两位老人家谈话，补救他的负疚。

"三老爷是好人！"老太太点着头说，"只有他帮忙别人，从没见他沾人家的光。一定有好报。我小时老听得人家说：四象八条牛。这是县里的大户。可是现在就只剩你们家一头象了，别家都败的没个影踪了，可见钱家的祖德厚，将来还要发的。"

"啊哟，妈倒说得好！"姑太太笑着接口说，但又叹口气道："不过钱家到底也差了，算不得象了，只能算是一条瘦牛。"

"唔，"老太太点着头说，"可是如今那些人家哪有从前的大户那么底子厚呀。如今差不多的人家都讲究空场面了。哪怕是个卖菜挑粪出身的，今天手头有几个钱，死了爷娘，居然也学绅缙人家的排场，刻讣文，开丧，也居然有人和他们来往；这要是在三十年前呀，哪里成呢？干脆就没有人去理他。"

"可不是！从前看身份，现在就看有没有钱了！"姑太太应和着，"那些人也都是短命相，今天手头有几文，就充阔佬，就花。"于是谈话就转到两位老人家在数十年中所见的一些人家的发迹和衰落。这是永不会枯竭的闲谈的材料。她们从亲戚世交讲到自己，又忽而跳到一些不相干的人家，然后又回到亲戚世交；她们从二十年三十年前讲到现在，又从现在讲到她们的幼年时代，乃至从父辈祖父辈那里听来的陈年老话。

这一切，有些是良材已经听见过不止一遍了，有些却觉得很新鲜。他时时插几句，问这问那，也加点他自己的意见。直到老太太觉得有点倦了，良材方始退出，赶快准备他自己明天回乡下去的事情。

晚上，雨也停止了，铅色的天居然露出几大块青空，半轮月亮躲躲闪闪在云阵里钻过。恂如总算把他那间房布置好了，似乎大事已成，心也定了，这才想起良材明天就要回去，而且良材来了后，自己还没跟他好好谈过。

东院楼房的上层，是所谓走马楼的式样，朝北的走廊也还宽阔，而且楼上既不住人，这里就比什么地方都幽静。恂如特地找了这个地方，准备要告诉良材许多话，也希望从良材那里听到许多意见。

但是，约略谈了几句县里的近事，以及良材赶紧要回去的缘故，两个人忽然没有话了。

良材手托着下巴，侧着头，望着天空几朵浮动的白云渐渐移近月亮旁边。恂如惘然看着良材的面孔，心里乱糟糟地，再也理不出一个头绪来。他心里的事又多又复杂，然而认真一想，倒又拣不出几件是值得郑重其事赶在百忙里告诉人家。他这样想着，就自己笑起来了。良材回过脸来看了恂如一眼，不由的也微微一笑。看见恂如那样神色不定，良材就说道："恂如，你总得想点事情出来自己消遣，自己排解；老是这样发闷，一会儿觉得自己好比坐监牢，一会儿又抱怨日长如年，都不会于你有好处。"

"哦？"恂如有点吃惊，睁大了眼看着良材，好像说："怎么你就同看见了我心里似的！"

良材似乎也懂得恂如的意思，笑了笑又说道："那一天我接到你那封信，倒吓了一跳；照你那封信里的口气，简直就要自杀。不过我又一想：大凡人写信总写得浓重些，信里发发牢骚，无非是一时的感情作用。后来，婉小姐来了，我又问她……"

"啊，你问她哪些事？"恂如发急地羼言，"她怎样回答？"

"我只问她，你在家里作什么消遣？心境如何？——可是我并没拿出你的信给她瞧。"

"嗳！这就很好！可是她说些什么？"

良材想了一想道："也没说什么。只说你为了家务，常常心里烦躁罢了。而且多半是自寻烦恼，庸人自扰！"

"嘿！这是婉姊的看法。婉姊自然觉得天下无难事呵！"

"但是这两天我冷眼看来，你那封信里的牢骚还没说明白你心里的实在的烦恼！"

恂如听了这话又怔住了。可是随即兴奋地拍着腿说道："可不是！良哥，你是我的第二个知己！"

良材笑了笑，炯炯的目光正射在恂如脸上，好一会儿，他又说："然而你心里的烦恼究竟是怎样的，这可要你自己来说了。"

"哎！"恂如叹口气，俯首避过了良材的眼光。

谈话的线又断了，虫声从下边园子里起来，似乎愈来愈响。两个人好像都在等待对方先说话。

良材想着恂如那句"第二个知己"，寻思道，谁是第一个呢？光景是婉小姐。但又不像。恂如的事，没有一件瞒得了婉小姐，可未必两人见解一样……正这样想，猛又听得恂如轻声问道："可是，你的事呢？你怎样回答？"

“哪一件事？”

“嗳，不是老太太姑妈都要给你说亲么？婉姊不是为此特地请你来么？”

“哦，暂时搁着，不忙。”

“搁着？”恂如惊异地说，好像不能领悟这两字的意思，“嗳，良材，这怎么能够搁起来呢！”他惘然一笑，忽又问道：“你是见过静英妹妹的，你觉得她还不是个头挑的人品么？”

“怎么不是！”良材随口回答，但立即又想到，也许老太太她们已经在背后议论他眼界太高，所以恂如的口气也好像有点不平似的，——他笑了笑又郑重说：“不是我放肆，我以为只有婉小姐还能比得上她；而且现在又进省城去念书，那自然更加与众不同了。”

恂如苦笑着，抬头望着天空；良材不知道恂如的心事，但恂如现在更误会了良材这句话的意思。这时候一片乌云遮住了那半轮月亮，恂如不大看得清良材的脸色，只觉得他那一双光芒逼人的眼睛老是盯住了自己瞧。一股无名的烦躁，忽然又抓住了他。但是良材那冷静而锐利的眼光又使他忍不住要打冷噤。他暴躁地说：“良材，你不要瞒我，你真真实实告诉我，为什么你现在的主意又和从前不同？嗯，我看得出来，今天的你不是今年新年来拜年的你了！你是不同了，为什么？”

良材微微一怔，但立即天真地笑了起来。他拍着恂如的肩膀，似乎说"你说对了"，却又故意问道："当真么？你从哪些上看出来的，你也要老老实实告诉我！"

"就从眼前一件事。"恂如兴奋得口音也有点变了。"记得前次你对我说过，你的中学的同学有个妹子……"

良材立刻打断了他的话："这件事早就谈不上了。"

"哦，可不是？我猜个正着！但是为什么？"

良材只微微一笑，没有回答。

"爱情这东西，非常奇妙，"恂如一脸正经，很诚恳地说。"今天你觉得不过如此，可东可西，然而将来你要后悔；这好比一种奇怪的丹药，先时你原也不觉得肚子里有它，可是一到再吞下别的丹药去，它那力量可就要发作了，那时你……"

"恐怕未必罢？"良材第二次打断了恂如的话。

"现在你自然这么说，你自然不相信。"恂如定睛看住了良材的面孔，随即无可奈何地笑了笑，"可是，良材，光在这件事上，就证明你跟从前不同！"

良材摇着头微笑，仰脸吐一口长气，自言自语道："啊，又起风了！"站起来望着那乌云四合的天空，又说道，"靠不住。难道还没落畅么！"他转身，背靠栏杆，低头沉吟了一会儿，忽然又笑了笑，说："恂如，你刚才的议论很妙。可是我要问你一句话：怎样的一个女人你这才称心满意了？你理想中的夫人是怎样的品貌性格？"

没有回答。这时星月都被那愈来愈密的乌云遮住，恂如看不清良材的面貌；可是他却感得良材这句话有点近于调侃，就联想到良材的脸上一定浮着讥讽的微笑。他又暴躁起来，就冷冷地说道："你呢？你——嗨，美貌，温柔，聪明能干，人之所好是一样的，难道你就不同么？"

"自然人入所好者，我亦——"昏暗中只听得良材的笑声当真有点蹊跷，"不过，我再问你一句：好的上边还有更好的，要是你又遇到一个更好的，你又打算怎样？"

"这个——"恂如简直觉得受了侮辱，"你问你自己，何必我来回答。"

"好，我再换过题目：我们为人一世，忙忙碌碌，喜怒哀乐，究竟为了什么？究竟为了谁？恂如！拿你来说罢，你是张恂如。大中华民国的一个公民，然而你又是人之子，人之夫，人之父，你的至亲骨肉都在你身上有巴望，各种各样的巴望，请问你何去何从，你该怎样？"

这番话可把恂如怔住了。过一会儿，他这才答道："我照我自己认为最好的办法……"

"但是在五伦的圈子里，你又哪里有一个自由自在的自己？"

　　没有回答。昏暗中只听得恂如叹一口气。

　　"所以，话再说回来，你，——不，我们，为人一世，尝遍了甜酸苦辣，究竟为了什么来，究竟为了谁？"

　　良材的声音很沉着，一字字叩在恂如的心上，他不禁毛骨悚然。这当儿，长空电光一瞥，将这一角楼廊，照的雪亮，恂如看见良材双手交叉抱在胸前，凛凛然站在那里，浓眉微皱，眼光异常严肃。恂如浑身一跳，嘴巴翕动，但这时昏暗又裹住了他和良材，雷声隆隆然从远处来，却听得良材又说道："从前我有我的想法，可是现在我又有另外一个想法，恂如，你刚才不是说我不同了么？我早就自己知道。从前我觉得很有意思的事情，现在鼓不起我的兴趣来了。"

　　雷声在他们头上滚过，风力转强。恂如像跌在冷水里，战栗之中又有痛快；觉得有许多感想涌起在他心头，可又找不出一句话。他猛可地抓住了良材的手，只是急口地连声叫道："你说，你说！"

　　"说什么？"良材的温和的声音在暗中响，"哦——譬如，从前我觉得我那位老同学的妹妹很好，可是现在我就不那么想；又譬如，也许我今天中意了另外一个，然而明天如何，我自己也不能回答。"

"哎，那么，现在我倒要问你一句：你，为了谁，为了什么？"

没有回答。恂如忽然觉得良材的手很烫。突然电光又一闪，恂如看得明明白白：良材的头微俯，两点目光定定地瞧在地下，脸孔却发着红光。一会儿，他听得良材的声音慢慢说："作个比方罢，路呢，隐约看到了一条，然而，我还没看见同伴，——唔，还没找到同伴，也没……"蓦地一个霹雳把下面的话打断。两个人都吓了一跳。

闪电接连地扫过长空，良材的脸上一时明亮，一时又阴暗了。他兴奋地大声说着，说的很快。他讲他过去的三年里曾经怎样跟着他故世的父亲的脚迹，怎样继续维持着他老人家手创的一些事业，例如那佃户福利会。然而得到了什么呢？人家的议论姑且不管，他自己想想，也觉得不过如此。……雷声时时将他的声音盖住，恂如惘然听着，也没听得完全，心里却在纳闷，觉得眼前的良材越来越陌生；为什么这样一个豪迈的人儿，这样一个逍遥自在要什么有什么的人儿，还有那么许多烦恼，而且自己去找那些烦恼？然而也有使得恂如激动之处，正好比这时的雷电和阵风。

"所以，"良材继续说，听声音就知道他兴奋之中夹着痛苦，"三个月前，我咬紧牙关，把先严遗下来的最后一桩事业，那个福利会，干脆停了！"他的声音渐渐低下去，最后成为喃喃的自语："……老人家指给我那条路，难道会有错么？可是，可是，如果他从前自己是坐了船走的，我想我现在总该换个马儿或者车子去试试罢？"

一阵急雨，打的满空中全是爆响。电光和雷声同时到了面前，房屋也好像有些震动，这一声霹雳过后，方才听到满园子的风雨呼啸，一阵紧似一阵，叫人听着心慌。

恂如惘然半晌，这才没头没脑说道："人皆有——我独无！我想要做什么事呢？不知道。我能够做什么呢？也不知道。为什么不知道呢？也不明白。我只觉得厌倦，什么都使我厌烦。"

良材很了解似的点着头。

"哦，譬如打牌，"恂如大声说，好像恐怕良材听不明白，又好像倘不大声则心头那股郁闷就无从表达，"我早就打的腻透了，眼睛也懒得抬，手指头也懒得摸了，十二分的厌倦了；可是，那三家还不肯歇手，他们还是兴高采烈，这一个专心在做清一色，那一位妄想来个大三元，第三位又在等候杠上开花。我呢，手里什么也没有，我硬被拖住了作陪！"

"那三家是谁？"

"谁？"恂如狞笑了一声，"谁么？祖母，母亲，还有，我的那位贤内助！"

这时电光一闪，良材看见恂如的脸色青里泛紫，绷得紧紧的，眼白却有点红。良材默然半晌，这才慢慢说道："可是，恂如，你也该提起精神，也来做一副大牌。"

雷声隆隆而来，隆隆中夹着恂如的狂笑。他一把拉住了良材的手臂，狂笑着大声叫道："你真是说得容易！大牌全在人家手里，请问怎样做法？"

"那么，你难道自己认输到底么？"

"我不知道！"恂如的声音有点嘶哑了，"谁又能知道？良材，你能够知道么？"于是一顿，忽又狂笑起来，"不过，输尽管输，我的这股闷气总得出一下：我打算放它大大的一炮！"

良材愕然"嗳"了一声，却想不出说什么话好。

风转了向，雨脚斜了，站在栏杆边的他们两位连衣服都被打湿了，然而他们全没觉得。却有一个声音在楼下唤道："谁还在楼上？哦，是良少爷和恂儿么？风雨太大，当心着凉，还是下来罢。"

这是恂如的母亲。良材忙应了一声，恂如苦笑着又说道："可不是，你瞧，上家来催发牌了。……"他迈开大步就走，又回顾良材道："早晚我得放它大大的一炮！"

但是雨声太大了，良材怎样回答，恂如没有听到，而且他根本就不打算听明白。

十

　　小划子清早从县城开出，因为是逆水，走不快。天色倒晴朗
了，南风不大。钱良材盘腿坐在那窄而低的乌篷舱中，看着船头
上那个使桨的船夫很用劲似的一起一落扳动那支大桨，时时替他
捏一把汗。那尖尖的船头，刚够容受船夫的屁股，从舱中望去，
三面包围那船夫的，全是水，每当他用力扳桨，两腿往前伸，上
半个身子往后仰的时候，当真像要仰天翻落水里似的。

　　尖尖的船头刺开那绿油油的河水，跟着那支大桨的匀整的
动作，水在尖尖的船唇拨剌拨剌地呼啸，激起了浪花，又翻出
了白沫。好像船尾那支橹不过虚应故事而已，船头那支大桨才是
主力。

　　斜射来的太阳光，将半边河照成了万点金光，将那船夫照成
了阴阳脸。两岸的桑地好像低陷了下去，远远望着，竟跟河面一
般高了。水车的声音，时时从桑地后面传来。

　　"才一两天工夫，水就涨了这许多！"良材默默地想着，
心里又焦灼起来。他看手上的表，八点还差些，船已经走了两小

时了，他这才觉得腿有点酸，而且因为老是用心望着，眼睛也有点酸。

前面一座大石桥，矮矮地伏在水面。从县城到这桥，据说是十五里。良材这时方始觉得这条小船走的太慢了。雇船的时候，他曾经允许两个船家一人一元的酒钱，如果在中午以前赶到了钱家村。可是，照目前的速率看来，能够和九点多钟从县城开出的轮船同时到达，就算很好了。良材焦灼地想着，回头去看梢上那个船夫，要看看他是否也同船头那个一样卖力。好像懂得良材的心思，梢上那摇橹的船夫回看着良材，说道："水太急啦，摇不上。"过一会儿又说："这一段还算是好的呢！快到小曹庄那边，那——嘿，转过弯去，横风变做顶头风，水比这边的还急些！"

"哦！"听这么说，良材更加心焦了；现在他所担心的，已经不是迟到早到，而是那边的稻田究竟还有没有办法。这边的水势已经这么大，那边不知道更要怎样可怕！他着急地大声说："你们使劲摇，回头我再多给你们酒钱。我的话，说出就算数！"

这，连船头的那一个也听得了。两个船夫都笑了起来。船头那个一面扳桨，一面答道："谁不认识你是钱大少爷！你从不亏待人。我们谁还不相信么？"

水声呼啸得更响，船有些晃。然而前面那座大石桥总还是相距有一箭之遥。良材低头沉思，恍惚看见自己村子靠近河岸那一带，已经是一片汪洋，看见农民们像搬家的蚂蚁似的匆匆往来乱作一团，挑泥的，踏水车的，都在尺许深的水里挣扎；又恍惚看见自己家里的老苏还是那样慢吞吞，还在那里计算短工们的工钱以及那些追欠索逋的老账；良材皱了眉头，巴不得立刻飞到家里，看一看到底怎样了，可是他又自慰道：大概不至于太糟，离家的时候，河边的石阶不是还剩三五级露在水面么？

他松一口气，抬起头来，船正进了那大石桥的环洞，眼前骤然阴暗；船头那个船夫收住了桨，抬眼看着桥顶，似乎也在惊讶这桥竟已变得那么矮。船从桥洞出来了，良材也回头去看，不禁"呀"了一声，原来桥洞两旁石上刻的那副七言对联现在露出在水面的只有三个半字了！惘然半晌以后，良材颓然平躺在舱板上，压住了一些忽起忽落的纷乱的思想，打算冷静地考虑一下到家以后该怎样着手挽救这危局。他的村子，吃秋潦的亏，本不是一件新鲜的事，和水斗争，原也有惯用的老法子，但是，如果三四天前他刚离家到县里去的时候，老法子也还有效的话，现在则已太迟。他怀着一个希望到县里，谁知白糟蹋了时间，一无成就，他误了事！现在，他无暇去痛恨王伯申的自私，只怪自己太迂阔，又太自负，临行时向满村的眼巴巴望着自己的农民夸下了大口，说是等自己回来就一定有办法。这一个责任感，刺痛了他的心，又搅乱了他的思索。拨剌拨剌的水声，声声打在他心上；他从这拨剌拨剌中间仿佛还听出了农民们喧嚷的声音："怎么良少爷还没回来，怎么他不来了？他有办法，可是他怎么又不见回来了？"他脸上热辣辣地，觉得自己是个骗子，——即使人家原谅他，不把他看作居心哄骗，难道他还能叫人相信他不是一个十足糊涂只会夸口不会办事的大少爷么？

这样想着的时候，他就觉得没有面目再回村去，再像往日一般站在那些熟识的朴质的人们面前，坦然接受他们的尊敬和热望的眼光。"不能！"他对自己说，"我不能这样没出息！误事的是我，总还得由我来收拾。"于是努力克制着焦灼与烦扰，再开始冷静的思索。

一会儿以后，他又朦胧地闭上了眼皮。

太阳光慢慢移转成为直射。热烘烘的风，从船头灌进了乌篷，将那似睡非睡的良材撩拨的更加腻答答地。船头和船尾的两个船夫时时交换着几声呼喝，像是歌谣，又像是行舟的术语，似乎要借此驱走了疲倦。船头那个扳桨的，动作渐见迟缓，好像他那一身的力气也在跟着汗水慢慢流走。这时候，船在颇为开阔的河面，前去不远，有一个弯曲，而斜斜地抱在这河曲上的一簇人家就是那小曹庄，离良材的钱家村不过十多里。

"几点钟了，少爷？"船梢那个忽然问，将大腿夹住了那支橹，伸手在脸上抹去一把汗水。

良材睁一下眼皮，然后明白了怎么一回事似的微微一笑，看着表说："快到十一点了呢！这里是什么地方？"

"快了，快了，"船头那个回答，"到小曹庄，我们吃中饭，……"

但是他来不及说完，一声尖厉的汽笛忽然刺破了水上的悠然自得的空气。船尾那一个大声嚷着，手慌脚乱地使劲摇了几下，小船便在河面横了过来。"忙什么！"船头那个大声斥骂，"少见你这样的冒失鬼！"他费力地把那支大桨调转来，又用力推。小船便斜斜地向岸边拢了过去。这时又听得啵啵的两下汽笛叫，一条黑色的轮船威严地占着河中心的航线轧隆轧隆地赶上来了。但是小船还没拢岸，两个船夫叫着嚷着，扳的摇的，满脸紧张，流着汗水。一转眼间，轮船已在左近，三角的船头冲着一河的碧波，激起了汹涌的浪花，近船尾处，却卷起了两股雪练，豁刺刺地直向两岸冲击，像两条活龙。幸而小船已经及时拢岸，船梢那个攀住了岸边一棵桑树的粗枝，却不防那股浪正在这当儿从后卷将上来，小船的尾梢骤然一翘，险些儿将那船夫摔下水里。良材在舱里也坐不稳，他只见船头那个船夫蹲在那里双手把住了船舷，跟着船头一起一落，水花溅湿他一身，他也顾不及了。近水边的一些小桑树也都在晃动。

几分钟以后，小船的颠簸渐渐平歇下去，那条黑色轮船已经走的老远，明净的天空却还摇曳着几缕煤烟。

"咄，好家伙，多么威风！"船夫望着远处的轮船吐一口唾沫，又将小船摇到河中间去。被搅怒了而又平静下来的绿油油的河水，又在小船的两旁愉快地呼啸，吐着白沫，轻盈地跳着。但是良材的心里不能平静。他亲眼看见了王伯申的轮船在这涨水的河里怎样威胁着人们的财产和生命了！他可以想象到，在河的弯曲的那一端，这黑色的野兽更将怎样作恶。

但是怎么办呢？朱行健这老头子在县里发动的"公呈"究竟能不能生效？——良材摇着头，独自苦笑起来了。他不敢相信一纸"公呈"就能将这每天能替王伯申赚进一大笔钱的东西挡驾了，他甚至不大相信这所谓"公呈"能成事实。谁肯为了公共的事去得罪一个王伯申？而且，那几家"殷实绅商"谁又不在轮船公司里多少有点股本？恐怕除了赵守义一伙的几个，就没有谁肯在老头子提议的"公呈"上署名，然而朱行健乃至他钱良材也还不愿自己献给赵守义供他利用！因为见到了这种种，所以良材对于这所谓"公呈"本来就不上劲，不过朱老头子既有此意，无妨让他一试罢了。

然而现在他亲眼看见水势这样险恶，倘要坐候县里那些"老爷们"你推我让，字斟句酌，一板三眼，产生出那张"公呈"来，大事早已全非了！

他应当立刻决定一个救急的办法。他家在这一带乡村的地位，在这一带乡村的利害关系，都要他当仁不让立刻有个办法！

良材愈想愈兴奋，仿佛已经不在船里，而在自己家那大院子里，前后左右不是那些做了几代乡邻的富农和自耕农便是他家的佃户，众口嘈杂，都在诉说各人所受的损害和威胁，百多条眼光并成一线，都望着良材的脸，等候他说诘……

良材这样冥想着，直到他幻觉中的景象忽然加倍生动，凝结成为真实的喧嚣和纷扰。他一怔，定睛侧耳细听，对面风送来了浪涛似的一起一伏呐喊叫嚷的人声，可是船头那个打桨的挡住了眼光，还不能看清前去不远的岸上那一簇一簇的黑影到底是不是人。

他转脸急问梢上那船夫道："前面，怎么一回事？"

船夫却有口无心地答道："还不是那件事么：打小火轮。"

"哦！可是，——"良材心里想说这是"犯法"的行为，但不知怎的，话到嘴边又改了样子："这中什么用？轮船在河里走，他们人在岸边起哄，有什么用！"

"对啦！"船头那个也接口说，"轮船走它的，只难为了船上的客人！泥块石子又不生眼睛，碰到人身上，多少吃点亏。"

良材不再作声，将身子挪前，靠着那乌篷的边沿，定睛瞧着。小船不慌不忙照老样子朝前行进。岸上的人声愈近愈分明，一簇一簇的人，男女老小都有，中间还有一两个穿了整洁的短衣的，像是城里人。几条狗很紧张地从这一人堆钻到那一人堆，还不时朝着河这边吠几声。

田埂头新填高的泥土堆上，架着水车，像是些小小的触角，但此时水车是闲着，小曹庄的人们显然尚被刚才那一场短促然而紧张的斗争所兴奋。

小船在一株柳树下停泊了，两个船夫蹲在船梢上取出冷饭和咸菜，吃他们所谓午餐了。良材也上岸去舒散筋骨，带便想打听自家村里的情形。他向最近一个人堆走去。这有四五个人，还在乱哄哄地谈论刚才"太便宜了那小火轮"。人圈子里有一个相貌也还斯文的小伙子，穿一身白洋纱短衫裤，左襟的小口袋里拖着一根表链，一对十分灵活的眼睛一边骨溜溜转着，一边在对那些乡下佬大模大样说话。良材站在人圈子外五六尺远的地方，听得这年青的面生的"城里人"说道："明天小火轮还是要来，你们打算怎样对付它？还是今天这一套么？你们的泥块石子也伤不了它，啵啵啵的，它照样大摇大摆走了，你们拿它来一点没有办法！那你们不是白忙？还挨了船上人一顿笑骂……"

女人的尖锐的声音忽然打断了这位先生的说话："阿毛的爸

爸，快去踏车罢！"

"嘿！"一个满脸油汗，眼睛像没有睡足的中年农民不耐烦地应了一声，却又推着身旁一个同伴说："根宝，踏车去罢！他妈的小火轮，它这一趟走过，老子得花半天一夜，可还不定踏得出去啦！"他转身正想走，可是人群中又有一人说话，又将他的脚步拖住了，那说话的，是个麻脸的大个子，崭新的蓝洋布短衫，敞开了襟，他愤愤地叫道："你们瞧我的，我——这乌龟的小火轮花了我十来个短工了！"

"谁叫你讨了那么俏皮一个老婆！"人群中忽然有人这样没头没脑打趣他。

众人都哄然笑了。原来这麻脸汉子是这小曹庄的一个小小"暴发户"，有三十多亩田地，不久以前又讨了个年纪轻轻的老婆，却是城里什么大户人家的丫头，教了他许多城里规矩，他也就摆起架子来，自己不大肯下田做活，专心打算出最便宜的价钱雇用村里一些穷得没有办法的人们做短工；谁知今番忽然发大水，短工俏了，邻近几个村子都有需要，连累他只好出了重价。

"程庆喜，你这十多个短工的钱，恐怕到头来也是白花的！"那个"城里人"转身对那麻汉子说。"为什么呢？水不肯退，明天小火轮还是要来，一下子冲坍了那道堰，不是什么都完了么？"

人圈子里的空气又紧张起来了，七嘴八舌都在咒骂那小火轮。程庆喜愤愤说道："他妈的，一定要对付它！找曹大爷去，请他出个主意罢！"

"你这个人真是糊涂！"小伙子的眼睛骨溜溜地转着，手指捻弄左襟上那根亮晃晃的表链，"曹大爷不是替你们出过了主意么？干么还要去找他？"

程庆喜呆着脸不作声，其他的人们却悄悄咬耳朵说着话。唤去赶快踏车的女人的呼声又在那边来了，这次却不止一个。程庆喜忽然嚷道："烧了他妈的小火轮！曹大爷的主意……可是，他妈的它在水里。"

"刚才我看见村外东首两三里路的地方，有一架小小的石桥。只要五六个人把守在这桥上，一阵子乱石头，哪怕他妈的逃的快，也就够它受了。……"

听的人们脸上都严肃起来，却又彼此互相看着，好像在问："怎么，主意不错罢？"

"哈，要是，再扔几个火把下去，嘿，几个火把下去，嘿，几个火把，包他妈的下次就不敢来了……"

话没说完，听众里有谁忽然"呀"了一声，好像发见了意外的东西。等到别人也注意到的时候，良材已经站在他们面前了。良材听够多时，这会儿再也忍不住；他不认识这几个农民，但是他们都认识他是邻村钱家庄的良少爷，赫赫有名的三老爷的公子，脾气虽然古怪，性情却很温和的一个年青的地主。

良材皱着眉头，嘴角上却浮着温和的微笑，两手负在背后，对那个城里人打扮的小伙子说道："老兄，你不该怂恿他们乱来一阵子，闹出事来，谁挑这担子呢？"

那人正在兴头上，猛不防迎面来了这一瓢冷水，如何能受。他藐然看了良材一眼，刚叫出一声"哈"，却又缩住了嘴。一双骨溜溜的眼睛在良材身上打量着，他脸上那股傲慢的神气也渐渐收起来了；良材虽然也是穿了短衣，可是上等的杭纺，他自然识得，但尤其使他吃惊的，良材脸上虽是那样温和，然而那两道浓眉，那一对顾盼时闪闪有光的眼睛，那直鼻子，那一张方口，那稍稍见得狭长的脸盘儿，再加上他那雍容华贵，不怒而威的风度，都显出他不是一个等闲的人物。

"哎，哈，那么，老兄，照你说，该怎么办呢？轮船公司要赚钱，可是老百姓也得吃饭呢，是不是？"

良材笑了笑。可是这笑却使得那小伙子不由的打了个寒噤，他摸不清良材是什么路数，也不明白他是从哪里跑出来的；但他的机警告诉他：这人是惹不得的。他赶快转过口风又说道："我不过路见不平，说几句气话罢哩！"

"哦，原来老兄不是这里的人，"良材温和地说，"是不是城里来的？请教尊姓大名。"

"贱姓徐，"似乎迟疑了一下，"名叫士秀，"却又勉强笑了笑，"来这里有点小事。"

这当儿，那几个农民都已经走开了，远远地却有一个秃顶的胖子，上身是夏布短衫，下身是莨绸裤子的，摇摇摆摆走来。徐士秀眼快，先已看见，便像遇到了救星一般高兴地叫道："哈，曹志翁来了！老兄总也认识曹志翁。"

良材点头。他认识这在小曹庄上算得是个唯一的地主曹志诚。而且他也正想找他谈话。刚才农民们和这徐士秀的议论中间不是也透露出这位曹大爷曾经出过主意么？良材想弄明白这到底是怎么一回事。

曹志诚还没走到跟前，就气喘喘地叫道："呵呵，良材兄，哪一阵好风，呵，光临贱地来了。"说着又连连拱手。

良材微微笑着，点头招呼，还没开口，那胖子早已赶到跟前，不顾气喘，便看着徐士秀说道："来，来，也是缘分，见见这位钱良材兄，"又翘起一个大拇指，"钱家村的钱大少爷，他的尊大人就是三老爷，鼎鼎大名，鼎鼎大名！"

"哈，良翁，良翁，"徐士秀连忙拱手，"真是，久仰久仰。"

良材谦逊地笑了笑，也拱了拱手，那曹志诚早已眉毛鼻子皱在一处，拉住了良材，气吁吁地诉说道："这几天的轮船，真搅的我们村子里苦透了，良材兄，你那边恐怕也好不了多少……嗯，这里地势高些，还算是好的，谢天谢地，还留给我们这么一块干干燥燥的豆腐干；可是，啊哟哟，回头你就看见，西北边，靠近你们村子那一带，真是，真正搅的不成个样子了……王伯申也有儿有女，怎么他就不肯积点儿阴德？良材兄，怎么办呢？"

"真是！"徐士秀接口说，小心翼翼地看了良材一眼，"天灾倒也罢了，无奈这又是人祸哪！真没有办法。"

良材的眉头一耸，嘴巴闭得紧紧的，凝神看着那胖子的好像有点土气然而骨子里奸诈的圆脸，看他还有什么说出来。

"可是，"曹志诚鼻凹的皱纹忽然一松，堆出个叫人瞧着肉麻的笑容来，"现在好了！良材兄，你来了！我们天天盼望你回来。"他蹑起脚尖，秃顶的肥头仰得高高的，勉强将嘴巴凑到良材耳边，很机密地低声问道："已经讲妥了罢？嗨嗨，我听说你到县里去和那——那王伯申理论去，哎，我是天天一炷香，祷祝你马到成功！哈哈，你一出场，自然，大事化为小事，王伯申敢不买你的账，我曹字颠倒写！哎，谢天谢地……"他忽然气喘起来，说不下去了，便格勒勒小声笑了笑。

徐士秀又羼言道："今天，雨倒停止了，就是轮船还没停班。"

　　良材不防曹志诚先提起这话儿，他的脸色有点变了；无论他这一次的失败曹志诚是已经知道了却故意用那种反话来打趣他呢，抑或是曹志诚当真这样盼望着，总之，提到这件事他就觉得刺耳。

　　"哦！"良材仰脸干笑一声，若无其事的冷冷地答道，"白跑一趟。王伯申这人，是讲不通的。"

　　"啊——呵！"曹志诚吃惊地叫了起来，脸上的肥肉簌簌地抖动，瞧光景，他这吃惊不是假装。"岂有此理！岂有此理！"他气喘吁吁地满脸都涨红了。"所以，良材兄，我说，我说王伯申有儿有女……"

　　这一次，良材却不耐烦地打断了曹志诚的话，沉着地大声说道："万事要靠自己！咱们另想办法。"顿了一顿，这才诚恳地又问道，"可是，曹志翁，你打算怎样办。你想定了主意没有？"

　　"我么？"曹志诚又一惊，但立刻奸诈地笑了笑，"我有什么主意？良材兄，我们听你的吩咐。"这当儿，他忽然又是眉毛鼻子皱作一团，也不顾说急了顺不转气，像从瓶子里倒水一般卜卜地说道："我么，我早就想过，多早晚，我们村子里一人一股香，大家上县里去，一步一拜，打伙儿跪在王伯申大门前，求他高抬贵手，千万发一次慈悲罢……"

"哈哈哈，"徐士秀忍不住笑了。良材却觉得满身的皮肤都起了鸡皮疙瘩。他看了曹志诚一眼，又微微一笑，心想这家伙还说鬼话干么；可是也懒得戳破他这西洋镜，便冷冷地说道："好罢，下次再谈，我的船就在那边柳树下，……再见。"

良材撇下了曹志诚他们两个，快步走回船去。他的心，沉甸甸的，他的脚步很重。曹志诚那种奸滑的态度，固然使他气愤，但是曹志诚总是曹志诚，他犯不着放在心上；他的气愤是为了小曹庄那些纯良而愚笨的农民，他们被人家损害了，却又被人家玩弄着利用着。

两个船家早已站在各自的岗位上了。良材正待上船，忽然有人粗声大气叫着嚷着，向船这边跑来。良材认得他是恂如家那个女仆祝姑娘的丈夫祝大。

"良少爷，二姑娘呢？"祝大粗卤地问着，探头望着小船的舱里，"没有来？"

良材皱一下眉头，还没开口，那祝大又嚷道："我托人带了口信去，叫她回来；哼哼，她就死在城里罢，不要她回来了！"

"不是她刚到城里不过三四天么？"

"良少爷，你听；阿虎病了她这才回来，阿虎病好些，张府上又要她去了，谁知道她刚去了一天，阿虎又病了。我没工夫照顾那小鬼，她要是不要这小鬼了，让他死掉完事，就不用来。"

良材的眉头又皱了，觉得祝大这人蛮得可笑，但也窘得可怜。他一面举步跨上船舷，一面说："你在这里闹，一点用处也没有的；二姑娘又不在船里呵！"

祝大急了，想要拉住良材，却又不敢；他急得跳脚道：

"良少爷，你听我说……"

"你说！"良材回头来看着祝大，怜悯之心超过了不耐烦。

"良少爷，你这船不是当天要赶回县里去么，"祝大涨红了脸，害羞似的说出他那最大的期望和最后的一计来，"求求你，让我趁这便船到县里去，把二姑娘接了来。"

"哦！"良材倒被他弄的委决不下，只好问道："那么，你到县里又有工夫了？"

"那是没法……"

"你的田呢？"

"田早就淹了一半，剩下的一半……"

"你该上紧把水车出去呀！"

"不，曹大爷说，轮船怕打，明天就不敢来。打走了轮船，水自会退的。"

"哦！那你还忙些什么，还说没有工夫照管你那生病的孩子？"良材又觉得祝大这人实在又笨又蛮，很有几分气了。

"我给曹大爷做短工，给他车水。"

这一来，良材完全明白了。村子里短工缺乏，曹志诚却还有方法叫人家丢开自家的事给他做工。而这头脑简单的粗人竟死心塌地相信了这个奸诈的胖子，妄想轮船会被打走，水自己会退。

"祝大，我劝你别这么死心眼！"良材又可怜他起来，"自己田里车水，才是正经！"

"哎，良少爷，你没有看见我那几亩田！"祝大垂着头，颓丧地说，"那是靠近河边的，轮船不停，没法车水，安一架水车的地方也没有；田埂今天筑好，今天就冲塌……"

良材再没有耐心听他的诉说，低头就进舱里去了。他听得祝大的声音又在求他允许给趁这便船。良材皱了眉头，不再理他，吩咐船工开船。

好久好久，良材心头是沉甸甸的。

十一

午后两点钟光景，钱良材到了家。

也没休息，也没工夫和谁谈话，他就坐在书房里，写一封寥寥数言然而字字恭楷的平安家信，好交原船带回。

良材回来的消息，也已经传遍了全村。钱府大门外的广场上，三五个有点年纪的农民正在商量：要不要马上进去见"少爷"，问他到底怎样办才好。他们的皱脸上罩满了焦灼和忧悒，然而他们那因为连夜缺少睡眠而长满了红丝的眼睛里却闪着希望的光。良材去县里一趟没有结果，这是他们从今天的仍有轮船经过而已猜到，何况老头儿苏世荣也已经悄悄对他们说过，"少爷面色不大好"；但是，到底是少爷回来了，他们心里的疑难，可以整个儿交给"少爷"了。

本家的"永顺哥"也闻讯而来，他以为不必着忙；"少爷"想好了办法，自会叫大家进去的，而且他相信一定有了很好的办法。

"永顺哥"该不过四十来岁罢，可是，踏肩头的六个孩子，二三十亩多晴了几天就嚷旱，过多落了几天又闹涝的淘气的田地，把他熬煎的像个五十以上的老汉了。他和良材是同一个高祖的，小时也曾在这阔本家的家塾里和良材的伯父一同念过一年书。良材家里有什么红白事儿，这"永顺哥"穿起他那件二十年前结婚时缝制的宝蓝绸子夹袍，居然也还有点斯文样儿；人家说他毕竟是"钱府"一脉，有骨子。

在书房里，良材刚写到"跪请万福金安"，猛一抬头，却看见苏世荣那老头儿不知什么时候就已鞠躬如也站在书房门外。良材一面写，一面就说道："老苏，有什么事，怎么不进来！"

苏世荣满脸堆笑，用庄重的声调答道："少爷，你这话可说错了。这是老太爷的签押房，老太爷立下来的规矩：当差的，老妈子，管家，都只能站在门外回事。三老爷在世的时候，有一回，他从外边新带来的一个当差不懂这规矩，三老爷还骂过我呢！如今少爷比三老爷还要洋派些，不大理会这些老规矩，可是我哪里敢放肆；再说，太太要是知道了……"

"得啦，得啦，"良材不耐烦地喝住了老苏，又和善地笑了笑，"到底有什么事？赶快说呀！"

"他们在外边等了半天了，少爷几时出去见他们呢？"苏世荣低声说，却又用半边脸笑着，似乎这些事也应当归入"洋派"，也是他所看不惯，但又不能不将自己夹在中间跟他们一同

"胡闹"。

良材不回答，封好了信，起身就往外走。他的脸色很沉着，但也许路上累了，他那一对精神饱满的眼睛此时却暗淡无光。他举步很慢，好像一边在走，一边在思索。

穿过了书房外的小小套间，一个花木扶疏的院子在面前了；右首的高墙内就是正房，沿着墙的走廊上，一个约莫四五岁的孩子正踏着不稳的步子迎面走来。良材站住了，愉快地叫道："继芳！留心跌交！"突然像想了起来似的，他回顾那跟在后面的苏世荣，将那封信交给了他。这时候，那孩子也已经看见了爸爸，便嘻开了小嘴，跌跌撞撞老远的就扑过来。良材赶快抢前几步，像接住了一个抛掷来的东西似的，一把抱起了那孩子，不由的笑了。"爸爸！"那孩子这才叫着，但又忸怩起来，睁大了乌溜溜的眼睛，对良材瞧了一下，便把脸藏起来了。

良材转脸对苏世荣说："你出去叫他们回去罢，这会儿我也累了；回头再……"

"爸爸！"孩子在良材耳边叫，"奶妈要，小花厅里，爸爸，吃饭去。"忽然又害羞地藏过了脸，但是很流利地接着说："继芳来叫爸爸吃饭去，奶妈要继芳来叫。"

良材高声笑了，紧搂着继芳，在她那红喷喷的小脸上吻了几下。

　　在走廊中段的一道门口，继芳的胖奶妈也出现了；这一个太有闲的女人半睁着她那双老像睡不醒的眼睛，有气没力地叫着"少爷"，又侧着身子，屁股支在墙上，就同再走半步准要跌倒似的，慢腾腾又说道："少爷，您的午饭，端整好了……"

　　"老苏，"良材高声唤着，"那两个摇船的，加赏他们两块钱！让他们也吃了饭去。"

　　他将继芳放在地下，搀着她的小手，就走进那个侧门。

　　继芳仰着脸，努力想跟上父亲的长步子，一对乌溜溜的眼睛老是害羞似的偷偷地朝父亲脸上瞧。这一个懂事得早了一点的孩子，对于她这长年少见面的父亲，近来常有一种特异的表情，像是害羞，又像是惧怕，偎在父亲身旁的时候，她快活得什么似的，小眼睛特别明亮，但同时又恐怕父亲讨厌她，明亮的小眼睛常常闪着疑虑的光芒。这时她一边望着父亲的堆积着忧思的板板的脸儿，更加怕起来了。

　　良材走得很快，继芳几乎跟不上。快到那小花厅时，继芳绊了一下，可没有跌交；她似乎受了点惊吓，哇的一声便哭了。良材又抱她在怀里，也不问她为什么哭，只朝那孩子的闪闪不定的眼睛看了一眼，心里忽然想道："这孩子太像她的母亲，——这么小小一点年纪，多么怪！"

　　他抱着继芳在膝头，一边啜着那临时弄起来的肉丝面，一边逗着继芳说笑，心里却盘算着怎样办那件村里的大事。继芳夹七夹八对他说的话，他都没听清，但总是"嗯嗯"应着，又点着头。

忽然继芳高声笑了起来，又摸他的面孔，愉快地叫道："在哪里？爸爸，在哪里？"

良材憬然睁一下眼，问道："什么？"

"你藏在那里，爸爸，我会找。"继芳狡猾地说又吃吃地笑了。她的小手就去搜索良材的衣袋。良材也不理会，低头啜着面汤。

"少爷答应她买了玩意儿来的，"胖奶妈在旁边轻声说，"洋团团，小铜鼓，会叫的橡皮狗，橡皮鸡……"

良材这才记了起来，失声叫道："哦！忘记买了！继芳，当真爸爸忘了！"

继芳不相信似的睁圆了眼睛望住她的爸爸。

"可是，不要紧，继芳，"良材只好安慰她，"奶奶一定会买来的。奶奶忘不了！"

孩子呆了一会儿，疑心是哄她；末后，明白是无望的时候，便将脸儿偎在良材肩头，抽抽咽咽哭起来了。她赖在良材身上，抵死也不肯抬起头来，老是很伤心地幽幽地哭着，弄得良材毫无办法。

　　但这时候，本家的永顺哥来了。良材趁势就将继芳交给奶妈。因为看见了客人，继芳止住了啼哭，躲在胖奶妈的身后，两眼灼灼地还在对她父亲瞧着。奶妈带她出去，她还不住的回头来看，好像要探明白父亲是否还在恼她。可是到了小天井外边，她就挣脱了奶妈的手，飞快地跑了。

　　良材只用简单的四个字，"白跑一趟"，回答了永顺的絮絮询问，便凝眸望着空中，不再作声。他的浓重的眉梢却时时耸动，这是他每逢疑难不决的时候惯常有的表情，永顺也知道。事情严重，而且良材也没有办法，——这样的感觉，也把永顺脸上的希望的气色一点一点赶掉，但是另有一种愤怒的光芒却在他那善良的小眼睛里渐渐增强。

　　"我还没明白……"良材沉吟着，自言自语地，"到底怎样；五圣堂那边，该是最低的罢，这是容易闹乱子的地方，别处总该好得多罢？可是……"他突然提高了声调，转眼看住了永顺。"我不在这里的几天，你们干得怎样了？大家都轮班守夜——哦？"

　　"我也有两夜，不曾好好儿睡觉，"永顺苦着脸回答；但忽然气促地忿忿地喊道，"不中用！不中用！顾了这边顾不了那边！刚才，大家正打算吃午饭，哪里知道啵啵的鬼叫又来了，赶快跑去看。嗨！五圣堂那边昨晚填高的十多丈，一下子冲塌了！

有什么办法！"

永顺掏出烟荷包来，解下腰间那根短短的旱烟管，一面装烟，一面又叹口气道："老弟，大家都是颈子伸的丝瓜一般长，等候你这救命皇菩萨；……昨天，小曹庄来了人，说合我们这里，两边会齐了干他妈一下；可是，我们怎能随便答应，你还没有回来呀！现在，老弟你赶快出主意，大家都要急死了。回头……"

"哦！"良材笑了笑，但立刻将眉头皱得更紧些。听说大家果然都在等候他的主意，他是高兴的，然而他还没想定办法，怎能够不焦灼？

"办法总该有的，"他又惘然微笑，有口无心地说；但突然像惊觉似的全身一跳，眼光尖锐地亮将起来，急问道："小曹庄来了人么？你不是说他们派人来说合么？他们来干么？"

"他们说，他们守住了他们村子里东边那个口子，我们守我们村子西边的一个，"永顺将旱烟管在桌子腿上敲着，"喂，不是一东一西，轮船都得经过……"

"呵，我——明白了，你不用说了！"良材的脸色忽然变了，声音也很严厉，永顺从没见过，有点害怕。良材也觉得了，但正在火头上，竟不能自制。"你们相信他们这一套鬼话了，你，你们相信有这样便宜的事，轮船怕打？"良材的脸色发青，眼光冷峻，霍霍闪着，继续质问，好像永顺就是个代表，"你们当真没想到轮船是死东西，打不怕，轮船的老板远远地住在县里，更不怕打！"

"可不是，"永顺说，竭力想附和良材的意见，以便松缓这难堪的紧张，大粒的汗珠挂在他的多皱的面颊。然而他始终不明白良材为什么要生那样大的气，他觉得自己并没说错了半句话。他把那空烟管吸的吱吱地叫。

过一会儿，永顺轻声的自言自语道："没有事了罢？我这就出去罢？"抬起头来，好像很识趣似的对良材眨着眼，而且好像什么都已经定局了，他又说："就这么办罢，老弟。你的话，保没有错！"

他迟疑地站起身来，却又对身边四周瞧了瞧，好像还有些什么东西他确是带了来的，但不知怎地一下就不见了，而且又记不起来这到底是些什么。

"慢着，永顺哥！"良材用平常的声音说，也站了起来，脸色却依旧那样冷峻可怕。"别听那些人的胡说，那是压根儿荒唐，骗人上当！慢慢儿我们总能想个好办法。"

他绕着那方桌走了半个圈，站在永顺面前，定睛看住他，眼光是温和而又忧悒，额角上一道血管在突突地跳。随即他又走了开去，喃喃地说："咳，我累了，累得什么似的，五脏六腑都胶住在一起，什么也不能想。……去罢，永顺哥，"声音大了些，眼光又冷峻起来，"去罢！告诉大家，慢慢儿总该有个什么办法。"

永顺走到了小天井尽头，将要右转出去的时候，回头一望，看见良材垂着头还在绕那方桌子慢慢地踱着。

大门外的梧桐树下，等候消息的人们比前更多了。而且有几个女的。永顺看见自己的老婆也带了两个顶小的孩子杂在人们中间喊喊喳喳。永顺一出现，梧桐树下的人们嚷得更响，都把眼光投射到永顺身上。

嘈杂的声浪忽然停止，人们等候那一步近一步的永顺告诉他们许多话。

永顺混入了他们中间，没有满足人们的期望。他朝周围看一眼，沉重地吐一口气，只是赞叹地反复说："活像他的老子，活像他的老子！啊哟哟，活像！"

他的眼光落在一个斑白头发的驼背脸上，"活像！一点儿也不差！"他愈说愈有劲了，唤着那驼背的名儿，"喂，老驼福！你要是记得三老爷，二十多年前的三老爷，我跟你打赌，你敢说一声不像？"他分开众人，独自站在那条整洁的青石板的甬道上。

"去罢！"他对梧桐树下那些人说。"慢慢儿总该有个什么办法！去罢！少爷就是这么说。哎哎，……活像！"他自以为使命已完，便唤着他的老婆和孩子，"没有事了，家去罢！"

梧桐树下的人们像一群蜜蜂似的吵闹起来了。他们中间起了争执。永顺听得断断续续的几句：

"怎么慢慢儿……"

"少爷自然有打算，他和那边的曹大爷约好了……"

"大少爷见过知县老爷……"有两三个人，老驼福也在内，朝永顺这边走来。

"说过了，去罢，回头就有办法……"永顺大声说，似乎也生气了。他奔回梧桐树下，在人群中钻来钻去，好像要找人闹架，他对那些杂乱地投过来的问话，只用一句话回答："人家少爷累了！已经睡了！"终于他找到了他的老婆和孩子，便像赶鸡似的赶着回家去了。

空盼了一场的人们也渐渐散去。老驼福踽踽地走到河边，朝那滔滔东流的河水看了一会儿，独自微微一笑，又狡猾地眈着眼睛，自言自语道："鬼话！我知道是骗人的。你打量我老驼福是傻子么？……你唤着我，'喂，老驼福，你记得三老爷么，我和你打赌，你敢说一声不像？'哦，装模作样，骗得人好！……可是，老驼福是明白的：你是一套鬼话！"他得意地笑了，慢吞吞转过脸去，朝路上看了一眼，又踱了几步，对一株柳树端详了一会儿，似乎要找到谁来证实他的猜度，但又像是恐怕有人躲在什么地方偷听了他的话。他蹲到柳树下，在一丛芦花后面找块石头坐了，两眼不住张望着外边那条小路，又偷偷地笑着，自个儿说："干么要骗我！少爷有了主意，迟早大家会知道，你不过先听到罢了。嗨嗨，永顺，你还赖不赖？"

这样的，他将对面的一株小草或一块石头当作"永顺哥"，喃喃絮语，感到了满足。

南风轻轻吹着，河水打着岸边的丰茂的茅草，茅草苏苏地呻吟，远远近近的水车刮刮刮地在叫。老驼福双眼朦胧，瞌睡来了。他的深缩在两肩中间的脑袋时时向前磕撞。忽然一只牛虻在他后颈上叮了一口。朦胧中他以为谁在开他的玩笑，伸手摸着后颈，眼睛勉强睁开一条缝，嘴里说："开什么玩笑！我早已瞧见你了。躲在那里干么！"但是那牛虻又在他眉心叮了一下。老驼福这可急了，转身要找那恶作剧的东西，却看见那边桑林里走出两个人来，一个穿白，一个穿蓝，穿白的一位头上还戴了面盆一般的草帽，手里拿一根闪亮的黑棍子。

老驼福呆了一下，却又狡猾地自个儿微笑。这穿白的是钱良材，穿蓝的是钱府的长工李发。他们不曾瞧见芦花后边有人，匆匆地走到河边，良材站上一个树根桩子，就用他的手杖指指点点说话。

"少爷和李发，……"老驼福想道，"这又是干什么？"他打算走近去，但一转念，便又蹲下，从芦苇的密茂的枝叶中偷偷瞧着。

良材低头看着几尺以外滔滔急流的水，皱着眉头，不作一声。他好像第一次发见水势有那样大，有点儿心慌，但又不肯对水示弱，嘴角上时时浮出不自然的冷笑。从家里出来的时候，他就同一个总司令亲临前线视察似的，踌躇满志，仿佛已有办法，只待亲自这么看一下，便可以发号施令了，可是现在面对了水，他的思想却又跟着水向东而去，直到了小曹庄，他仿佛看见无数的焦黄的面孔，呆木而布满红丝的眼睛，直定定望住他，似乎说："你怎样？你不相信我们的办法，可又怎样？"又仿佛看见那眉毛鼻子皱在一处的曹志诚的胖脸儿，眨着鬼蜮的眼睛，好像是揶揄，又好像是威胁。良材举手在脸上抹了一把，朝李发做一个手势，似乎说："走罢！"但是口里却问道："水淹了这树桩子没有？"

"水……"李发看着地下，不知道怎样回答。

"轮船过的时候，水淹到这里不？"

良材不耐烦地又说，用手杖敲着脚下的树桩，翘首朝西方看。

"那倒不知道。"李发回答。

老驼福躲在那里看见了听到了这一切，忍不住笑了笑，想道："少爷不问我，我倒知道的。"

良材也没再追问李发，甚至好像已经忘了自己问过那句话，忽然跳下了树桩子，走进矮矮的桑林去了。李发也跟了进去。接着就是两人一问一答的声音隐隐传来。又听得良材高声大笑。老驼福也从芦苇中钻出，踱到桑林的边沿，迟疑了一会儿，又狡猾地微笑起来。

良材的笑声和急促而清越的腔调，中间又夹着李发的粗重的嗓音，都渐去渐远。显然他们已经穿过那桑林，走上那边一大块稻田的绵长的田埂，向西首的五圣堂那一路去了。

老驼福慢慢地踱回村去。一路上，他低头猜想，时时眯着眼微笑。一路上，他自言自语道："干什么呢？只带了李发？"又自己回答："是到五圣堂那边去了。"再自问："那边去干什么呢？……唔唔，去督工罢？"于是他想到自己的儿子正和村里别的年青农民在那边赶修刚才被轮船冲坍了的地方。他忽然双手一拍，独自哈哈笑着；终于被他想通了的胜利的光芒，在他那双小眼睛里闪烁。他急急忙忙走，愈走愈快，他的思想也愈活跃。

走过了菜畦，走过了田塍。走过了钱府大门前那一片广场，那两行梧桐，走过了钱府右首那一带围墙，终于到达了炊烟四起的村舍的时候，他已经把他的猜想组织完成，而且是那样的兴奋，他简直不大相信这是他自己的猜想，他确确实实以为这是"少爷"和李发说的，而且也就是"少爷"将要对全村农民宣布的办法。

他告诉每一个他所遇到的人：少爷就要唤大家去听他说话，少爷已经想好了办法，少爷将要命令大家，将五圣堂西首那座小石桥洞堵塞，用木头以及其他一切的材料。

立刻这一套话渗透了整个村庄，而且在每个人心里发酵。老年人会意地微笑，小孩子们欢呼跳跃。

大约半小时以后，钱府大门外广场上已经聚会了大群的农民，交流的眼光中都含有这样的意思：哈哈，少爷到底出了主意了，多么好的主意呀！他们乱哄哄地说，"今天晚上就得干"，或是"老苏已经在点花名册"。没有谁反问一句："喂，我们等在这里干么？到底谁要我们来这里的？"

他们大声嚷着，为了堵塞桥洞所用的材料而争论起来。有几个不喜欢说空话的人已经自去寻觅大块的石头和断烂的木材。而且也有些人丢开了戽水的工作，从各处的水车奔向这沸腾的中心点。忽然有人提到了村后一株半枯的乌桕树，就有三五个性急的人匆匆忙忙跑回家去找锯子斧头，准备砍倒这整株的大树，拿去扔在桥洞下。

就像暴风雨将要到来以前树根上的一簇蚂蚁似的，这一群不期而会的人们匆忙来去，三三五五，头碰头交谈几句，这里分散了，那边又集合起来，有些分头向各处去了，也有些正从各处慢慢踱来，或者毫无目的只在那里团团转。

这样经过了十多分钟，只剩下七八个懒得瞎忙，而且拿定主意一切依赖"少爷"的人们，还留在这广场上，良材带着李发从西首的钱府的围墙边来了。

良材满脸通红，衣背上汗湿了一大块，眼光炯炯，眉头微皱；他正待进府去，忽然李发指着广场上的人们说道："少爷，让我去问问他们罢，他们一定知道刚才锦生说的那些话是怎么来的。"良材转身站定，摇了摇头，但慢慢地又举步向那些人走去。

原来他们在路上遇见了村东的姜锦生，已经知道村里发生了这么一件事。

"谁在这里造谣？"良材对那几个农民说，声调虽则和平，眼光却十分严厉。"早已告诉你们了，不要性急，不要乱来，你们怎么不听我的话！"他走近了几步，浓黑的眉梢挺了一下，突然声色俱厉继续说："等我有工夫的时候，慢慢查究那造谣的是谁；现在你们去告诉大家，不许乱动！……你们真想得容易，堵了一个桥洞就太平无事了么？你们就相信这样的胡说！去，去告诉大家，不许乱动，不许乱说！什么事都有我！办法已经有了，只要大家拿出力气来干！"

良材说这番话的时候，陆陆续续有些农民从四面八方走来，将他围在中间。谁也不作声，只把他们那虔敬而又惶惑的眼光集中在良材的身上，好像说："我们等候你的吩咐好久好久了，现在你就发命令罢……"

但是良材并没理会他们这无声的祈求，一种不可名状的兴奋和烦躁占领了他的心，他那样声色俱厉说话的时候，自己就感到一点惘然，好像这说话的不是他自己。他觉得再没有可说的了，便低垂了头，脚尖拨着一丛小草，这样好一会儿，他就慢慢转过身去，试探似的跨出脚步，人们让开一条路。他就向大门慢慢去了。人们的眼光紧追着，喁喁私议的声音跟着他的愈去愈远而愈多愈响了。

刚到了大门口，良材猛然站住，回过脸去，恰好钱永顺也正赶到了跟前。

"怎么办呢？怎么……"

永顺的话没有说完，良材已经一把抓住了他的肩膀。"怎么办？"良材说，不大自然的笑了笑。"好罢，进去，我讲给你听。"

广场上的农民望着良材和永顺的背影消失在那高大的墙门内了。没有一个人出声。平素对于这位"少爷"的信仰心使他们怡然感到"天塌自有长人顶"的快慰，然而目前的紧迫情形和半天来的闷葫芦，又使他们怎么也定不下心。这种复杂矛盾的心情就将他们暂时化成了石人。

一条肥大的黑狗从钱府大门出来，高视阔步走到他们这群人跟前，嗅一下，打个喷嚏，突然汪汪地吠了几声，可是一面吠，一面又在退走。这可把这一堆"石人"惊醒。嘈杂的议论爆发了，密集的人堆也碎裂成为几个小组。有些人回家去了，有些人回到水车，却还时时望着钱府大门，等待钱永顺出来给他们一个确定的好音。

十二

钱良材的"办法"是在太阳快要落山的时候由钱永顺和苏世荣当众宣布了的。

据良材的意见，近河而又低洼的地方，例如五圣堂一带，只好牺牲了，因为那边的堰每次筑成以后，轮船一过，就冲坍了大半，七八天来，全村的农民就为这徒劳的工作而烦恼忙碌。现在应当忍痛牺牲了那一带的几十亩田，——连村民认为风水所关的五圣堂也得牺牲；应当在距离河滩半个半里的地点新筑一道堰，然后可以保障全村其他的田地；应当连夜动工，用麻袋装土，在明天轮船未来以前筑成了新的堤防的基础。

良材又主张：被牺牲了的田，应当由全村农民共同赔偿损失，用公平的摊派方法。他又宣告：他自己的田如果在牺牲之内，那他就不要赔偿。

这一些办法，钱永顺和苏世荣都不以为然；但是看见良材的脸色那样严厉，口气那样坚决，活像他父亲赫然震怒时的神情，他们也就不敢多嘴。村里大多数农民听了以后，也很觉失望。

"干么少爷今儿怕起那轮船公司来了？"他们窃窃私议着。然而当他们听苏世荣说"少爷快要发脾气"，钱永顺又开导他们："少爷见多识广，他要这么办，一定错不了；再说，少爷一点私心也没有，全是为了大家。"于是农民们也就无话可说，静候苏世荣和钱永顺的调度了。

黄昏时光，全村的百来户白耕农和佃农，凑齐供给了五十多名人伙，再加上钱府的将近二十名的长工短工，在钱永顺的指派下，分头去工作。李发是跟着"少爷"去视察过的，他知道"少爷"打算新筑的那道堰该在什么地点，钱永顺就派他充当了向导。苏世荣指挥着府里的女仆到仓里搬出那积存的一二百只麻袋，又派了当差的陈贵向村里挨户去借，说是"少爷明儿赔你们新的"。

这晚上天空有云，半个月亮老是躲躲闪闪，不肯痛快地和地上这群活动的人们见面。周围二十多里的钱家村，到处浮腾起人声，闪耀着火光。西边五圣堂左近，熊熊的火把连成了长串，像一条火龙在那里腾挪盘旋。孩子们都不肯去睡觉，跳来跳去都想在这热闹中插一脚。较大些的，偶然从大人手里接过一个火把，就挺胸凸肚，小脸儿比大人们还严肃。几乎所有的狗们全挤在这工作的中心点，非有它们不可似的来来往往巡查，常常向黑蒙蒙的远处吠几声，表示他们是多么尽职，多么警觉。到后来，邻村的狗们也发见这不寻常的现象了，断断续续的吠声从远远的桑林和陌头送来，好像在互相询问："看见了么？那是干什么的？不会连累到我们这边来罢？"但大多数只以这样的吠影为满足，只有极少几条好事之狗偷偷地走到这火光和人声的近旁，看明了是什么的时候，突然高声咆哮了几下，就赶快反身跑走了。

在钱府中，从大门到二厅，一路全是灯烛，钱府的男女仆人搬着桌子和凳子，在那五开间的大厅中摆开百多个座位，准备招待工作的人们。大厨房内已经宰了一口猪，少爷的命令要预备十桌两荤两素的。厨子忙不过来，向苏世荣要人，苏世荣满头急汗，硬拉了几家佃户的老婆来敷衍塞责。

十点钟光景，苏世荣向良材报告工作进行的情形。"麻袋不够，"苏世荣赔笑低声说，"想搭用竹篓子，……可是，难道这也得算钱赔他们么？"

"自然要照赔。"良材盯了苏世荣一眼，"用了人家的，都得赔，你都要记账。"

"是，是！"荣世荣低头应着。他倒退了一步，头低得更恭顺，两手拱着扣在胸前，似乎静候良材再有什么吩咐，但良材知道这是他还有些事要请示，而且一定是比较噜苏的事。

"今夜可以完工么？"良材皱了一下眉头，"半夜餐得了没有？让他们吃了再做。"

"得了，——两荤两素。回头就开饭。可是，少爷，府里的一块桑地，究竟怎么办呢？李发也说不明白。还是圈进来罢？永顺大爷说，圈进来也还方便，不过把那新筑的埝子往外移这么二十多丈……"

苏世荣虽然用了请示的口吻，而且把这件事说的好像尚在计议似的，但是良材凭他的经验，一眼就瞧出了不是那么一回事。他知道这个老苏就好比一条忠心的狗，不论什么破破烂烂的东西，总喜欢叼了往府里拿，何况是一小块桑地？何况又是府里的东西，现在为了众人而牺牲？何况"圈进来也还方便"呢！老苏这种想法，良材很能够了解；他看着老苏那张略显得慌张但又掩不住心头的得意的脸儿，不禁微微一笑。然而良材不能不给他一个钉子碰。

"我知道你说的这块桑地在哪里，"良材尖利地截断了老苏的话，"怎么你们自出主意就拿它圈进来了？这里有我的一块桑地，我就把堤堰弯曲一下，我要是只想保住了自己的东西，我怎么能够使唤大家，叫大家心服？我要是只想保住了自己的东西，又何必这样大动人马，自己赔了精神还赔钱呢！"他愈说愈兴奋，觉得自己好好的一件事已经被小气的两个人，苏世荣和钱永顺，活生生的破坏了。他紧皱着眉头，盛气地又对老苏说："谁叫你们乱出主意？我不要这一块地！是不是你打算要？是不是永顺他打算要？"

老苏垂手低头，一声不出。

良材转过身去，叹口气又说道："你们怎么这样糊涂！我早就看出来，大家都只想学那边小曹庄，再不然，就是那个无头的谣言，把小桥的桥洞堵塞，现在他们虽然听我的话，可是心里未必佩服。怎么你们还搅些小事情出来让他们说我不公道！"

撇下个满头冷汗站在那里的苏世荣，就回到他的卧房去了。

小女儿继芳也被府里的闹哄哄的空气所兴奋，到这时光还不肯去睡觉。并且她又知道村子里的大人和小孩今夜都忙着一些什么事，都不曾睡觉。在府里看他们预备半夜餐，摆桌子凳子，看的腻了，她就吵着要到外边去，胖奶妈不肯，她就缠住了府里的当差陈贵，像一个大人似的悄悄儿哄着陈贵道："看一看就回来。爸爸不骂你。"陈贵也不敢带她出去，她于是睁大了她那对乌溜溜的小眼睛哀求似的瞧着每一个进进出出的男女仆人，自言自语道："继芳去告诉少爷！"她百无聊赖地绕着大厅上那些桌子盘圈子，又一遍一遍数着那些凳子。她恨她的奶妈屡次催她去睡，奶妈一开口，她就大声地叫了起来；然而她也撑不住接连打呵欠，又时时举手揉着疲倦的眼睛。

末后，她独自踽踽地摸向她父亲的卧房去了。

这时候，良材正在房中踱方步，好像心事很重，靠窗的长方桌子上一盏洋灯，圆光照着一本摊开的书。良材双手负在背后，落脚很慢，又很沉重。他实在也累了，口里干涩，脑袋发胀，然而他并无睡意。好像身上的什么部分发生了错乱，他老是坐立不安，觉得一切都不如意，都妨碍他，故意和他闹别扭。可是这一切的不安和烦躁，倒又不是为的缺少什么，而是因为多了一点什么，更正确地说，好比一只时钟的某一个齿轮被装反了。

良材今天完成了一件大事，而且是按照他的意旨正在进行着，但是他总感到有一种说不出的懊恼，像一个铅球压在他心上。恼着什么人罢？并没有谁得罪了他。自己有什么欲望还没达到么？他何尝不是独断独行，恣肆纵横？……他完成了一件大事，然而他感到空虚寂寞，他独自躲在自己的房里，外边的活动紧张，似乎同他全不相干。

他觉得那洋灯太暗，将火头捻高；但一会儿以后，又讨厌它亮的刺目，他将火头仍复捻低，又从桌上将这洋灯移到十景橱的顶上。这时候，小女儿继芳的小小的身形畏畏缩缩出现在门口了。

良材定睛对继芳看了好一会儿，这才搂着她走进房来，自己坐在背靠窗的一张椅子里，让继芳骑坐在他的膝头，有口无心地问道："嗯，怎么你还没去睡觉？"

"大家都没睡。爸爸，你不睡做什么？"

继芳回答，尖起小小的手指拨弄着良材额上一撮挂下来的头发。

　　良材的眉头微微一皱，笑了笑。"可是，小继芳，"他说，"你到这会儿还不睡，做些什么？"

　　"我数着大厅上的桌子凳子，"小眼睛忽然亮闪闪地兴奋起来了。"爸爸，很多的桌子凳子，摆在大厅上。爸爸，你叫他们摆的么？我问他们干么？他们不肯说。"

　　良材笑了。继芳又说道："爸爸，继芳和你到外边去罢。外边才热闹。灯笼火把，……没有人睡觉。"

　　"哦，——"良材寂寞地笑了笑。

　　"爸爸，这是干么呢？"

　　"干么？"良材似乎吃惊，但又淡淡一笑，"哦，继芳，你觉得这像什么？"

　　继芳怀疑地看着良材，好久不作声，似乎在思索；然后她害羞地将脸偎在良材胸口，低声答道："像是要葬妈妈，像是——奶妈给继芳穿了花衣，外面罩一件麻布的，她说，这是要把睡在棺材里的妈妈去埋了。"

　　良材一听这话，可就怔住了。怎么这孩子还记得一年前这件事？这该是她对于母亲的唯一的记忆罢？良材惘然看着继芳，恰好继芳也抬起头来，又问道："爸爸，今夜到底干么？"

　　"你猜对了！"良材心神恍惚地回答。

　　不料继芳却板起了小脸儿问道："那么，妈妈呢？"良材还没回答，继芳忽又手托着下巴，侧着头，望住了良材，又说道：“爸爸骗我呢，我知道。”

这小女孩的这一个姿态，宛然是她母亲生前的缩影，良材看了心头不禁一阵凄凉。他说不出话来，只把继芳紧紧地抱住。他和夫人的短短几年的夫妇生活一下子都涌上记忆来了。他抱起继芳，走到书橱前，从抽屉里取出三张相片，然后又回到方桌旁，让继芳站在椅子上，自己却在她背后张开了两臂环抱着她。

三张相片整整齐齐摆在继芳面前。挨次序，第一张是她的祖父，第二张是祖母，继芳用她的小手指一一指着都叫过了。第三张，继芳回头看了她父亲一眼，然后又看着那相片，蓦地高声叫道：“妈妈！”

相片里的人，不过二十多岁，细长的一对眉毛，眉尖微蹙，圆活活的眼睛像在注视远远的什么东西，又像是在深沉地回忆，上唇微翘，露出了两行整齐的细牙齿，这使得整个面容染着娇憨的神情，——是一位天真未泯惹人怜爱的少妇，然而此时良材却觉得她的眉目之间含有无限的幽怨，她那露出了两行细齿的可爱的嘴巴好像在含嗔追问：“唳！我的一生就是这样的么？”

良材叹一口气，眼睛里痒痒的，鼻子里一阵辛酸，一年前自己从省城赶回家来，病重的夫人已经不能说话，可是眼神未散，那无限的幽怨不就和这照片上的表情正相仿佛？家里人那时告诉他，夫人病中盼他不来，长日反复低呻的一句话，不也就是这一句——"喉，我的一生就是这样的么？"

这是他的夫人在他家短短五年的生活中唯一的流露了心灵深处万般委屈的一句话，可是就连这一句他也在她死后方才听得！

一滴热蓬蓬的眼泪落在继芳头上。继芳仰起脸来。良材噙着眼泪笑了笑，抱起继芳，去在一张躺椅里坐了，惘然出神。继芳手里拿着那相片，絮絮地问长问短，良材随口含糊回答，可是他的心里另有一些问答像水泡一般忽然浮起来，忽然又消灭。他待夫人不坏，然而直到夫人死了，他这才知道夫人心中的抑塞悲哀；他和她何尝不"相敬如宾"，然而他们各人的心各有一个世界；他整天沉酣于自己的所谓大志，而这，他自信将给别人以幸福的，然而他的最亲近的人，他的嗣母，他的夫人，却担着忧虑，挨着寂寞，他竟还不甚感觉！

而且他究竟得到了什么呢？究竟为别人做了什么呢？甚至在这小小的村庄，他和他父亲总可以说是很花了点心血，也花了钱，可是他们父子二人只得到了绅缙地主们的仇视，而贫困的乡下人则一无所得。

继芳在良材怀中睡着了。红喷喷的小脸上浮着个甜蜜的然而同时又是寂寞的笑容。良材惘然注视这笑容，俯首轻轻吻着她的小脸，叹了口气。他突然懂得这小小的灵魂大概也是寂寞的。他抱着她走到床前，轻轻放下。相片从继芳手中掉在地上了。良材拾取来，惘然又看着，那上唇微翘的嘴巴似乎又在这样叹气说：

"我给人家生了个孩子，可是我不曾真正有过一个丈夫！"

忽然浑身战栗起来，良材唤胖奶妈将继芳抱去，就坐在窗前发怔。但一会儿又暴躁的坐不住了，他走出西花厅那边的角门，独自到外边野地里去了。

从钱府到河边这条路上，不断地有人往来。工作的人们吃半夜餐的时间快要到了，一些赶热闹的孩子们就像跑马似的一批一批从府里的大厨房出发，呼啸着到了五圣堂那边。良材避开了人们的眼睛，独自沿了围墙慢慢蹀着。村里这一切的活动和紧张，虽然他是中心，但好像旧式婚姻的新嫁娘，当外面爆竹，鼓乐，人声，闹成一片的时候，她会忽然感得惶恐与迷惑，不愿给人看见。良材这时的心情当然复杂得多，但味道是差不了多少的。他的主张已经在实行，筑堰的工程今夜可以完成，可是他对于这件大事的兴趣已经索然。如果他决定了要这么办的当儿，曾经坚决甚至专横地压下了钱永顺和苏世荣的"净谏"，如果那时他是仗着"对大家有利"的确信，来抵销大家的"不大愿意"的，那么，现在他这份乐观和自信已经动摇，而且在一点一点消灭。

一个新的疑问要求他自己来解答：为什么他这顾全各方的办法不为大家所信服？因为这要使得大家多少摊到一些损失。为什么大家心里不愿，却又服从我呢？……良材不禁咬着牙狞笑了。他懂得这原因，然而这懂得，是使他痛苦的。大家服从他，因为他是钱少爷，是村里唯一的大地主，有钱有势，在农民眼中一向就是个土皇帝似的，大家的服从他，并不是明白他这样办于大家有益，而只是习惯的怕他而已！

夜气异常清新，然而良材的心头挤满了沉闷和郁热。他信步走去，惘然想道："也许我办的不对，然而曹志诚那样干，难道就对么？……"他苦笑一下。"今儿这个剥削农民的曹志诚倒成为农民的救星，倒是大家所颂扬；我呢，反成为专横的地主，强迫大家分摊一些损失！这些蠢笨的人儿，一定在心里怨我，骂我，说，要是学了小曹庄的办法，那多么干脆，大家一个子儿也不会丢的！"他突然站住，望着那刚从浮云中钻出来的月亮，沉吟半晌，又毅然摇头道："不能！我不能坐视他们乱来！"

又向前走，他又想道："乡下人虽然愚笨，但何尝不识好歹，不明是非。你给他们好处，他们怎么会不懂？你打了他，也许他不敢喊痛，但何尝不恨在心头？恩怨是能够分别的。如果我的办法当真是有利于他们，何至于不愿意？就怕我以为有利者，他们看来未必有利。这只是我以为于他们有利……"这样想着，良材心头又沉重起来了。他抬头望着天空，似乎这比看着地下会使得他的心胸开朗一些。他执拗地要打通这思想上的难关。

"只是我以为于他们有利么？没有的事！我看来于他们有利的事，就一定有利！为什么呢？"他这样想，又不禁傲然自笑了。

"因为我比他们有见识，我比他们想的周到，我比他们顾全大局。"——然而这样的自信立即又被他心里的另一个"我"所驳诘："喂，喂，慢着，说话还有相反的一面。你有见识，考虑得周到而堂皇，对，他们是比不上你的；可是你的见识和考虑在你为了自己而运用的时候，你果然可以自信保没有岔儿，可你凭什么又敢断定为了别人打算的时候也是当然不会错的？你凭什么来断定你觉得好的，人家也一定说好？你凭什么敢认定你的利害就等于人家的利害？……从前你认为于己有利的事，你的夫人就以为于她不利；现在你所做的事，你的嗣母也就常常不以为然。张老太太相信她的主意完全是为了恂如的快乐，可是恂如却以为是痛苦；恂如想照他自己认为不错的方法去做人，老太太却另有她的一套要恂如去干，……一家的至亲骨肉也还走不到一头，可是钱良材和张恂如倒能够谈得很投契；尽管谈得投契，钱良材认为应该的，张恂如未必也以为然。何况钱少爷和他村里的老百姓，怎么就能你觉得好的，人家一定不说坏？"

良材愈想愈糊涂，也愈加寒心了，然而他不肯歇手。"哎，可是同为这世上的人，总不能这样各有是非，"他痛苦地钻求，"人人之间，总该有一点是大家都乐意，大家的看法都一样的！"

这一点是什么呢？良材不能回答。

闷闷地走回府里，他又躲进了自己的卧室。三张相片依然整整齐齐摆在桌子上。但这一回，却是三老爷的威严的目光刺进了良材的扰乱的心头，使他在迷惘之外又添了惭愧。他默然谛视着父亲的相片，仿佛听得父亲的沉着的声音在耳边说："君子直道而行，但求心之所安，人家怎样想，不理可也。"哦！但"道"是什么呢？良材苦笑着，却又忍不住想道："可也作怪！这一个字，在父亲那时就轻而易举，片言可决，干到了我手里又变得那么疑难？"

种种的回忆都杂沓地来了。然而种种的回忆都引到一个结论：父亲每举一事，决不中途怀疑它的对不对。好像那时候一切事情都分成两大堆：一堆是善，一堆是恶。而且那时候人们的见解也是那么干脆：好与不好，人人所见是一律的。

良材的眼光慢慢移到母亲的相片上。这是他母亲四十岁以前的照相，端然正坐，微有笑容，低垂的眼睫，似乎在说：因为我对什么都满意，所以世界上也没有不满于我的。良材忽然感动得几乎掉下眼泪。"可是我又不能完全像我母亲，"他惘然想道，"而且我的夫人虽然处境和母亲相仿，她也不能学母亲那样一无所求，怡然自适。这又是什么缘故呢？"他俯身伏在桌上，让自己沉浸在这些没有了结的回忆和感想里。

十三

东风吹送细雨，跟着曙光来到了钱家村了。东风很劲，像一把大刀，逆刮着银鳞似的河水，兹拉兹拉地呼啸；负创了的河面皱起了无数条的愁纹。在有些地方，这些愁纹又变了小小的漩涡，一个个像眼睛。

这些小眼睛互相追逐推送，到五圣堂附近，忽然合并为较大的一个了，但猛可地撞在一块潜伏在岸边的顽石上，又碎裂为无数的白星子，细得跟粉末一样。

一夜赶成的土堰爬在那回黄转绿的平畴上，蠢然如一条灰色的大毛虫。

工作的人们早都回家去了，几个未用的半旧竹筐装着泥土，很随便地被遗留在堰下；不知是哪个淘气的家伙在其中的一筐内插一根竹竿，竿尖挑着一顶破箸笠，迎着风雨旋转不停，好像在叫道：来罢，河里爬起来的家伙，看你还够不够到我！

从这新筑的堰到河边，间色似的横铺着青翠的稻田，嫩绿的菜地，赭碧斑驳的桑林——东西狭长的一大片，躺在那银青色的河与土灰色的堰这两臂的环抱中，静待命运的支配。

劲峭的东风像一把巨大无比的钢梳，将漫天的牛毛雨，弄成了蒙蒙的浓雾。到九点钟左右，这一带的原野完全被包围在白茫茫的水气之中。

一夜的紧张工作似乎也把钱家村人们的精力吸枯，满村子静悄悄地，只有那被潮湿空气压住了散不开的炊烟从钱府的大厨房慢慢地爬到那一簇一簇矮小的村舍边，又渐渐地消失了。

白茫茫中有一个伛偻的黑影在向新筑的土堰那边移动。这是老驼福。虽然也是凑热闹，大半夜没睡，这老家伙却还照常自有一乐地踽踽独行，自言自语地，而且时时狡猾地眨着眼睛。连他自己也闹不清是什么居心，他从大家开始筑堰那时起，就在心里咕哝道："这不成！这怎么会中用！"昨夜人们忙得要命的时候，这老家伙偏爱蹲在人们脚边，妨碍着工作。他一声也不哼，然而谁要是注意到他那时时闪眨的眼睛，一定会明白他满肚子装的全是讥讽。

现在他怀着偷偷摸摸的心情去看那新筑的土堰，就好比一个不中用的掘壁贼去窥探一道高大的风火墙，惟恐其太结实没有破绽；又好比一个创作力衰退的艺术家对于别人的力作一味存着挑剔的心，然而又只敢背着人冷言冷语嘲笑。

他十分费力爬上了那新筑的土堰，两脚蹬了几下，又低头细看，似乎在诧异干么竟这样结实。忽然嘉许似的微微一笑，他转身朝着河那边，眯细了眼睛对白茫茫的空间发怔。

"这都不要了么？"眼光移到被拦在堰外的大片田野，老驼福又轻声说，神情之严肃，好比对面当真站着一个人似的。"哦，都不要了。"他又自己回答。"罪过！钱少爷，你这是造孽。多么好的庄稼，都是血汗喂大的，这样平白地就不要了，罪过，太可惜！"他兴奋得掉眼泪了，而且他那惯于白日见鬼的病态的神经当真把那戴着破箬笠的竹竿认作钱良材了。他对着这迎风旋动的箬笠央求道："少爷，……都不要了么？太可惜呀！……您给了老驼福罢。老驼福苦恼，只有一间破屋，七分菜地呢！您这里丢掉了的，够老驼福吃一世了呀！少爷……"

这样说着，他又艰难地爬下了土堰，气喘喘地在那被遗弃了的田野里走着。密茂的稻田在强劲的东风下翻腾着碧浪。肥而且阔的茎叶满承着水珠，将老驼福的衣服都洒湿了。他伸出了颤抖的手，扶着那些苗壮的稻穗，像抚摸他所最亲爱的人，他感情激动，嘴唇发抖，眼眶里胀满了泪水。"多么好的浆水呀！"他喃喃地说，"老驼福从没见过呢！可是，都不要了么？不行，不行！给了我罢！不行，这是我的！"

他贪婪地抚摸着，走着，稻芒刺在他脸上，刺在他眼上。也不知是稻芒刺了他之故，还是他太激动了，终于他满脸淌着眼泪。

走过了那一片稻田，五圣堂已在面前。老驼福踱进了那亭子一般的庙宇，便在红发金脸的神像前站住；慢慢地他又坐在那木拜垫上，头俯在胸前，好像已经筋疲力尽了。

风绞着雨，一阵一阵的，发着有节奏的呼啸。在这大柜子似的五圣堂里，听来格外可怕。老驼福迟疑地站了起来，眈着眼睛，费力的将他那缩在两肩之中的脑袋伸向门外探望。他感到不祥的预兆。

急促的汽笛声陡然从空而下，缩头缩脑靠在五圣堂门口的老驼福像被从后面推一把似的跌到门外去了。但一刹那间，这大酒坛一般的人形便向着河边跑。他自己也不知道跑向河边要干什么，然而对于河里那怪物的又憎恨又惧怕的心理，逼使他每次都要去看它。雾一样的细雨仍然笼罩着原野。汽笛的一声长鸣冲出了风雨的包围，颤抖抖地分外凄厉，但一下又咽住了。这当儿，老驼福也突然站住，从河里爬起来的水，像个大舌头，一转眼就舐去了大片的稻田，啵蚩啵蚩地，得意地呷着嘴唇皮。

老驼福慌忙转身往回走。水在他身后追。现在仿佛是整个的河站起身来，探臂来攫拿这可怜的小老头。水大声吆喝，风雨在呐喊助威。水紧跟着老驼福的脚步，追进了五圣堂，将这大柜子一般的庙宇团团包围，老驼福站上了木拜垫，——然后，神奇得很，不知怎么一来，他居然爬上了那两尺高的神坛，和红发金脸的神们蹲做一堆。

这时候，冒着强劲东风和蒙蒙细雨的那轮船，早已过了这不设防的钱家村的地段，大模大样地一点一点走近小曹庄去。逆风顺水，船身震动得厉害，但速度并不曾减低。

雾雨像在人们的眼上装了毛玻璃，轮船盲目地在走，几乎每隔一分钟那嘶哑的汽笛便颤抖地叫着，似乎说：妈的，什么也瞧不清，谁要是碰在我身上吃了亏，可不能怪到我呢！

船里的客人们闷闷地在打瞌睡。茶役乌阿七忽然站在客舱门口的小扶梯上，大声叫道："当心呀，大家不要出去。快到了小曹庄呢！"他又转身朝甲板上喝道："下来，下来！妈的真麻烦！你们不打听这是什么地方，老的小的都挤在上边干么？"

客人们懒懒地打着呵欠，交换着疑问的眼光。有两三位知道这是怎么一回事的，却淡淡地笑道："大惊小怪，这家伙！"

轮船上的机器好像也格外紧张起来了，轧达轧达的，和拔剌剌的水声在竞赛。这一带的河面宽阔，水势急，东风虽劲，然而船的速度似乎更大。乌阿七站在客舱进口的小扶梯上，伸出半个头朝岸上窥探，巴望船走的更快些，好早早通过这麻烦的地带。可是船头舵房里的老大却伸手去拉警铃的索子，命令机器房改开慢车，因为他知道前面不远就有一座又小又矮的石桥。

　　小曹庄躲在烟雨的深处，似乎那凄迷的风雨将这小小村子整个儿魇禁住了。只有两岸的青翠的稻田和一簇一簇的桑林在接受那轮船所激起挑战的浪花。乌阿七眼望着岸上，心里说："啊哟，谢天谢地，今天真是好日子，平安无事，"他放大了胆子，将半个身子露出在舱面，于是，好像一切荣耀都归于他，扁着嘴朝岸上讥笑道："怎么今天都躲在狗窝里，不敢出来了？妈的，老子正等着你们来呢！"

　　为了要加倍侮辱这曾经屡次打麻烦的村子，他索性跑到船舷，拉起裤脚管，打算正对这小曹庄撒一泡尿。猛可地都都都，急鸣的汽笛将他的尿头吓住。他转脸急朝船头看，白茫茫中瞥见那小石桥飞快地向船——向他扑来，桥上黑簇簇，数不清的人儿！又一声长鸣的汽笛突然震得他几乎心肺都爆炸，同时，他又瞥见那横着丈八大竹篙站在船头的二副发狂的水牛似的向前一冲。船身剧烈地震动一下。霹雳似的呐喊当头罩了下来，接着就是轰轰两响，桥洞前凭空跳起几尺高的水柱。二副的大竹篙已经点住了桥石，然而水流太急，篙头滑了一下，船就向桥洞略偏而进。二副正将那大竹篙使转来，突然一片声响亮，好像那小石桥断了，坍了，船头，船旁，河里，大大小小的石块，密麻地下来！乌阿七浑身发抖，可是两条腿还能跑。他却向船尾奔去，疯狂似的喊叫。刚到了船尾，他便木头一般站住了。水手和其他躲进了后舱的人们拚命喊着叫他也下去，他全然没有听到。这当儿，豁啦一声，船尾的帆布篷坏了，枕头大小一条长石翻着斤斗下来，打中了乌阿七的肩膀；连一声呻吟也没有，乌阿七就跌倒了。

轮船冲过了桥洞，汽笛哀嗥似的叫着。桥上呐喊的声音却被峭劲的东风顶住，已经不大能够威胁船上那些惊跳的心了。

汽笛不断地叫，像是诉苦，又像是示威。丁丁，丁丁，机器房接到命令，开足快车！船顺着急水，冲着劲风，威严地发怒地急走。帆布篷裂了几条大口，舵楼坏了半边，左舷被桥洞的石壁擦去了一片皮，二副伤了腿，乌阿七躺在后舱，哼的很厉害。

但轮船还是威风凛凛行驶向前。

小曹庄的人们几乎全部出来了，冒着风雨，站在桥上，岸边，望着那急急逃去的轮船。桥上那些勇士们满脸青筋直暴，拉开了嗓子，指手划脚嚷着笑着，夸耀他们的功勋，同时又惋惜不曾击中那"乌龟"的要害。有几个人一边嚷着，一边又拾起小块的石头，遥击那愈去愈远的轮船。

这无聊的举动，立刻被摹仿着，淘气的孩子们随便抓些泥块石子，向远远的轮船投掷。可是船已去远了，卜东卜东溅起来的河水反把这群小英雄们的衣服弄湿。祝大的孩子小老虎也是个不甘寂寞的，双手捧起比他的头还要大些的泥块，往河里扔；不料这泥块也很倔强，未到水边就自己往下掉，殃及了另外几个小孩。于是喧笑和吵闹的声浪就乱作了一团。

被讪笑为"脓包"，又被骂为"冒失鬼"的小老虎，哭哭啼啼找他的父亲。从小桥到村里的路上，祝大和另外几个参加这袭击的农民，一边走，一边也在吵嘴。他们争论的是：明天那轮船还敢不敢来？

"管它呢！来了还是照样打。"祝大暴躁地说。这当儿，刚巧他的小老虎抹着一张花脸哭哭啼啼到了跟前。祝大不问情由伸手就是一个耳光，喝道："还不给我快回家去，在老子面前活现世！"他转脸对他的同伴们，"又不知淹了多少地，还得去车水。"

他们脸上的兴奋的红光渐渐褪去。虽然对于损害他们的轮船第一次得到了胜利，虽然出了一口气，但是无灵性的河水依旧是他们的灾星。锽锽的锣声从西面来，召唤他们去抢救那些新被冲淹了的稻田。

"真不知道是哪一门的晦气……"陆根宝哭丧着脸，自言自语的；忽然他抢前几步，赶着一个麻脸大汉叫道："庆喜，程庆喜，你说，要是钱家村也能齐心，轮船就过不来么？"

"城里来的徐先生是这么说的。"程庆喜一边走，一边回答。"曹大爷也是这么说！"他用沉重的语气又加了一句。

"昨晚上钱家村忙了一夜，钱少爷出的主意……"祝大也凑上来，压低了声音，很机密似的，转述他今天早上从姜锦生那里听来的话；姜锦生就是住在两村的交界地带的。

这消息，小曹庄的人们恐怕只有陆根宝还当作一桩秘密；然而麻脸汉子程庆喜和祝大他们都不打岔，仍让陆根宝噜噜苏苏说下去。他们似乎也喜欢有这么一个机会多温习一遍，再一次咀嚼其中的滋味。

"姜锦生是有苦说不出呢！"根宝鬼鬼祟祟朝四面看了一眼，"他那几亩田，地段好，倒是不怕水淹的。可是现在他也得代人家出钱了，这多么冤枉！"

"钱少爷这回很怕事，真怪！"祝大接口说。

程庆喜鼻子哼了一声，转脸向祝大看一眼，站住了，将搭在肩头的布衫拉下来擦一把脸，怪模怪样笑道："有什么奇怪！人家钱少爷跟城里的王伯蛋有交情呵！"

那几个都不作声。彼此打了个照面，都歪着脸笑了笑。谈话中断，各人怀着各人的心事，急步走回村里，各自照料自己的庄稼去了。

蒙蒙雨还在落，但是高空的浓厚云层背后的太阳却也在逐渐扩大它的威力。好像是巨大无比的一团烈火，终于烧透了那厚密的云阵，而且把那冻结似的湿漉漉的铅色的天幕很快地熔开。

小曹庄的人们的心绪也跟天色一样逐渐开朗起来。早上那班下行的轮船虽然依旧给了他们不小的损害，可是他们的袭击似乎到底发生了效果了，预料中的从县城开出的上行轮船每天中午十一时许要经过他们这村子的，这一天竟不见来！

戽水的人们也格外上劲，刮刮刮的水车声中时时夹着喧笑；他们佩服曹大爷的主意好，他们又讥笑钱家村昨夜的白忙。

水车的翻板戽着水连翩而来，水翻着白沫，汩汩地倾泻而去；水的歌唱是快乐的。水唱出了这样的意思：我是喜欢住在河里的，而且因为再不会被强迫着上来了，我更加高高兴兴回去了。

但是也有两个人心中微感不安。这便是徐士秀和曹志诚。当听说船上有人给打倒了的时候，徐士秀口里虽然还说"这一下够他妈的味"，但不知怎的一颗心总有点摇晃不定。叫人家把守在那小石桥上，这好主意是他出的。他愈想愈怕，去和曹志诚商量道："要是当真闹出了人命来，——志翁，这倒要请教您的高见？"

"自然要抵命呵！"曹志诚板着脸回答。忽然皱着鼻子干笑了几声，他问道："你看见船还是好好的？你看见打伤了几个？"

曹志诚胖脸上的浮肉跳动了一下，便又绷紧起来。两只眼睛挤成了一条缝，他将嘴唇凑在徐士秀耳边，大声说道："这些乡下人最不中用，这件事要是经了官，只要三记屁股，他们就会张三李四乱扳起来，——那时候，老兄，一个主谋教唆行凶的罪名恐怕是有口难分，逃不了的！"

徐士秀脸色也变了，一半因为害怕，一半也为的忿恨；他知道曹志诚是故意恐吓他，但也明白了如果闹出人命，曹志诚对他最大的帮助便是冷眼旁观。

过了一会儿，徐士秀冷笑着答道："这倒不怕！他们扳我，那我自然也可以再扳别人。哈，放心罢，我姓徐的不会那样死心眼。"他晃着脑袋，正待扬长自去，忽又转身笑道："今天早上从县里开出的轮船大概是中途折回去了，可是，志翁，难道王伯申就此罢休了么？如果明天的早班还是开出的话，王伯申准有点儿布置，请教你老人家我们该怎么办？"

曹志诚只把他那双细眼睛睁一下，却又闭了，好像根本没有把徐士秀的话当作一回事，徐士秀仰脸长笑，就转身走了。

曹志诚慢慢地再睁开眼来，转脸四顾，料想徐士秀已经走远了，便咬牙切齿哼道："这小子，越发不成话了！岂有此理！"他口里骂着徐士秀，心里却在担忧明天轮船再来时王伯申能叫他丢脸。他也知道刚才小石桥上那一闹，既然已经见了血，事情便弄成不大不小——同时又可大可小，王伯申至少有三四宗方法来对付他，而目前的难处就在猜不透那姓王的究竟会采用哪一种手段。

"咳，岂有此理！全要我一个人操心，倒像这是我一个人的事！"曹志诚胖脸上的浮肉又轻轻抖动起来。"最可恨的，是钱良材；他简直明目张胆回护着王伯申，人家在这里干的满头大汗，他却站在那边笑呢！"

他打算派人到县里给赵守义报个信，又想到还该在村里再放些空气，准备万一事情闹僵了的时候，好让小曹庄的人们都去抱怨那邻村的钱良材。

风已经止了，满天的浮云亦已消散，太阳的威力使得曹志诚那样的胖子稍一搬动手脚就是满身臭汗。然而这胖子不得不腆出个大肚子在村里走动走动。"哎哎，为了大家的事，我辛苦一点不要紧，只要大家心里明白我是为了你们呵！"曹志诚擦着汗，气吁吁地对每个人说。

太阳落山的时候，曹志诚坐在自家院子里乘凉，放怀享用程庆喜和别的佃户送给他的童子鸡和老酒，又催促徐士秀明天回县里去。他的二媳妇抱着孩子在一旁喂奶。天色一点一点黑下去，可是那胖胖的婴儿偎在那丰腴的胸脯前，竟显得莹然洁白。

那一夜，曹志诚陶然大醉，做了许多好梦。最后的一个是赵守义居然肯把久成悬案的一块地让给了他。

曹志诚从梦里笑醒来，听得院子里一男一女谈笑的声音好不热闹。他猛然睁开眼，忙又闭上。六十度斜射的强烈的太阳光正将他的胖脸晒得油光晶亮。

"士秀兄，唔——"曹志诚隔着窗子叫道，"哈哈，好早呀，——哦，恕我不能送你了！"

窗外的徐士秀忍住了笑答道："可是，志翁，你一定要起来，一定要送我一下。"

当是开玩笑，曹志诚不理他，却转过身去，背着阳光，打算再寻好梦了，这时，二媳妇的声音也在窗外叫道："轮船又来了，说是轮船又来了，徐先生等你起来商量。"

这可把曹志诚的睡意赶得精光。他一面还在说"胡说八道，没有的事"，一面就爬起来抓过床头的衣服急急穿上。徐士秀也已闯进房来，大声说："真有这回事。根宝看见了回来报信的。"

"不对。要来也没有那么早。"

"早么？九点多了！"徐士秀不怀好意似的笑着说，突然将脸一板接着说，"你听，这是什么？"

这是锣声，锽锽地自远而近，这是召集村里人的警锣。

"怪了！平常是要到十一点光景……"曹志诚沉吟着，衣服的纽子刚扣上一半便忘掉了，那只手却在胸前乱摸。"那么早就来，"他想，"一定有文章，王伯申的把戏本就不小，"他的眉毛和鼻子又皱在一处了，朝徐士秀瞥了一眼，又想道，"难道当真昨天那一闹就出了人命案子？"

"志翁，志翁，"徐士秀连声催促，"走罢！大家在等你呀！"

曹志诚的眉毛眼睛鼻子更加皱成一团，他旋了个身，好像要找寻什么，可又突然转身对徐士秀决然说："呵呵，昨晚多喝了几杯，而且小妾，咳，老兄，劳驾你先走一步，我还得洗个脸。而且小妾……"一边说，一边颤动着一身胖肉，唤着他那非正式的姨太太的名字，就往后边去了。

徐士秀到了村外时，看见沿河滩散散落落全是女人和小孩子，闹闹嚷嚷都朝东望着。东面远远那小石桥上已经挤满了人，大小的石块正被搬运到桥塲。一些十来岁的孩子也在学样瞎帮忙，祝大的儿子小老虎这天又在发冷，可是他也夹在中间凑热闹。

太阳光像在河面铺了一层金，耀的人们眼睛发花，两三丈外便什么也瞧不清。小石桥上的人们吵得很厉害，有的在骂那轮船道："他妈的，怎么今天也不叫几声！"

徐士秀走到桥边，手掌遮在眉毛上，也朝东看，忽听得桥上众声齐喊道："来了，来了！大家当心！"这声音是那样雄壮，顿时使得徐士秀也满身是劲了。可是他并没瞧见什么轮船，只觉得两眼发眩，满空金星乱进。麻子程庆喜在桥上叫道："徐先生，你也来瞧一瞧，这里。"同时却又听得许多声音在喊："石头，石头，小的不要，大的！"

徐士秀上了桥，众人让开一个空位。程庆喜和另外一个农民很殷勤地指给他看那远远驶来的轮船。可就在这时候听见了汽笛的长鸣，足有一分多钟不停。桥上的人们脸都绷紧了，赶快将几块最大的石头扛在桥栏上，这些人的眼睛都发红。

"你们要分派好，两个人伺候一块，"徐士秀兴奋地说，忽然感到拿羽毛扇做军师的滋味。"要不先不后一齐推下河去！……喂，你们这几个专管搬上来，要顶大的，……对呀，像这一长条就很合式，两个人扛不动，四个人！"

轮船愈来愈近，汽笛不停地长鸣。

轮船像一头受伤后发怒的猛兽，一路嗥叫着直扑向这小小的石桥。

汽笛的尖锐的声音震的徐士秀心慌，同时桥上人发一声喊，便要去推那几块大石头。徐士秀正想喝他们"不要慌张"，瞥眼看见轮船左右舷各有一个持枪的警察，他立即怔住了，然而这只不过几秒钟，随即他像被人踢了一脚似的从桥上直滚到桥墈。

这当儿，第一批大石头已经轰然落水，盖倒了汽笛的声音。徐士秀爬起来再跑的时候，桥上桥下震天动地一片呐喊声。他回头急看，船上一个警察已经举平了枪；他两脚发软，又一绊，便跌倒了。

第二批大石头还没安置好，船上的两支枪砰砰响了。桥上人首先看见了明白了是怎么一回事，便慌乱起来。程庆喜大叫着："不怕，干呀！"一面早已挤开一条路，向桥那边飞也似的逃走了。有几个真不怕，祝大也在内，扛起一条三四百斤的石头就扔下去。轰！丈把高的水头飞了起来，将轮船的舵房打坏了半边。

枪声砰砰地接连响。满河滩是乱跑逃命的人。慌乱中有一个孩子倒在地下，谁也不理会。祝大和两三个同伴是最后逃下桥来的，他们从那孩子身边跑过，也没瞧他一下。可是刚过去了五六步，祝大猛回头一看，认得是自己的儿子，再跑回来要拉他，这才看见儿子一身的血，这小老虎已经死了。

徐士秀气急败丧跑回曹府，劈头就看见两个司法警察从曹府大门出来，脸色也有点慌张。枪声已经惊动了整个小曹庄，但究竟出了什么事，还没弄明白。二媳妇和曹志诚的非正式的小老婆在院子里交头接耳窃窃议论着。

"打死人了！"徐士秀跑进了院子就大声嚷，满脸的油汗，一身白洋纱的短裤衫沾满了泥污。

"两个妇人都像母鸡生蛋一般怪声叫了起来，围住了徐士秀问是打死了谁。然而徐士秀实在也没知道打死了谁，他一路跑来只听说出了人命，而且他又亲耳听得枪声接连有五六响，他便断定死的一定不少。

"管他是谁呢，"他板起了脸回答，觉得这一问真是妇人家的见识。"反正是死了，死的可真不少呵！"

他撇下了这两个女人，正想进屋里去，曹志诚已经迎出来问道："死的不少么？"

徐士秀点着头，伸手在额上捋下一把汗水，又慌忙扯起衣襟来揩。

曹志诚仰脸大笑，摇头晃脑说："王伯申这回吊桶掉在井里了，哈哈哈！"他突然收过了笑容，定睛看着徐士秀又说道："你还没知道王伯申可实在蛮横。昨天他船上的一个茶房受了点伤，他居然要了两个司法警察来，到我这里要人！今天他闹了血海似的人命案子，我不告他一状不姓曹！"

说着，曹志诚又格格地冷笑。徐士秀听这笑声，浑身的汗毛都竖起来了；他想刚才幸而自己运气好，没有吃着枪弹，不然，也是这胖子冷笑的资料。

这当儿，闹嚷嚷的声音从大门外来了。十多个农民，其中有程庆喜，也有祝大，涌进了院子，大声的叫着嚷着。

"曹大爷与我作主！"祝大的脸色铁青，神情恍惚地说，"我的小老虎……"忽然又骂起自己的老婆来，"都是这贱货他妈的不肯回来，没人照顾，让这小鬼乱跑！"

曹志诚皱了眉头，不理祝大，却问众人道："还有谁呢？还打死了谁？"

"没有。"程庆喜抢着回答，"就只阿虎。"

曹志诚吃惊地睁大了眼睛，半晌，这才又问道："总该还有受伤的罢？"

"也没有。"仍是程庆喜回答。

"哼！"曹志诚突然转过身去，又连声说道，"笑话，笑话！"

满院子没有一点声音，除了农民们粗重的喘息声。没有人懂得曹志诚为何生气，怎么是"笑话"，只有徐士秀心里明白。

"曹大爷与我作主……"祝大惶恐地又说了。然而曹志诚立即喝住他道："他妈的真多嘴！我知道了，死了你的一个小子！"

万分扫兴似的频频摇着头，曹志诚转过身来又对徐士秀说："真怪，只打死了一个小孩子。不过，小老虎也罢，大老虎也罢，人命还是人命！祝大，你是苦主，告他一状，"曹志诚斜眼看了祝大一眼，他那胖脸上的浮肉又轻轻颤动起来了，"我们小曹庄全村的人们也要告他，一个公呈，一个公呈！"

于是他又转身朝外站定，叉开了两条矮矮的肥腿，凸出了大肚子，异常庄严地对大家宣告道："知道了，打死了小老虎，祝大的儿子，你们都回去。什么都有你曹大爷替你们伸冤！祝大你是苦主，明天得上县里去，——哦，可是，你得连夜找好替工，我那田里，也许还要车水……"

十四

黄和光夫妇备了五桌酒席，宴请至亲好友。钱永顺的三周岁的女儿六宝是在上一天跟着良材来的。永顺自己没工夫走这一趟，但是苏世荣给选的黄道吉日又不便改换，恰好良材要上县里来，永顺便拜托了这位体面的老弟，请他代表一切。

上午九点光景，婉小姐便打发女仆去催请几家至亲的女眷。从今天起正式成为她的女儿的这小女孩，婉小姐上次到钱家村去就已经见过，还量了她的身材，赶缝起几套时髦的衣衫。她要把这圆脸大眼睛老是爱笑的婴儿打扮成为画片中的洋囡囡一般。

照婉小姐的意思，五桌酒席实在太少了，可是张老太太以为过继一个乡下小女孩不宜太铺张，使这小人儿折福，老太太以为一桌也够了，婉小姐这才斟酌定了五席，可是那酒菜十分讲究，婉小姐亲自排定了菜单。

亲友们也都助兴，都送了礼物。从昨天起，黄府上就充满了暖烘烘闹洋洋的空气，这是向来少有的。人家都说婉小姐想得一个孩子想的太久了，所以今回认一个义女也那么兴高采烈，殊不知其中还有一个原因，就是黄和光也定于这一天再开始戒烟。

瑞姑太太和张家婆媳带了小引儿到来的时候，婉小姐刚刚把起身不久的黄和光打发清楚，正在吩咐阿寿到凤鸣楼去催酒席，又再三叮嘱，莫忘记了送四样菜到张府孝敬老太太。这当儿，木头施妈才来通报，婉小姐赶快出迎，瑞姑太太她们早已在二厅内了。见了婉小姐，都给她贺喜。张太太和恂少奶奶又拿出小件的金饰，说是给"外甥女"做见面礼的。

其实这"外甥女"还没进自己家的大门却已经先在"外婆家"过了一晚。不过按照预定的仪节，要到正午时光才由钱良材正式送来。那时候这三岁的小女孩要在众亲友鉴临之下参拜她的未来的父母，并拜见各位尊长。

这一切，都因为婉小姐想把这件事弄得热闹而郑重些，这才由朱竞新献议而被采用了的。

十一点左右，黄府几位本家的女眷也都到了，二厅上早由凤鸣楼来的伙计摆开了两桌席面，一些年青的女眷们都到后院的小客厅里玩几圈麻将。外边大厅上济济的嘉宾早已到齐，清茶喝了不少，水果皮和瓜子壳撒了一地，闲谈的资料也渐枯窘，各位的尊肚辘辘地响动，快要宣告不耐。

然而钱良材还不见来。

第二次去催请的阿寿回来了，在黄和光耳边轻轻说了几句。

黄和光眉头微皱，只说了一句"你去告诉少奶"，便转眼向客人丛中找寻张恂如。忽然有人从背后将嘴巴凑到他耳边问一声"怎么"？把黄和光吓了一跳。

"哦，没有什么。"和光转脸一看是朱竞新，眉头又微微一皱，慢吞吞回答。"还得等一等。良材好像今天很忙，这会儿张府里又没有了他。"

"那就该派人去找他一找。"朱竞新的神气比主人还着急些。

"上哪儿去找呢？"黄和光除了略皱下眉头，依然神色安详。"我打算问问恂如，也许他知道。"

"对！恂如在那边谈天，我去问他。"朱竞新自告奋勇，不等黄和光回答，就匆匆走到大厅左首靠窗的一堆客人那里去了。

那边有五六位客人正捡起了前几天轰动一时的小曹庄的人命案件不冷不热谈论着。敦化会会长、关帝爷的寄名儿子，鲍德新，刚发过了一大篇的议论，弄得人家瞠目结舌，似懂非懂。

"是非曲直，且不管它，不过，前几天，满城风雨，王伯申接连挨了三张状子：苦主祝大告他主谋行凶杀人，小曹庄全村六十八户由曹志诚领头告他淹毁农田，激成众怒，蒙蔽军警，行凶杀人，赵守义又告他违反航行规则，酿成灾荒；住在省城的刘举人也打电报给县官，主张严办肇事的轮船，——可是，这一两天忽然又无声无息了，这到底是怎么一回事？"有人冒冒失失问。

鲍德新翻起了眼白，对那人说道："喂，喂，事情总有个是非，聚众闹事这是犯法的，然而王伯申要开轮船，这先就是他的不是！从前没有轮船，我们也一样过。"

"怎么一回事么？"坐在一角的宋少荣笑了笑说。"听说省城还有一个电报，要轮船公司休息一下，等结了案子再商量。"

"可是昨天轮船还是照样走呀！"

"那么，大概是电线上出了毛病，县署里还没收到。"宋少荣又笑着说，把眼睛一眨。

"不是，我听说倒是赵守义给捏住了！"有人在鲍德新背后说。

宋少荣抬头正要看这人是谁，突然朱竞新的身子挡住了他的眼光。宋少荣就势拉着朱竞新的臂膊问道："还没到时候么？倒像是等新娘！"

"哦——"朱竞新回头望着，同时回答，"快了。可是找不到良材，正打算问问恂如。"

"何必问他，"宋少荣微笑，"我就知道。"

朱竞新不甚相信，看了他一眼。

"你不妨到县公署去问……"

但是宋少荣还没说完，朱竞新早已抽身走了。

二厅上的太太们也在议论同样的事。瑞姑太太早已料到了良材被什么事情绊住，而且断定良材来的一定迟。她唤着婉小姐道："我看不用再等他了，干脆叫恂如去把六宝接了来，咱们这里见过礼就坐席罢！"

婉小姐还没回答，瑞姑太太又转脸对在座的女眷们笑了笑说："他这次来县里，就为了小曹庄的官司。昨晚就说要找王伯申，又要去见县官；他这人想到什么就要做到什么。真不懂他干么要这样瞎忙？"

"可是，姑妈，"婉小姐显得为难的样子，"怎么可以不等他呢？今天良哥是正主儿。——况且，"她回头望一下天然几上的大时钟，"十二点也还没有到呢。"

"不要紧！这些事情上头，良材向来马马虎虎，决不计较。干脆叫恂如走一趟罢！"瑞姑太太一边说，一边就唤荷香到外边去请恂少爷进来说话。

良材今天一早起来固然是忙着小曹庄的事，连跑了好几处，然而并没忘记还要主持一个仪式。十一点半他回到张府，心想这正是时候，该带着那小女孩到黄家去了，不料平空又来两个人将他缠住。这就是祝大夫妇，本意是向良材诉苦，求他替他们伸冤，可是正经话刚说得三句，这两口儿就吵起来了。

"少爷，你听，"祝姑娘带哭带嚷，"你听，他这没良心的话！"转脸对着祝大，"怎么说我害死了阿虎？我不在家，你干么不管他？我不回家，又不是在于没脸的事。你才是痰迷了心窍，这会儿，连孩子的冤枉也不想申雪了，只想得人家一百大洋，可是人家给么？人家才不给呢！你还在良少爷面前说这些没天良的话！你还我一个阿虎，啊哟，死得好苦啊！"

"谁说我想得人家的一百大洋！谁说，我就揍他！"祝大的脸涨得猪肝似的，爆出了一双眼睛，提起拳头，暴躁地威吓着他的老婆，然而照例是不敢打的。

"是我说的，你打，你打！"祝姑娘哭着挨过身子去。"也是你说的！昨天你还说呢！没天良的，你打，你打！"

祝大暴躁得乱跳，两个拳头都提起来了，可又退后一步，不让他老婆挨着他。

良材看了又是生气又是可怜他们，只好半喝半劝道："不要闹！好好儿说，你们到底打算怎样？一百块钱又是怎么回事呢？"

祝大刚要开口，早被他老婆抢着说道："少爷，你不知道；曹大爷给他写了状子，他刚到县里来，就有在王家当差的，姜锦生的兄弟姜奎来跟他说，不告状怎样？要是不告，王家给一百大洋……"

"那时候你不是想要拿么？"祝大插进一句，脸色忽然青了。

"你胡说八道！"祝姑娘猛可地转过身去，好像要扑打她的丈夫。"我拿了没有？拿了没有？"

祝大退后一步，叹口气哭丧着脸说："不瞒少爷，没有曹大爷拍胸脯，我也不敢告状。可是，八九天过去了，拖着这官司，我又不能回乡下去，庄稼丢在那里，……"他忽然又发起恨来，咆哮着向他老婆道："都是你不肯住在家里，都是你要出来！"

祝姑娘先是一怔，但立即哭着回嘴，其势汹汹，两口儿似乎就要打起来了。

良材又喝住了他们，问道："后来怎样？"

祝大不作声，只是淌着眼泪。

祝姑娘怒视着她丈夫，带哭说道："昨天，他这没出息的，去找姜奎。他也没跟我商量，他去找了。他这没天良的，想卖死孩子了！可是他还咬我要拿一百大洋！"

"找了怎样呢？"良材又生气，又好笑。

"姜奎说，你们状子也进去了，你们打官司罢！"祝大呜咽着说，眼泪直淌。

良材叹口气，看着这可怜的一对说："你们上当了！"他皱着眉头，眼白一翻，又吸口气道："你们小曹庄的人全上了人家的当！"他转身要走。可是祝大夫妇如何肯放他，两口儿一齐跪在他面前，哀求他。

"官不是我在做，"良材的声音也有点异样，"我有什么办法？"

这当儿，恂如来了。在窗外偷偷听着陪着眼泪的陈妈也跟着进来。恂如先朝跪在地下的两个看了一眼，又向良材说："良哥，只等你一个人了，咱们走罢。"良材点头，慢慢转身走了一步，却又站住。恂如又用了开导的口气对祝大夫妇说道："起来，起来，这算什么。我不是告诉过你们么？你们这官司就是打赢了也不过判个误伤人命，给几个钱抚恤；可是你们相信了什么曹大爷的话，死心眼要人家抵命，那，那不是自讨烦恼？况且姓曹的几时真心肯为你们出力撑腰，不过是利用利用你们罢了。良少爷今天还有事呢，祝姑娘，你又不是不知道，怎么这样不懂事，缠住了良少爷不放？你们想请良少爷帮忙，也还有明天！"

良材这时已经在门外了，恂如说完，转身就走，可是那祝姑娘突然爬起来抢前一步，拦住了恂如叫道："少爷，求你再等一等，只有一句话：轮船公司和曹大爷讲好了，当真么？"

"哦！"恂如皱着眉头，颇出意外，"谁告诉你的？"

祝姑娘反手指着她丈夫道："刚才他说的。昨天他去找了姜奎，——良少爷村上东头的锦生的兄弟，那姜奎说的！"

恂如对祝大看了一眼，一边走，一边答道："那也不算希奇，这样的结局本来是料得到的。"

祝姑娘呆了一下，于是突然倒在地下，带滚带哭，叫着："我的苦命的阿虎，苦命的心肝！"老陈妈劝她，哪知她哭的更惨起来。

良材和恂如匆匆走向黄府去，顾二抱着六宝跟在后边。一路上，这表兄弟俩，一句话也没有。良材低头走着，脸色倒还跟平常一样，然而落脚很重，似乎他一肚子沉甸甸的肮脏气都要从脚跟上发泄。

快到了黄府大门的时候，良材忽然对恂如说道："乡下人虽然愚笨，然而恩怨是能够分明的，不像曹志诚他们，恩怨就是金钱。"叹一口气，他又说："乡下人容易上当，只因为曹志诚这班人太巧了又太毒辣！"

恂如瞠目看了良材一眼。良材这时的思想的线索，恂如显然是无从捉摸的。

朱竞新和阿寿，从黄府大门迎了出来。阿寿又立即缩身回去。当良材和恂如进了大门的时候，一片的爆竹声就在门内那大院子里劈劈拍拍响了起来。

预定的仪式，一项一项挨次表演。这许多的摆布，使得那三岁的善笑的乡下小女孩老是睁大了惊疑的圆活活的眼睛。她被取定了新的名儿：家玉。当婉小姐接过孩子抱在怀中的时候，忽然脸上一红，心有点跳，似乎从昨天起就紧张了的一身筋骨这时一下子松弛了，酥软了。

大厅上摆开了三桌酒席，良材坐了首位。他老有点心神不属的样子，满厅的喧笑都和他离得很远。但后来，他就举杯痛饮，并且向邻桌挑战。他觉得需要多喝几杯洗涤一下肠胃了。

席散后，女客们陆续告辞，男客中间朱竞新他们在大厅上凑合一桌麻将。主人黄和光已经十分疲倦，躲在自己房里抽大烟。良材和恂如也在和光这房内闲谈。

婉小姐打发开了几项杂务，便也上楼来。木头施妈捧着两盘水果糖食，跟在后面。这时候，和光已经过了瘾，正在房里踱着，良材和恂如一边一个躺在烟榻上，良材仰脸闭着眼，手里却拿着和光的一支烟枪，抢在手指上盘旋着玩。酒红兀自罩满了他的眼圈。

听得婉小姐的声音，良材忙即坐了起来。

婉小姐从施妈手里接过那两盘东西，一盘放在房中心的圆桌上，另一盘她端到烟榻前。良材欠身站了起来。婉小姐将那盘东西放在烟盘里，一面说道："今天真对不起大哥了。大哥有事，忙得很，我们这点小事情又偏偏来麻烦。"

　　"哪里的话！"良材微笑，"婉弟[①]，怎么同我客气起来了。"可是他立即感得这话不大妥帖，脸上一热，忙又接着道，"可不是，婉弟的事就跟我的事一样的。"话一出口，才觉得更不相宜，脸上更热了，便讪讪地一笑。忽然恭恭敬敬将右手一摆，说，"婉弟，请坐罢！"

　　婉小姐抿嘴一笑，说："大哥，你坐，"又转脸悄悄问恂如道，"大哥今天喝得不少罢？"

　　"不多。喝急了倒是真的。"

---

① 婉弟：照钱府的家法，亲兄妹，或堂兄妹间以"哥""妹"相呼，而表兄妹间，不得呼"哥""妹"；表兄呼表妹应曰"×弟"，表妹呼表兄则为"×兄"。据说，这条法律，是钱良材的祖父立下来的，理由不大清楚。有一位考据家查书百二十种，费时十载，居然考出了这种立法的用意，据说是这样：江南民歌多称情妇为"妹"，情夫为"哥"，此盖由来已久，《子夜吴歌》可证；而在名门望族的后花园内山盟海誓之辈，又往往是表兄妹，《会真记》可证。钱老太爷结合此两者，认为欲免家门之丑，其重点在于隔离表兄妹，而防渐之道，首先在于正名；他以为表兄妹如果互呼为"哥""妹"，便会联想到民歌里的情夫和情妇，而由联想到"真个做出来"，其间如隔一纸；因此，他立下家法，不许呼"表妹"，只许称"×弟"。但日久法弛，表妹们还是用"哥"字呼她们的表兄，不过表兄们却还不敢在大庭广众之前呼他们的对方为"妹"而已。

　　考据家之言不可尽信，但亦不可一点不信，姑附记于此。

1958.4.作者补注

可是良材已经听见了，便分辩道："我没有醉。才不过，嗯，十来杯，怎么就会醉？"他走到和光前面，拉住了他问道，"和光，该不是我撒谎罢，只有十来杯。还可以再喝十杯，也——也未必醉。"他转脸望着婉小姐，郑重地说，"婉弟，回头我们对喝十杯，再看我醉了没有！"

婉小姐笑了笑，顺着他口气说道："你没有醉，大哥。可是，醉了也不要紧，我们有醒酒药，嗳，大哥，这药不醉也可以吃一点，香喷喷怪好的，我去拿些来给你试试，回头你跟和光再对喝十杯。"

"不用。婉弟，不用你费心，"良材认真说，伸开了臂膊，似乎要拦住婉小姐。

"好罢，大哥，你是用不着的，"婉小姐抿嘴笑着回答，"不过和光该吃一点，恂弟也是，他们可真醉了，醉的在那里发闷呢！"

和光听这么说，就大笑起来。婉小姐也笑着，就走了。良材也仰脸笑了，用手里的烟枪指着恂如道："你是醉了，这话才公平呢！"突然又转脸向着和光，"有一句话，和光，你说对不对：他们张府上的姑奶奶全是了不起的，一个强似一个。家慈是一个能干人，可是婉弟比她姑母更能干些。和光，你今天算是现现成成做了一个父亲。我瞧你将来还要做一个现成的丈人！"说着他又仰脸笑了。

　　"对！"和光也笑着，拉着良材到烟榻前，"良材你躺一会儿罢，再喝一杯浓茶。"

　　和光从烟榻上拿起茶壶正要斟，良材偏偏客气，一定要自己来，和光一失手，就泼了一地的茶。良材哈哈大笑，摇摇摆摆站起来指着和光道："瞧，你还敢说不醉。婉小姐是能干人，就瞧出你是真醉，还有恂如。哈哈，婉小姐不在跟前，你倒一杯茶就会失手。和光，你，我，还有他，"指着恂如，"半辈子就只看见人家怎样伺候我们，要我们来伺候自己，那就不会！"

　　恂如看见良材当真有几分醉意，便说道："对了，咱们还是回家去，让他们伺候。"

　　"不！妈还没回去呢！而且婉小姐又拿醒酒药去了，你得吃了再走。"良材在烟榻上坐了，乜着眼又说道："恂如，你不用赖，你也不会照料自己。上次你不是大吹大擂搬到小书房去睡么，好，这次我来一看，你又搬回去了，自个儿照料自己，到底也不大容易。"

　　这一句无心的话却就触动了恂如的心事，他脸上一红，讪讪地笑着，却又怕良材再说出别的更使他为难的话来。幸而这时婉小姐来了，她亲自托着个小茶盘，盘里是小小三个细瓷盖碗。

　　她取了一碗递给良材，笑了笑道："大哥尝尝，留心烫着。"良材慌忙站起来接了，恭恭敬敬说："谢谢。又要你自己拿来，婉弟，不要当我是客人。"

"妈和姑妈还没走么？"恂如问婉小姐。

"没有。姑妈已经答应吃了夜饭回去。妈自然也在这里吃夜饭了，先让嫂嫂回去。"婉小姐说着又转脸望着良材微笑道："大哥，又有人给你做媒呢！"

良材好像不曾听得，只皱了一下眉头，却又轻声地自言自语道："妈她老人家兴致是好的。"揭开盖碗连喝了几口，这才笑着大声说道："她老人家就爱做媒。"

和光他们三个都笑起来了。

良材又说道："我可要回去了。婉弟，你这一天也够辛苦了，哪里还挨得住我们赖在这里，累的你上楼下楼的！恂如，咱们走罢。"

但是和光和婉小姐哪里肯放他们走。和光问道："良材，要是你还有正事未了，那我倒也不敢勉强留你！"

良材微笑着摇头。

"正事也还有明天呢！"婉小姐看了和光一眼，"要是大哥不嫌简慢，我还想留你几天，和光成天没个人谈谈，像个坐关和尚似的。好了，恂如，和光，我把大哥交给了你们两个。"说着又笑了笑，便袅袅婷婷去了。

良材惘然望着婉小姐出去的那个门，仿佛他的眼光会跟着转弯下楼，一会儿看见婉小姐分派老妈子和当差的事务，一会儿又看见她和姑太太她们周旋，一会儿她还在外边大厅上应个景儿，看那麻将桌上是否缺少了茶和烟。"精神真好，也真能干，"良材惘然想着，"然而为什么她能够这样乐此不倦呢？"他转眼看着和光与恂如，好像他这心里的话他们一定能听得，他们会给他回答。

和光这时正装好了又一筒烟，却又不抽，只管翘起手指，捏那斗门，似乎十分想抽，然而又舍不得马上就抽。恂如呢，仰脸躺着，两手扣在脑后，闭了眼，仿佛已经入睡。

良材惘然踱到窗前，看着园子里的树木，心里继续想道："他们两个成天不干什么，然而他们心里好像也并不闲。恂如对于太太不满意，所以心里不能闲，然而，有了那样一位美貌能干的太太的和光，也是未必十分自在。……今天，婉小姐为了这样一件事而大忙，操心花钱；我呢，为了另一件事也忙了大半天，我生气，我也痛苦。我觉得婉小姐今天这一番忙碌大可不必，但安知她看过来，我今天大半天的奔波不是自寻烦恼呢？"他惨然一笑，眼光停住在那边太湖石畔的一株大树上，暂时入于无思索的状态。

忽然太湖石后边，通往二厅去的路上，出现了两个人，指手划脚，好像有什么争执。这形象映在良材眼里好一会儿，他这才憬然觉到，原来是祝姑娘和婉小姐。"这可怜的女人还没心死呢！"——良材这样想，心头又立即沉重起来。他看着祝姑娘掩面哭着，自回二厅，婉小姐俯首慢慢转过那太湖石，也就不见。

良材转身向内，忽然心头暴躁起来。恂如与和光，正在谈论县里最近发生的几件新鲜的事儿，其中就有鲍德新他们经手冥间地契这一件。恂如摇着头干笑道："这一班家伙，简直不知道什么叫做羞耻！可也作怪，偏偏有那些愚夫愚妇会去相信他们！不过，和光，鲍德新和你们向来就有往来么？今天好像他也来的。"

"无所谓往来，"和光淡然笑了笑回答，"不过从他手里买过几次大土，今天他倒先送了礼，就不能不补个请帖去罢了。"

"哦，原来这位关帝会的会首也干这买卖！我倒一向只以为贾长庆才是此中数一数二的。"

"本来他们是合股，甚至中间还有赵守义的一份。可是后来不知怎的闹翻了，鲍德新就自己出面干。"

"他们也会自己闹翻？"恂如似乎吃惊，又似乎快意地叫着，又笑了。

"这一件事上尽管各谋其是，别的事上还是一鼻子孔出气。"和光燃着了一支香烟吸了一口说。"可是平心而论，我以为鲍德新这人既不是赵守义那样阴险狠辣，也不像贾长庆那么无赖撒泼，到底他是关夫子的寄名儿子，还有三分人样……"

恂如大声笑了。这时候良材也走到圆桌前坐下，看着和光道："赵守义果然老奸巨猾，这次王伯申败在他手里了！"

和光与恂如似乎都觉得意外，同声问道："那么，和解不成，赵守义官司打赢了么？"

"官司大概也不会再打下去了，"良材冷冷地说，"可是王伯申也已经失败了。"他笑了笑，又说道："今天早上我忙了半天，就只弄明白了这一点点事情。我才知道这次到县里来，又是一无所成。"

恂如与和光对看了一眼，没有说话。

良材懒懒地站了起来，绕着那圆桌走，又说道："曹志诚他们不是好东西，王伯申也不该一意孤行，弄几杆枪来保护，以至出了人命。我不打算偏袒谁，我本想做个调解人，将上次朱行健所拟的办法当作和解的条件，那末，小老虎一条小命换得地方上一桩公益，倒也是值得的一件事。……"

不等良材说完，和光就摇头道："不成！朱老头子上次的办法不就是那个没有弄成功的公呈么？不是要开河修堤么？不成。叫王伯申捐钱，要赵守义交出公款，这哪里能成！"

良材苦笑着点头。

恂如也笑道："良材，恐怕是你这调解的办法吓得他们赶快讲和，自寻下台的办法！"

"倒也不是！"良材站住了回答。"早半天我和朱老先生刚到王伯申家里，还没提到正文，孙逢达就说事情已了。后来王伯申出来相见，客气的了不得，可是我们一提到这件事，他就连说多谢关心，早已大事化为小事，小事化为无事；又说这几天河水也退了些，以后行轮，保可各不相扰。"

"那么外边说的省城来电扣押肇事的轮船难道是谣言么？"和光问。

"电报大概是有的。"良材沉吟着说，"我想真正的和事佬大概就是这封电报。"

过了一会儿，恂如问道："这样看来，王伯申也没吃亏，怎么你又说他失败？"

良材笑了笑，拉过一个凳子来，坐在烟榻前，忽然反问道："我记得上次我来时，你们正闹着要办什么习艺所，现在这件事怎样了？"

恂如摇头，脸上一红，答道："我也好久不去过问，光景是无形搁置了罢。"

"可是我今天知道，这件事办成了！"良材大笑着说，"王赵官司中间的和事佬这也是一个！"

恂如怔了一下，但随即愤然叫道："王伯申可以答应赵守义不再办这件事，不再和赵守义清算善堂的公款，可是还有别人呢，别人未必答应。"

"要是他们已经商定保举另外一个人来办，那你又怎样？要是他们保举了曾百行呢？……"

良材的话还没说完，和光忙插嘴道："嘿，曾百行，他就是赵守义夹袋里的人物！"

"没有的事！良材，你这话从哪里得来的？"

"从县署里得来的。"良材兴奋起来了，"我那时当真很生气，就找第三科的范科长说话。我直截痛快地对他说：曾百行干县校已经声名狼藉，怎么又叫他干什么习艺所？县里的事，我本来不想多管，但这件事我不能不问！"

良材说着就站起来，推开了凳子，看着和光，似乎在问：这一下如何？

"范科长是尊大人的门生，"和光沉吟着说，"这一点小小的担子，他该可以挑一下罢。"

"可是，又便宜了老赵。他那笔烂账，又不用交出来了！而且，……"恂如顿了一下，看着良材的带着恶笑的面孔，迟疑有顷，终于接下去说道，"无论如何，我以为，良材，你这一办，倒是帮忙了老赵。或者，也可以说，帮忙了王伯申！总而言之，你出面做了难人，占便宜的，还是他们两个。"

良材微笑，不作声。负手在背，他绕着圆桌走了个圈子，忽然狞笑道："不管是便宜了哪一个，我多少给他们一点不舒服，不痛快！他们太不把别人放在眼里了，他们暮夜之间，狗苟蝇营，如意算盘打的很好，他们的买卖倒顺利，一边的本钱是小曹庄那些吃亏的乡下人，再加上一个乡下小孩子的一条命，另一边的本钱是善堂的公积，公家的财产，他们的交换条件倒不错！可是，我偏偏要叫他们的如意算盘多少有点不如意，姓王的占了便宜呢，还是姓赵的，我都不问，我只想借此让他们明白：别那么得意忘形，这县里还有别人，不光是他们两个！"

良材说时，眼光霍霍地闪动，一脸的冷峻的狞笑；恂如从没见过良材生那样大的气，而且也还不能理解为什么良材对于这一件事却看得比什么都重要。过一会儿，他叹口气慢吞吞说道："世界上的事，就是这样：越是卑鄙无耻，自私自利的人，越是得势，横行霸道。"

"那么，恂如，——"良材突然转过脸来，庄严地看住了他，"是非是没有的了，坏人永久当道，好人永久无事可为了么？世界上只见坏人一天一天多，最后会使得好人断根了么？"

恂如怔了一下，还没回答，和光却在那里微笑。良材的眼光移到和光脸上。

"我想，世上是不好不坏，可好可坏的人太多，这才纵容着坏人肆无忌惮罢？"

和光轻声说，顺手抓起了他的烟枪。

良材举眼望着空中，自言自语反复说了几遍"哦，可好可坏"，然后笑了笑，大声问道："为什么一个人会成为可好可坏？是不是因为他不认识什么是好什么是坏？或者，他生就是一个可好可坏的坯子？如果是生就坯子如此，是不是因为他的父母原来就是那样的一种？如果是他不认识什么是好，什么是坏，可又干么人人能说什么是好什么是坏？既然能说，为什么又不能做？"

和光和恂如都笑了，他们都惊异地看着良材，以为良材的醉意尚未尽消。

不料良材干笑一声，又发了更奇怪的问题道："你，我，我们三个，到底算不算可好可坏的一伙？如果也是可好可坏的，有没有自己想过，到底是什么缘故？"

两个人都失色了，噤住了口，说不出话。

良材坐下，手托了头，眼光落在烟榻上那盏烟灯的小小火苗上。这橙黄色的一点，轻轻抖动，努力向上伸长，可是突然一跳，就矮了一段，于是又轻轻抖动了。良材慢慢抬眼，对和光他们两个说道："我觉得我要真正做个好人，有时还嫌太坏！"他惨然一笑，过一会儿，又加添着说："一个人要能真正忘记了自己，连脾气身份架子，一切都忘掉，大概也不是容易的罢？"

恂如与和光听了都觉得心头轻轻一跳，两个人不约而同叹了口气，但两个人的感触可未必相同了。

新版后记

这部书已经停印了好几年，这是由于我的要求。当时的想法很简单：这部书本来是一部规模比较大的长篇小说的第一部分，当初（一九四二年）迫于经济不得不将这一部分先出版，现在就应当暂时停印，等待全书脱稿然后一总再印。但是惭愧得很，荏苒数年，没有续写一字，——而且自审精力和时间都未必有可能照原来计划中的规模把它写完成了。那么，在出版社要求出文集的当儿，姑且把它编进去罢。

趁此机会，打算解释一下这部书何以题了这样一个好像和内容不发生关系的名儿。因为这是有些读者曾经来信问过的。

太平洋战争爆发的下一年春天，我到了桂林。我的家很简单，夫妇二人而已，然而也找不到安顿的地方。在旅馆住了半个月，总算找到了一间小房，一榻之外，仅容一方桌；但是，也还是朋友们情让的。这是一所大楼房的一间下房，大楼房住着三四家，都在楼上，只我一家住在楼下，我这小房虽然奇小，我倒也觉得够用。方桌上摆着油盐酱醋的瓶瓶罐罐，就在这些瓶瓶罐罐的旁边，我写了《劫后拾遗》，又写了几十篇杂文，亦写了《霜叶红似二月花》。

我的小房外边就是颇大的一个天井（院子）。每天在一定时候，天井里非常热闹。楼上经常是两三位太太，有时亦夹着个把先生，倚栏而纵谈赌经，楼下则是三四位女佣在洗衣弄菜的同时，交换着各家的新闻，杂以诟谇，楼上楼下，交相应和，因为楼上的是站着发议论，而楼下的是坐着骂山门，这就叫我想起了唐朝的坐部伎和立部伎，而戏称之为"两部鼓吹"。

《霜叶红似二月花》就这样在"两部鼓吹"声中一点一点写起。大约花了两个半月，刚写完第一部（即现在的这本书），而条件变化，我不能在桂林再住下去，不得不赴重庆；为了张罗盘缠，就把这已成的部分交给一个私家出版社，可是还没有书名。

那时候，残秋向尽，我在桂林已经住了九个月了。为了料理行装，偶然到某处，看见半林红叶，忽然想起了杜牧的题为《山行》那首七绝来，便反复讽咏这诗的最后一句；于是"灵机"一动，想道：何不把这一句借作我的书名呢？杜牧的诗，已经没有版权，我借用它一句，不会发生侵犯著作权的法律问题，可是我还是改动了一个字，为什么要改动一个字呢？也有我的想法。现在先把杜牧的原诗抄在下面：

远上寒山石径斜，白云生处有人家。

停车坐爱枫林晚，霜叶红于二月花。

第四句，杜牧原来用了个"于"字，我借用此句，却把"于"字改为"似"字，既然申明此句是借用，那么，擅改一字，大概可免于粗暴之罪；然而我还得把理由说一说。

让我先来冒险一回，试解释原诗此句的意义。我以为杜牧此诗虽系写景而亦抒情，末句双关，无论就写景说，或就抒情说，都很新颖，乃前人所未曾设想的境界。这一句（霜叶红于二月花）正面的意思我以为是：人家都说二月的花盛极一时，可是我觉得经霜的红叶却强于二月的花。但是还有暗示的意思，大抵是这样：少年得意的幸运儿虽然像二月的花那样大红大紫，气势凌人，可是他们经不起风霜，怎及得枫叶经霜之后，比二月的花更红。这样，霜叶就比喻虽不得志但有学问抱负的人，也可以说，杜牧拿它来比自己的。

杜牧出身于高门世族。他的祖父就是编辑那部有名的《通典》的杜佑，做过唐朝德宗、顺宗、宪宗三朝的宰相。杜牧的伯父、堂兄们，也都做了大官（堂兄杜惊做过节度使，也做过宰相），但是杜牧一生却不得志。他少年登科，关心国事，颇有用世之志，然而夹在那时党争之中，做京官备位闲曹，而迫于经济

（杜牧的父亲早死，他这一房并没多大产业，所以他自说"幼孤贫"，后来他不得不靠官俸度日），不得不屡求外放。中年以后，这位"十年一觉扬州梦"的诗人颇有点苦闷，转而为旷达，同早年的豪放，成一对照。凡是读过《樊川集》的人都可以看出这一点来的。这一首《山行》，何时所作，已不可考，但诗境既属旷达一类，当系中年以后之作（杜牧四十以后，八年中间，做了四个地方的刺史，皆在江南；五十一岁卒），我把《山行》的第四句作了如上的解释，就是根据了杜牧的身世和思想的特点而作了大胆的推论。

但是为什么我又改"于"为"似"而后用作我的书名呢？

这就要谈一谈我写这本书的企图。

本来打算写从"五四"到一九二七年这一时期的政治、社会和思想的大变动，想在总的方面指出这时期革命虽遭挫折，反革命虽暂时占了上风，但革命必然取得最后胜利；书中一些主要人物，如出身于地主阶级和小资产阶级的青年知识分子，最初（在一九二七年国民党叛变以前）都是很"左"的，宛然像是真的革命党人，可是考验结果，他们或者消极了，或者投向反动阵营了。如果拿霜叶作比，这些假左派，虽然比真的红花还要红些，究竟是冒充的，"似"而已，非真也。再如果拿一九二七年以后反革命势力暂时占了上风的情况来看，他们（反革命）得势的时期不会太长，正如霜叶，不久还是要凋落。

这就是我所以借用了杜牧这句诗，却又改了一个字的理由了。

当然，这样地反用原诗的意义，截取一句作书名，不免有点牵强，但当时急切间想不出更好的书名，而出版社又催的紧，便姑且用了再说。

谁知道此后人事变幻，总没有时间续写此书，以至这书名和本书现有的一部分更加联系不上。年来亦常有人以此见询，现在趁本书改排新版的机会，特在此简要地说明其中的经过。如果我能够多活几年，找出时间，续成此书，了此宿逋，那当然更好。不过，我不敢在这里开支票。

茅盾　于北京，1958年4月